희망이
죽은
밤에

KIBO GA SHINDA YORU NI

by AMANE Ryo

Copyright © 2017 AMANE Ryo
All rights reserved.
Original Japanese edition published by Bungeishunju Ltd., in 2017.
Korean translation rights in Korea reserved by MORO, under the license granted by AMANE Ryo, Japan
arranged with Bungeishunju Ltd., Japan through JM Contents Agency Co., Korea.

희망이 죽은 밤에

고은하 옮김

희망이 죽은 밤에

希望が死んだ夜に

아마네 료 장편소설

차례

希望が死んだ夜に

1장

    가나가와현경 형사부 수사1과의 마카베 다쿠미가 가와사키시 다마경찰서에 도착한 것은, 12월 6일 밤 10시 48분이었다. 관사가 있는 요코하마시에서 제3게이힌도로를 타고 후추가도 북서쪽으로 달리면 40분 정도 걸린다.

    관할서 소속일 때는 몇 번 와봤지만 본부 형사가 되고 나서는 처음이었다.

    아직 기자들은 없었다. '경찰차 외의 출입은 삼가주십시오'라고 적힌 간판을 지나 직원용 주차장에 차를 세웠다. 올겨울은 따뜻하다고 하지만 이 시간대는 역시 쌀쌀하다. 옆구리에 검은 코트를 끼고 새하얀 숨을 쉬면서 들어갔다. 여전히 낡은 건물이다. 도보 5분 거리에 있는 다마구청 종합청사가 석조와 유리를 쓴 현대적인 건물이라 여기는 더욱 초라해 보인다.

좁고 어두컴컴한 복도를 걸어가는데, 앞쪽에 여자 한 명이 서 있었다.

"드디어 오셨군요. 생활안전과 소년계의 나카타 호타루입니다."

자신보다 서너 살 아래로 보였다. 서른 정도 됐으려나. 가지런히 다듬은 검은 머리는 어깨 언저리까지 왔고, 깔끔하다는 인상을 줬다. 봄볕 같은 눈빛은 부드러웠다.

"마카베 다쿠미입니다"라며 경찰수첩을 보여준 뒤 말했다.

"범인이 중학생이라며."

경위인 마카베는 경사인 나카타보다 직급이 높다. 경찰은 계급 사회라 초면이더라도 존댓말을 최소한으로 해야 서로 괜한 신경을 쓰지 않는다.

"맞아요. 좀 진정할 필요가 있을 것 같아서 조금 전까지 저랑 응접실에 있었어요. 지금은 취조실로 옮기는 중입니다. 가능하면 계속 응접실에서 얘기를 듣고 싶었는데 두 달 전에 열네 살이 됐다고 하더라고요. 어쩔 수 없죠."

나카타의 말끝에 희미하게 억울함이 배어 있었다.

2000년 소년법이 개정되면서 형사 처분이 가능한 '소년'의 연령이 16세에서 14세가 됐다. 이후 피의자가 14세 이상이면 취조실을 쓰는 게 허용되고 있다.

"사람을, 그것도 친구를 죽였는데 취조실에서 조사받는

게 맞지."

함께 복도를 걸으며 말했는데, 몸집이 작은 나카타가 자신의 보폭에 맞춰 열심히 걷고 있다는 걸 알았다. 속도를 늦추자 나카타가 목례를 하고 말했다.

"두 달 전만 해도 열세 살이었어요. 너무 무섭게 하지 마세요."

"그것보다 피의자 이름이 뭐야? 아직 '소녀 A'라고만 들어서."

"도노 네가ネガ. 희망의 희希가 네가우希う라고도 읽으니까 붙인 이름이래요. 글자 획 때문에 가타카나가 된 거라고 하더라고요."

"그런 특이한 이름을 지은 부모는 어떤 사람들이야?"

"모자가정이라는데 엄마가 어디 있는지 모르겠어요. 집에는 없고 휴대폰도 안 받아요."

"이 시간에? 애는 뭐 아는 거 없고?"

"전화번호까진 알려줬는데 엄마에 대해서는 아무 말도 안해요. 아빠는 몇 년째 안 봤고 연락처도 모른다고 하고요."

가정환경 때문에 일어난 일일지도 모른다는 생각을 한 마카베는 지금까지 들은 정보를 복기해봤다.

소녀 A인 도노 네가가 체포된 건 12월 6일 밤 10시 29분

9

이었다. 현장은 오다큐 전철 오다와라선 무코가오카유엔역에서 도보 20분 정도 거리에 있는 주택가의 빈집.

밤 10시쯤 근처를 순찰 중이던 파출소 순경이 빈집 안에서 뭔가 둔탁한 소리를 들었다. 최근 그쪽에서 방화 사건이 자주 일어나고 있었다. 설마 하는 마음에 들어갔는데 검은색 코트를 입은 소녀가 목을 맨 채, 거실 천장에 매달려 있었다. 그때 작은 소녀가 놀란 순경 옆으로 달려나갔다. 허를 찔린 순경은 당황했지만 얼른 그 소녀, 도노 네가를 잡았다. 다마경찰서에 연락을 취한 순경은 나가려던 소녀에게 무슨 일인지 물었다.

처음에 소녀는 "집에 들어왔는데 친구가 목을 매고 있었다" "친구를 살리려고 올라선 의자를 치웠을 뿐이다" 등을 주장했지만 그렇다면 도망칠 필요가 없었다. 게다가 이런 시간에 빈집에 들어간 이유도 딱히 없었다. 현장에 온 다마경찰서 형사가 따져 묻자, 소녀는 시무룩한 얼굴로 "자수하면 사형 아닌 거죠"라고 말하며 범행을 시인했다.

친구와 말다툼을 벌이다 로프로 목을 졸라 살해했고, 목을 매달아 자살로 위장하려는데 의자를 쓰러뜨리고 말았다. 순경이 들은 소리는 의자가 쓰러진 소리였다.

그 자리에서 긴급체포된 소녀는 다마경찰서로 연행됐다.

사체가 발견됐다는 제보를 받고 현장으로 가던 마카베는

피의자 확보 소식에 곧바로 다마경찰서로 온 것이었다.

사형당하는 게 무서워 자수를 하다니, 어린애답다. 소년법에서 18세 미만은 사형을 받을 만한 죄를 짓더라도 무기형을 부과하도록 규정돼 있다. 14세는 어떤 사건을 일으키든 사형당하지 않는다.

하지만 어린애다운 건 그뿐이다.

왜 소녀 둘은 밤늦게 빈집에 있었는가? 애들끼리 목을 졸라 죽일 정도로 말다툼을 하나? 게다가 목을 매달아 자살로 위장을 한다? 보통의 아이라면 할 수 없는 일이다.

그리고 여러 정보를 들었을 때부터 신경 쓰이는 게 있었다.

마카베의 생각을 짐작했는지 나카타는 충고를 하듯, "무슨 사정이 있을지도 몰라요. 제대로 조사해서 검찰에 알려야 돼요"라고 말했다.

"담당 검사는?"

"오하라 검사가 맡을 것 같아요."

오하라는 범죄자에게 엄격하기로 유명한 남자다.

경찰은 금고 이상의 형에 해당하는 죄를 지은 것으로 의심되는 소년을 체포하면, 48시간 이내에 신병과 사건기록을 검찰에 송치해야 한다. 검찰은 그로부터 24시간 이내에 재판부에 구속을 요청할지 말지를 판단하고 최대 10일간, 필요할 경우 다시 최대 10일간 소년의 신병을 구속할 수 있다. 이후 가정법원에 송치되면 가정법원 조사관이 조사 후 재판 여부를 결정한다.

오하라에게 사건이 간다면, 그는 틀림없이 20일간 도노네가를 구금한 후 동정의 여지가 없다며 가정법원에 송치할 것이다. 가정법원 조사관도 오하라 주장에 이끌려 기소할 가능성이 높았다.

그런가. 나카타가 도노 네가를 걱정하는 건 이런 이유일까.

딱 봐도 경찰서보다는 유치원이나 보육원에서 일하는 게 더 잘 맞을 것 같긴 하다.

"알겠어. 검찰에 보내기 전에 꼼꼼히 조사해보자고. 나는 소년사건은 처음이니까 참고될 만한 건 뭐든 말해줘."

엘리베이터 앞에 멈춰 선 뒤 부탁한다는 표시로 고개를 숙였다.

"그럼 두 가지를 말씀드릴게요."

반은 빈말이었는데 나카타는 왼손 검지와 중지를 똑바로 세우며 말했다.

"우선 그 아이를 이름인 네가로 불러주세요."

"취조하는 건데, 성으로 불러도 돼."

"성으로 부르면 대답 안 해요."

"응석 부리게 두는 건 좋지 않아."

12

"아이 말에 귀를 기울이는 것과 응석을 받아주는 건 달라요."

온화한 어조였지만 이렇다 할 말이 나오지 않게 하는 강인함이 있었다. 하필 유치원이나 보육원에서 일하는 게 잘맞을 것 같다는 생각을 한 직후에 기습을 당한 거라 고개를 끄덕이고 말았다.

"두 번째는?"

"얼굴이 좀 무서우세요."

뭐라고?

나카타는 바로 빙그레 웃어 보였다.

"좀 더 표정을 부드럽게 해주세요. 저희가 무섭게 굴면 아이는 점점 더 방어적으로 나올 거예요."

취조실은 보통 경찰서 2층 이상에 있다. 다마경찰서의 취조실은 생활안전과와 같은 층인 3층에 있었다. 마카베는 차가워 보이는 회색 문을 열었다. 다다미 네 장 반(다다미 두 장은 약 1평 정도다 – 옮긴이)쯤 되는 방 가운데에 작은 책상과 의자가 있다. 취조 상황 보고서를 작성하는 입회관은 이미 들어와서 기다리고 있었다.

피의자를 취조할 때는 입회관과 주임조사관, 보조조사관세 명이 하는 것이 기본이다.

이번 조사는 마카베가 주임조사관을, 나카타가 보조조사관을 맡았다. 범인이 소년일지라도 살인은 수사1과의 사건이다. 본부로 간 지 얼마 안 되긴 했지만, 마카베가 주임조사관을 맡는 건 타당하다. 보통의 살인사건이라면 '어떻게 저런 애송이가'라는 말도 나오겠지만, 피의자가 이미 자수해 체포된 소년사건이라면 그런 일은 일어나지 않는다.

그러나 생활안전과의 나카타가 보조조사관이라는 건 이해가 안 됐다. 그저 도노 네가를 진정시키기 위해 붙인 거라고만 생각했는데.

"나카타는 젊은 편이지만 소년범죄를 여러 건이나 해결했으니 조언을 구하는 게 좋을 거다."

사건 지휘를 위해 여기로 오고 있는 구와시마 관리관은, 마카베에게 그렇게 말했지만 어차피 이 취조가 끝날 때까지만이다. 본격적으로 수사가 시작되면 형사과 소속 형사와 파트너가 될 것이다.

도노 네가는 턱을 괴고 마카베와 나카타에게 도전하는 듯한 눈길을 보냈다.

결코 사람을 따르지 않는 날카로운 눈을 가진 길고양이. 그게 소녀의 첫인상이었다.

짙은 감색 교복은 구겨지고 얼룩이 져 거친 분위기가 느껴졌다.

마카베는 맞은편 의자에 앉아 도노 네가를 쳐다봤다. 조금 전에는 나카타 때문에 살짝 웃어 보였지만, 아이라고 봐줄 필요는 없다.

취조를 하면서 '네가'라는 이름으로만 부를 생각도 없다.

"마카베 다쿠미야. 네 이야기 들으러 왔어. 우선 이름과 나이, 학교를 말해줘."

"아까 이 아줌마한테 얘기했는데."

도노 네가는 투덜대며 나카타를 쳐다본다. 그건 마카베도 알고 있고, 어떤 얘기를 했는지도 대충 들었다. 그러나 나카타와 나눈 대화는 이 아이를 진정시키기 위한 상담 같은 것이었지, 보고서에는 쓸 수 없다.

"정식 취조는 지금부터야. 귀찮더라도 부탁 좀 하자."

소녀는 불만스러운 듯 흐응, 하는 콧소리를 냈다. 또 짜증을 내려나 생각했지만, 성가신 듯 긴 머리칼을 휘휘 돌리더니 말했다.

"도노 네가. 열네 살. 노보리토중학교 2학년 3반."

"정말 친구를 죽였어?"

"응."

"친구 이름은?"

"가스가이 노조미."

모르는 나라의 말을 하는 것처럼 무성의한 발음이었다.

'가스가이春日井 노조미のぞみ'라고 쓴다고 했다.

'네가ネガ'는 '희希'라는 한자에서 붙인 이름이고 '희'는 '노조미'라고도 읽는다.

가스가이 노조미는 자신과 비슷한 이름을 가진 아이 때문에 죽었다. 아이러니한 일이다.

"가스가이 노조미와는 어떤 사이였어?"

도노 네가는 어이가 없다는 듯 어깨를 으쓱하더니 말했다.

"내가 걔를 죽였는데 친한 사이였겠어?"

"근데 왜 밤에 둘이 빈집에 있었지? 안 친한데 그 시간에 단둘이 만날 리가 없잖아."

"어쩌다 만났는데 우연히 빈집을 발견해서 그냥 한번 들어가본 거야."

"너무 부자연스러운데."

"여중생한테 자연스러운 게 뭔지 아저씨가 알아?"

'여중생'이라는 말에 큰 의미가 있는 것 같은 말투였다.

"가스가이 노조미를 죽였을 때의 상황을 자세히 말해줘."

시야 구석에서 입회관이 자세를 바로 하는 게 보였다. 그와 달리 도노 네가는 재미없는 영화 이야기를 하는 것 같았다.

"싸움이 났고 열이 받아서 로프로 목을 조른 거야. 너무 쉽게 죽어서 진짜 깜짝 놀랐어. 당연히 잡히고 싶지 않아서 자살로 위장하려 한 거고.

노조미가 나보다 크니까 우선 시체를 테이블 위에 올려놓고 나는 의자에 올라가서 천장 대들보에 로프를 돌렸어. 그걸 조금씩 당겨서 시체가 있는 곳에 묶어놨지. 테이블과 의자를 치우기만 하면 되는데 거기서 순간 균형을 잃고 의자를 넘어뜨린 거야. 그래서 걸렸어. 하필 그 시간에 순경이 어슬렁거리다니, 운이 나빴지."

이 방법이라면 몸집이 작은 도노 네가도 자신보다 큰 상대를 매달 수 있다.

교살과 목맴사는 삭흔(목에 끈을 두른 후 힘이 가해져 사망했을 때 남는 자국 – 옮긴이)이 다르다. 가스가이 노조미 목에는 로프가 겹겹이 감겨 얼핏 보기엔 교살 흔적이 보이지 않았던 모양이지만 부검을 하면 목맴사가 아니란 게 나올 것이다. 그러나 발견이 늦어지면 시체가 부패하기에 그것도 소용없어진다. 이 아이 입장에서는 확실히 운이 나빴다고 할 수 있다.

"살해 상황은 이렇게나 자세히 말해주면서 왜 가스가이 노조미와의 사이는 숨기는 거지?"

"숨긴 적 없어. 정말 우연히 만났을 뿐이야."

"가스가이 노조미는 화장을 했고 코트 안에는 너처럼 교복을 입고 있었어. 그런 차림으로 뭘 하고 있었던 건데?"

"몰라. 그냥 우연히 만났다니까."

"밤늦게까지 교복을 입고 있었던 이유는 뭐지?"

"딱히 입으면 안 되는 것도 아니잖아."

"그럼 싸운 이유는? 목을 졸랐다는 건 그만한 일이 있었다는 거겠지."

살해 동기. 이건 아직 나카타도 알아내지 못했다.

도노 네가는 재촉하는 마카베를 보며 어쩐지 미소를 지었다. 그러곤 혀를 날름 내밀더니 말했다.

"말 안 할래."

뭐?

"살해 동기를 말하지 않겠다는 거야?"

"응. 뻔한 거 묻지 마."

"죽인 건 인정하는데?"

도노 네가는 힘껏 고개를 끄덕였다.

"죽인 건 인정하지만 동기는 말하지 않는다. 이런 거 '한오치半落ち'(용의자가 일부만 자백했다는 뜻의 일본 경찰 용어-옮긴이)라고 하잖아. TV에서 봤어."

"그래."

마카베는 그녀의 뻔뻔한 태도를 적당히 받아넘기고 말했다.

"근데 그게 너한테 좋을 건 하나도 없어. 검찰이나 법원의 심증만 나빠지니까. 죽인 걸 인정했으니 살해 동기도 말하는 게 좋을 거야."

도노 네가는 갈라진 입술을 꾹 다물곤 도발하듯 턱을 쳐

들었다. 보이는 인상 이상으로 건방진 애다.

하긴, 굳이 공손할 필요도 없겠지.

마카베는 깍지 낀 두 손을 책상 위에 올려두고 아직 순진함이 남아 있는 도노 네가의 얼굴을 물끄러미 바라본 뒤 입을 열었다.

"그냥 빈집에 들어갔다는 거, 거짓말이잖아."

"아저씨가 뭘 안다고 몰아가."

"그 집 꽤 오랫동안 비어 있었더라고. 그럼 먼지가 쌓여 있어야 하는데 바닥이 깨끗해. 너희가 청소한 거잖아. 그래서 신발 벗고 들어간 거 아니야? 게다가 범행 현장 거실에 있던 소파에는 새 천이 덮여 있었어."

"우리가 들어가기 전에 누가 청소한 거겠지."

"그럼 로프는 어디서 났지?"

도노 네가의 눈동자가 희미하게 흔들렸다. 그걸 놓치지 않은 마카베가 몰아붙였다.

"사람을 졸라서 죽일 정돈데, 게다가 매달 수 있으려면 상당히 튼튼한 로프가 아니면 안 돼. 그런 게 빈집 바닥에 그냥 떨어져 있었을 리가 없어."

"거기 있던 거 맞아."

"로프는 사용한 흔적도 없고 먼지도 없어서 새거나 다름없다던데. 그런 게 원래부터 거기 있었다는 건 말이 안 돼."

마카베가 궁금했던 건 이거였다.

"예전에 청소한 사람이 두고 간 거 아냐?"

"저런 튼튼한 로프를 청소하는 데 쓴다고? 뭐 때문에?"

도노 네가가 눈을 내리깔았다. 마카베가 살짝 몸을 앞으로 내밀며 말했다.

"너는 오늘 밤에 가스가이 노조미를 죽일 생각으로 로프를 준비한 거야, 맞지?"

"묵비."

"가스가이 노조미를 어떻게 불러낸 거지?"

"묵비."

"왜 가스가이 노조미를 죽인 거야?"

"..."

도노 네가가 입을 다물었다. 나카타는 소녀의 침묵에 긴장했지만, 마카베는 무시하고 계속 도노 네가를 쳐다봤다.

좀 더 압박해야 한다. 모순을 들킨 피의자는 무언의 압박에 질려 결국 입을 열기 마련이다. 하물며 상대는 아이다. 몇 분만 지나면 털어놓을 것이다.

그러나 도노 네가는 얼른 눈을 맞추더니 팔짱을 끼면서 의자에 등을 기댔다.

"몰라."

"왜 가스가이 노조미를 죽였는지 너 자신도 모르겠다는

건가?"

도노 네가가 일부러 콧소리를 내더니 고개를 저었다.

"그럼 뭐가 '몰라'라는 거야?"

"몰라. 너희는 몰라. 뭘 모르는 건지도 몰라."

그 후, 소녀는 무엇을 물어도 대답하지 않았다.

도노 네가가 침묵을 지키는 바람에 이후 취조는 아무 소득 없이 끝났다. 좀 더 몰아붙이고 싶었지만 미성년자를 심야에, 그것도 장시간 취조한 사실을 변호사가 알게 되면 골치 아파진다.

게다가 각 신문사 조간 마감은 오전 1시 반 전후다. 그에 맞춰 기자회견을 하지 않으면 기자들의 반감을 산다. 그 때문에 아이의 취조는 일단 밤 11시 50분에 마쳤다. 7일 오전 0시 다마경찰서장과 홍보관은 긴급 기자회견을 열었다.

시내에 거주하는 소녀 A가 동급생 살해 후, 자살로 위장하려는 것을 순찰 중인 순경이 발견. 검시 결과 사망 추정 시각은 6일 밤 9~10시 사이로 보인다. 왜 그 시간에 빈집에 있었는지, 살해 동기가 무엇인지는 알려지지 않았다. 피의자가 14세인 점을 감안해 신중하게 조사 중이다. 기자회견은 최소한의 설명으로 끝났다. 질의응답이 짧아도 반발이 적었던 건 기자들 머릿속이 마감으로 가득했기 때문일 것이다.

기자회견 후 오전 1시. 다마경찰서 2층 회의실에서 첫 수사회의가 열렸다. 수사본부 명칭은 '무코가오카유엔 여중생 살인사건'. 여중생에 의한 여중생 살인사건이라 사회적 반향이 큰 사건으로 보고 수사본부가 빨리 꾸려졌다.

그래도 피의자가 이미 자수했기 때문에 전담 수사원은 적다. 회의실에는 마카베를 포함해 열두 명밖에 없다. 그중 둘은 감식반원이다.

이상한 건 그 열두 명 중 나카타도 있다는 것이다. 생활안전과 형사가 왜 살인사건 수사회의에? 도노 네가 취조의 보고를 위해서라면 수긍은 가지만 나카타를 향한 주위 형사들의 시선은 어쩐지 신경 쓰였다.

야유하는 것 같기도 하고, 질린 것 같기도 하다.

확실하지는 않지만 호의적인 시선은 아니다.

어쨌든 나카타는 회의가 끝나면 생활안전과로 돌아갈 것이다. 그럼 수사원은 아홉 명인가. 형사가 수사를 위해 움직일 때는 2인1조가 원칙이다. 나중에 한 명이 더 오겠지만, 열 명도 적은 편이긴 하다. 위에서는 '자세한 건 검찰이나 가정법원에 맡기면 된다' 정도로 생각하고 있다.

그러나 마카베로서는 그럴 수 없다.

'본부로 가고 나서 맡게 된 첫 번째 사건인데, 자백 없이 끝낼 수는 없지.'

"그럼 수사회의를 시작하겠습니다."

모두 피해자에게 묵념을 올린 뒤 앞쪽 테이블에 앉은 구와시마 관리관이 말문을 열었다.

보통 수사본부장에는 본부 형사부장이, 부본부장에는 관할서장과 본부 수사1과장이 오른다. 그러나 이들은 바빠서 수사본부 하나를 전담하는 게 불가능하다. 이 회의에도 참석하지 않았다. 실질적인 수사 지휘는 관리관의 몫이다.

"피의자는 내일인 8일 밤 10시 29분까지 검찰에 송치해야 한다. 무슨 일이 있었던 건지 가능한 한 자세히 밝혀내고 싶다. 각자 알고 있는 걸 보고해라."

깡마른 체격과 달리 의외로 묵직한 목소리가 나오자 형사들 얼굴에 새삼 긴장이 감돌았다.

먼저 마카베와 나카타가 도노 네가의 취조 상황을 보고했다. 살인은 인정했지만 동기는 말하지 않았다고 하니, 수사원들이 술렁였다.

이어 현장 감식 결과를 들었다. 현장인 이층집은 과거에 음악교실로 쓰였지만 구획 정리 대상이 되면서 2년 정도 빈집이었다.

1층에는 현관 왼쪽으로 다다미 열두 장 정도의 넓은 거실이 있고 안쪽은 방음실이다.

청소가 되어 있던 곳은 현관, 거실, 방음실 그리고 복도뿐이다. 다다미 여섯 장 정도의 방 두 개, 화장실과 욕실 등도 있었지만 그쪽은 사람의 흔적이 거의 없었다.

2층에 먼지 묻은 발자국이 두 개 있는 것으로 보아 계단을 오른 사람이 있다는 걸 알 수 있었다. 그러나 그 외의 흔적은 없었다.

크기로 보아 발자국 두 개는 도노 네가와 가스가이 노조미의 것으로 보인다. 또 집에 쌓인 먼지의 양으로 볼 때, 두 사람이 오래전부터 드나들었을 가능성이 높다. 그러나 도노 네가가 가스가이 노조미와 사이가 좋지 않았다고 진술했으니 제3자의 출입이 있었을 가능성도 배제할 수 없었다.

'오래전부터 드나들었다는 건가.'

마카베는 화이트보드에 붙은 집 내부 사진을 보며 고개를 갸우뚱거렸다. 거실에는 소파와 테이블, 의자가 있을 뿐이다. 방음실의 하얀 벽은 거무스름해져서 낮에도 유령의 집처럼 보일 것 같다. 이런 곳에 중학생 소녀들이 드나든다고?

"부검 결과는 빨라도 8일 오후에나 나올 것 같아요. 아무래도 부검 결과로 도노 네가의 입을 열게 하는 건 어렵지 않을까 싶지 않습니다."

감식반원은 그 말로 보고를 끝냈다. 가나가와현은 부검의가 부족한 데다 요즘 같은 날에는 심장마비 등 돌연사가 많다. 그것들의 사건성 여부를 따지는 것만으로도 벅찼다.

구와시마는 표정 하나 바꾸지 않고 고개를 끄덕였다.

"도노 네가 어머니와 연락은 됐나?"

"그게…"

마카베처럼 본부에서 파견된 형사가 곤란한 표정으로 일어났다.

"아까 겨우 연결이 됐는데 끊어졌습니다."

회의실이 다시 술렁였다.

"따님이 사건을 일으켰다고 말하고 있는데, 어머니인 도노 에이코가 갑자기 전화를 끊어버렸어요. 많이 취한 것 같길래 실수로 끊은 건가 싶어서 다시 해봤는데 전원이 꺼져 있더라고요. 어디로 간 건지도 모르겠습니다."

사람을 죽인 딸을 내버려두고 도망을 갔다는 말인가?

"알겠다. 도노 에이코도 수색하는 걸로. 피해자 유족은?"

다마경찰서 형사가 일어선다.

"가스가이 노조미의 아버지 가스가이 노부유키가 조금 전에 시신 확인했습니다. 딸이 맞다고 했는데, 그러고 바로 의식을 잃었어요. 다마병원으로 이송했지만 착란 증세가 심해 대화를 나눌 수 있는 상태가 아닙니다."

"다른 가족은?"

"없습니다. 오래전에 아내를 보내고 줄곧 둘만 살았대요."

"보호자로부터 아무것도 들을 수 없다면 일단 감취를 철

25

저히 하는 수밖에 없지."

감취란 사건 관계자에 대한 탐문수사를 말한다. 피의자가 동기를 말하지 않고 있는 이 사건에서는 탐문수사가 진상 규명의 열쇠가 될 게 틀림없다.

"마카베, 너에게 맡기겠다. 취조는 일단 다른 사람에게 넘기도록."

"알겠습니다."

제일 먼저 이름이 불릴 줄 알았다. 이제 막 본부에 갔다고 해도 관할서에 있을 때 그만큼의 성과를 남겼다. 구와시마 는 형사부장인 기도와도 미리 논의했을 것이다.

감취로 단서를 찾은 마카베가 마지막 취조에서 도노 네가 에게 살해 동기를 받아낸다. 그건 기정사실과 같았다.

그런데 구와시마가 이렇게 덧붙였다.

"파트너는 나카타다."

잘못 들은 줄 알았다. 아니면 생활안전과 말고 다른 '나카 타'가 있는 건가?

"마카베 경위님, 잘 부탁드립니다."

마카베에게 머리를 숙인 건 함께 도노 네가를 취조했던 그 나카타였다. 마카베는 반사적으로 구와시마를 쳐다봤다. 구와시마는 힘껏 고개를 끄덕이며 말했다.

"아까도 말했지만 나카타는 소년범죄를 여러 건 해결했으니까 반드시 힘이 될 거다."

마카베와 나카타 외에 다른 한 조도 탐문수사에 투입됐다. 나머지 형사들이 어떤 수사를 담당할지 정한 후 회의가 끝났다. 다음 기자회견은 내일, 일자상으로는 이미 오늘이 된 7일 밤 9시에 예정돼 있다. 그때까지 기자들에게 공개할 수 있는 다른 정보를 모아야 하는데 시간이 많지 않다.

그런데 살인사건 문외한이랑 수사를 하라고?

"일단 잠 좀 자고 아침에 시작하죠."

나카타는 당황한 마카베를 향해 정중하게 인사한 뒤 재빨리 회의실을 나갔다. 어안이 벙벙해 인사를 하긴 했지만 곧 정신을 차린 마카베는 구와시마에게 향했다. 그때 재킷 안쪽 주머니에서 휴대폰이 울렸다.

형사부장인 기도였다.

서둘러 회의실을 나왔다. 흡연실에는 회의를 끝낸 형사들이 있었다. 그쪽을 피해 복도를 걸으면서 통화 버튼을 눌렀다.

"여보세요?"

"피의자가 일부만 자백했다더군."

기도는 언제나처럼 서론 없이 말을 꺼냈다. 시곗바늘은 어느새 새벽 2시 반을 가리키고 있다. 이런 시간에 깨 있는 것도 놀라운데 현재 상황까지 알고 있다니.

역시 '불야성'이라는 별명이 붙을 만하다.

"죄송합니다. 검찰 송치 전까지 반드시 자백 받아내겠습니다."

"너무 신경 쓰지 마. 어차피 어린애인데 곧 털어놓겠지."

너한테 거는 기대가 커. 반드시 성과를 내. '불야성'에 걸맞은 곰 같은 눈빛과 함께 그 한마디가 되살아났다.

이번 사건은 본부로 옮기고 난 후 맡게 된 첫 번째 사건이다. 온전한 자백을 받아내지 못한 상태로 검찰에 송치한다면 기도의 기대를 저버리는 셈이다.

그렇게 흘러가게 둘 수는 없다. 어떻게 여기까지 올라왔는데.

"감사합니다. 끝까지 방심하지 않겠습니다. 그런데―"

생활안전과 나카타와 파트너가 된 것에 대해 이야기했다. 형사부장인 기도의 힘으로 수사1과 형사로 바꿔줄 수 있지 않을까 생각했지만, 의외의 답이 돌아왔다.

"구와시마에게 너한테 최고의 파트너를 붙여달라고 부탁해놨어. 나카타 호타루가 최적이지."

"네?"

"나카타 호타루는 간부들 사이에서 유명해. 생활안전과 소속이지만 아이들이 얽힌 살인사건을 몇 개나 해결했어."

몸집도 작고 온화해 보이는 여자가? 뭔가 믿을 수 없었다.

"다른 형사들은 안 좋게 보는 것 같던데요. 생활안전과 형사가, 그것도 여자가 관할 밖의 일에 손을 대니까 질투하는 건가요?"

"개인적인 일은 몰라. 내가 관심 있는 건 결과니까. 너도 나카타 호타루와 결과를 낼 수 있을 거다."

이런 말까지 들었는데 파트너를 바꿔달라고 물고 늘어질 수는 없었다. 기도의 기분을 상하게 해서 밀려난 형사의 이야기는 지겹도록 듣고 있다. 결국 "알겠습니다"라며 전화를 끊었다.

출세를 위해 아등바등 일했지만 분명 보람은 있다. 무엇보다 형사가 된 지 몇 년 만에 형사부장 눈에 드는 위치까지 왔다는 게 자랑스럽다. 잠 잘 시간도 아껴 범인을 쫓아온 결과였다.

도노 네가는 이런 경험을 한 적이 없을 것이다. 지독하게 못난 엄마 밑에서 자란 건 진심으로 동정한다.

하지만 결국 모든 건 자신에게 달렸다.

담배를 피우러 흡연실로 가는데 저쪽에서 몸집이 큰 남자가 걸어왔다. 조금 전 회의에서 봤던 다마경찰서 형사다. 요시모토였나. 꽤 나이가 있어 보였지만 마카베와 같은 경위다.

"나카타와 파트너가 됐네요."

스쳐 지나가려는데 요시모토가 불쑥 말했다.

"네, 형사과도 아닌데 살인사건 수사라니 꽤 유능한가 봐요."

"유능하다면 유능하죠. 결과만 보면 위에서 마음에 들어 하는 것도 이해는 가요."

다른 속뜻이 있는 것 같은 같은 말이었다.

"경위님이 고생 좀 하시겠어요. 나카타 동료로서 미리 말씀드리는 거예요."

"보기와 달리 기가 센 것 같긴 하던데."

"뭐, 그뿐이라면 괜찮죠. 저 여자는 괴짜예요."

요시모토는 마카베가 더 묻기 전에 "곧 알게 될 겁니다"라는 말을 하곤 가버렸다.

피해자와 가해자, 양측 가족과 이야기를 나눌 수 없는 지금, 그나마 기대를 걸 수 있는 건 학교뿐이다.

쪽잠을 잔 마카베는 12월 7일 오전 8시 나카타와 함께 도노 네가가 다니는 노보리토중학교로 향했다. 오다큐 전철 오다와라선 노보리토역에서 도보로 10분. 다마경찰서에서 가장 가까운 역인 무코가오카유엔역에서 노보리토역까지는 전철로 1분도 걸리지 않는 데다, 이 근처는 주차를 할 수 있는 데도 별로 없다. 교통비는 나오지만 어쨌든 돈을 아껴야 하니 걸어가기로 했다.

무코가오카유엔역을 지나는데 매점 가판대에 늘어선 신문들이 보였다. 아사히, 요미우리, 마이니치 등 주요 일간지 1면에 도노 네가의 사건이 실렸다. 지역 일간지인 가나가와 신문에서는 훨씬 더 크게 다루고 있었다. 아침 뉴스 프로그램은 물론 SNS에서도 꽤 화제가 되고 있는 모양이었다. 예상보다 더 주목을 받고 있다.

역시 일부 자백은 점점 더 용인할 수 없다.

두 주먹을 불끈 쥐고 걷다 보니 어느새 나카타와 거리가 벌어져 있었다. 걷는 속도를 줄였다. 나카타는 검은 코트 깃으로 목을 감싼 채 계속 입을 다물고 있다가 불쑥 물었다.

"학교 관계자 탐문은 저한테 맡겨주시면 안 될까요? 소년 범죄 수사는 제가 더 많이 해봤으니까요."

부드러운 표정이나 말투와는 어울리지 않는 자신감이 뜻밖이었다. 생활안전과 소년계는 소년사건 수사와 소년의 보호 및 지도를 담당하는 부서다. 형사과에서만 일했기에 마카베가 경험상 부족한 건 사실이지만 이렇게 직접적으로 말할 줄은 몰랐다.

"알겠어, 부탁할게."

"고맙습니다."

나카타는 고개를 숙여 인사한 뒤 말했다.

"네가의 '모르겠다'에 무슨 의미가 있는 건지 빨리 알아봐야 해요."

"의미는 무슨 의미야. 동기를 말하고 싶지 않아서 그냥 한 소리겠지."

"그럴 수도 있지만 아닐 수도 있어요. 만약 후자가 맞다면, 저희가 뭘 모르는 건지도 모르는 거라면, 네가는 끝까지 동기를 말하지 않을 거예요. 시간이 별로 없으니까 효율적으로 움직여야 돼요. 그게 죽은 노조미에게도 좋을 거고요."

나카타는 당사자가 없는데도 도노 네가와 가스가이 노조미를 이름으로 부른다. 역시 아직 어리다. 요시모토가 괴짜라고 한 건 이런 모습 때문인가.

어찌 됐든 동기를 밝히고 싶은 건 마카베도 마찬가지다. 마카베는 "그렇지"라고 맞장구를 쳤다.

일기예보에 따르면 오늘 가나가와현 동부의 기온은 어제와 비슷했다. 그러나 근처에 일급 하천인 다마강이 흘러서인지 바람이 강해 온도가 더 낮게 느껴진다. 노보리토중학교에 도착했을 때는 몸이 완전히 얼어 있었다.

도노 네가와 가스가이 노조미의 담임교사인 미우라에게는 미리 전화를 해뒀다. 사건이 사건인 만큼 임시 휴교를 결정했지만 향후 대응 방안을 논의하기 위해 학교에 있을 거라고 했다.

마카베와 나카타는 교장실 소파에 교사 세 명과 마주 보고 앉았다. 명함은 방금 교환했다. 형사 드라마와 달리 탐문을 할 때는 경찰수첩만 보여주는 게 아니라 명함도 같이 준다. 세 사람은 특별히 놀란 표정도 아니었다. 모두 교사 생활을 오래 해서 학교에 경찰이 오는 게 익숙할지도 모른다.

학생이 학생을 죽인 사건은 역시 없었겠지만.

"저희 학생이 너무 엄청난 짓을 했네요. 무슨 말씀을 드려야 할지…"

가운데 앉은 교장 사이토 신노스케가 고개를 숙이자 오른쪽에 앉은 교감 호리이타 다시와 왼쪽에 앉은 교사 미우라 도루 역시 나란히 고개를 숙였다. 담임교사인 미우라의 두 눈은 충혈돼 있었다.

사이토가 고개를 크게 저으며 말했다.

"설마 동급생을 죽이다니, 그런 애 같지는 않았는데."

"무죄 추정의 원칙이 있습니다. 설령 본인이 범죄를 인정했다 해도 죄가 확정되기 전까지는 어디까지나 피의자예요."

나카타의 표정과 말투는 탐문하러 왔다고는 생각되지 않을 정도로 부드러웠다. 눈을 껌뻑거리는 사이토, 호리이타와 달리 미우라는 고개를 끄덕이고 있었다. 나카타는 그런 미우라를 한번 쳐다보곤 사이토에게 물었다.

"'그런 애 같지는 않았다'고 하셨는데 교장선생님은 네가를 잘 아시나요?"

교장은 대외적인 문제가 있을 때 정면에 나서는 사람이
다. 교감은 실질적으로 대처하는 사람. 아이들을 가장 잘 아
는 사람은 현장에 있는 교사들이다.

역시 사이토는 침착하게 시선을 돌렸다.

"얼굴이랑 이름 정도는 알았다고 할 수 있겠네요."

"그럼 그런 애 같지 않았다고 단언하실 수는 없겠네요?"

"하지만 저희 학생이…"

"뭐라고 하는 게 아니에요. 교장선생님이 학생 수백 명을
하나하나 정확하게 알 수는 없죠. 교감선생님도 마찬가지
고요."

물을 쳐다보고 있던 호리이타는 망설이면서도 고개를 끄
덕였다. 나카타는 미우라를 가볍게 쳐다보며 말했다.

"하지만 미우라 선생님은 네가를 잘 아시겠죠. 선생님께
이야기를 듣고 싶은데 괜찮으실까요?"

시간이 별로 없는 상황에서 사이토와 호리이타의 이야기
를 듣는 건 의미가 없다. 나카타는 그렇게 판단했을 것이다.
마카베도 마찬가지였다.

"네, 알겠습니다."

미우라가 낮고 차분한 목소리로 말했다. 사이토와 호리이
타는 뭔가 안심한 얼굴로 자리를 비켜줬다. 두 사람이 나가

자 나카타가 다시 고개를 숙였다.

"번거롭게 해드려서 죄송해요."

"아니에요. 조금이라도 도움이 된다면 괜찮습니다."

미우라는 눈 하나 깜빡하지 않고 물끄러미 테이블을 바라보고 있다.

"교사 생활 25년째예요. 제자가 도둑질하다 걸린 적도 있고 폭력으로 체포된 적도 있어요. 하지만 살인은 처음이라…"

나카타는 "감안하겠습니다"라며 고개를 끄덕인 뒤 말했다.

"네가가 범행을 인정하긴 했어요. 그런데 살해 동기에 대해선 말을 안 해요. 저희는 그걸 알아내야 하고요. 그래서 네가가 어떤 아이였는지 듣고 싶어요."

"노조미와 사이가 좋진 않았던 것 같아요. 노조미는 밝은 아이였고 관악부에서 플루트를 해서 친구도 많았어요."

범행 현장인 빈집은 원래 음악교실이었고 방음실도 있었다. 그런데 가스가이 노조미가 관악부였다. 그렇다고 해도 유령의 집 같은 빈집에서 연습할 이유는 없었을 것이다.

"인기가 많은 친구라 반장을 하기도—"

"네가가 이야기를 해주시겠어요?"

나카타는 부드럽게 가로막았다. 미우라는 뭔가 말하려다 이내 입을 다물었다.

"비밀 지키겠습니다. 선생님한테 들었다고 아무한테도 말하지 않을게요."

미우라는 여전히 침묵하고 있었지만 "말하지 않겠다"는 말에 마음을 바꾼 듯 입을 열었다.

"딱히 뭘 했던 건 아닌데 문제아 같긴 했어요. 수업 중에도 쉬는 시간에도 잠만 자서 성적도 안 좋았고 친구도 딱히 없었거든요. 눈이 나쁜 것도 아닌데 앞에 앉고 싶어 하길래 처음에는 공부를 열심히 하는 아이인 줄 알았는데… 여름 방학 지나고 나서는 더 심해졌습니다. 의욕도 없고 굉장히 무기력했어요."

중학교 2학년 때부터는 교과과정이 어려워진다. 도노 네가의 의지가 꺾였을지도 모른다.

그렇게 될 뻔했던 마카베는 그 마음을 잘 알고 있다.

"저 혼자서는 어쩔 수 없으니까 학부모 상담을 할까도 했습니다. 그런데 학기 초에 만나주지 않았으니 상담을 하자고 해도 할 것 같진 않더라고요. 별수 없었죠."

"만나주지 않았다뇨?"

"네가한테 전해달라고 해도 말이 없어서 몇 번이나 전화를 했는데 안 받더라고요. 그러다 겨우 연락이 돼서 두 번 정도 약속을 잡았는데 한 번도 안 오셨어요. 그래놓고 사과를 하는 게 아니라 알아들을 수 없는 변명만 늘어놨고요. 실례되는 말이지만 자기 잘못을 인정하지 않는 사람이구나,

생각했던 기억이 납니다."

밤늦게까지 밖에서 술을 마시다 딸의 범죄를 알게 되자 잠적한 사람. 이 평가는 틀리지 않았다.

"저희도 네가 어머니랑 연락이 안 돼요. 어디에 있는지 짐작 가는 건 없으신가요?"

"전혀요. 어머니를 뵌 건 연초에 가정방문을 할 때 딱 한 번이거든요. 네가랑 같이 하는 상담에도 안 오셨어요."

미우라는 깊은 한숨을 내쉬었다.

"어머니가 밤늦게까지 술을 마신다는 소문이 있어서 걱정은 했습니다. 취학지원을 받고 있으니 돈은 좀 조심해서 써야 한다고 생각했는데. 지금 돌이켜보면 아동상담소에 연락을 했어야 하나 싶지만, 네가가 무슨 문제를 일으킨 것도 아니라서 그렇게까지 하는 게 맞았을지는…"

"말씀 중에 죄송합니다만, 취학지원이 뭐죠?"

나카타에게 맡긴다고 했지만 궁금증은 참을 수 없었다.

"경제적인 여유가 없는 가정에 학용품비와 수학여행비 등을 지원해주는 제도입니다."

"그걸 받았다는 건 네가의 형편이 좋지 않았다, 더 직접적으로 말하면 가난했다는 거네요. 그게 이 사건과 관련이 있을까요?"

피해자 가스가이 노조미의 아버지를 데리러 간 형사에 의하면, 그 아이의 집은 주택가에서 조금 벗어난 곳에 있는 삼층집이라고 했다.

반면 사진으로 본 도노 네가의 집은 언제 지은 건지 알 수 없을 정도로 낡은 아파트였다. 빈곤가정의 도노 네가가 질투 끝에 범행을 저질렀다. 무기력했다는 것 또한 가난이 원인일 것이다. 있을 수 있는 일이라고 생각하고 있는데, 미우라가 입을 열었다.

"관련이 없는 건 아니겠지만 취학지원을 받는 초등학생과 중학생은 전국에 150만 명 가까이 됩니다. 그 아이들이 모두 범죄를 저지르는 것도 아니고 그럴 리도 없죠. 게다가 네가는 스마트폰도 있었어요. 싸오는 도시락도 친구들이 놀랄 정도였고요. 이런 말은 좀 이상할 수 있지만 그렇게까지 돈이 없었던 건 아니에요."

취학지원은 받지만 남들 수준의 생활은 가능했다는 말인가. 마카베는 살해 동기가 질투일 가능성은 일단 접어두고, 궁금했던 걸 물었다.

"학교에 스마트폰을 들고 와도 됩니까?"

"수업 중에는 전원을 끄는 걸 조건으로 몇 년 전부터 허용하고 있어요."

"도노 네가도 스마트폰을 가지고 있었군요."

"네, 쉬는 시간에 자주 만지작거렸어요."

체포 당시 도노 네가에게 스마트폰 같은 건 없었다. 본인에게 물어도 없다고 했는데. 왜 그런 거짓말을 한 걸까.

"가스가이 노조미는요? 스마트폰을 갖고 있었나요?"

"그랬던 것 같은데요."

가스가이 노조미 소지품 중에도 스마트폰은 없었다. 통신사에 문의를 하면 발신 이력 및 통화 목록을 확인할 수 있지만 내일 밤까지 답변을 받기는 어렵다. 또 도노 네가에게도 확인을 해봐야 한다.

마카베는 나카타에게 끼어들어서 미안하다는 눈짓을 보냈다. 가볍게 고개를 끄덕인 나카타가 말했다.

"맨 처음에 네가가 '노조미와 사이가 좋지는 않았다'고 하셨죠. 그게 나빴다는 말일까요?"

"사이가 나쁠 정도의 관계도 아니었어요. 아마 인사나 주고받지 않았을까요? 그런 두 사람이 한밤중에 밖에서 만났다는 게 이해가 안 돼요."

"혹시 네가가 노조미를 괴롭혔다거나 아니면 그 반대라거나, 그럴 확률은 없을까요?"

"없지 않을까요. 오랫동안 교사를 하다 보면 그 정도는 바로 알 수 있어요."

충혈된 미우라의 눈이 촉촉해졌다.

"살해 동기가 뭔지 전혀 모르겠어요. 무기력하긴 해도 이런 사건을 일으킬 아이는 아니라고 생각했는데. 정말로 힘들어지면 언제든 상담하러 오라고 했는데. 제가 부족했다는 걸 절감하고 있습니다."

25년간의 교사 생활을 하룻밤 사이에 부정당한 기분일 것이다. 안됐긴 하지만 마카베는 뭔가 이야기를 더 듣고 싶었다. 꽤 열정적인 교사인 미우라는 단서가 될 만한 걸 알고 있을지도 몰랐다. 마카베가 그렇게 생각하고 있는데,

나카타는 "뭔가 생각나면 연락주세요. 사소한 거여도 상관없습니다"라며 대화를 마무리하려 했다.

"다 됐나?"

마카베가 당황한 기색을 감추고 묻자 나카타는 "지금 상태에서 더는 무리예요"라고 말하더니 미우라를 보며 물었다.

"혹시 그 아이들과 친했던 친구들을 알 수 있을까요? 얘기를 좀 들어보고 싶어서요."

"다른 선생님들께도 물어보고 최대한 빨리 정리해서 메일이나 팩스로 보내드릴게요."

"기다리고 있겠습니다."

나카타는 마카베가 끼어들 틈도 없이 자리를 정리했다.

"저 선생님이 진정될 때까지 기다릴 수는 없다고 판단한 건가?"

나카타는 의아한 얼굴로 마카베를 쳐다봤다.

"나라면 더 물었을 거야. 가족들 얘기를 못 듣는데 정보가 조금이라도 더 있는 게 낫잖아."

"그 선생님한테서 들을 수 있는 건 다 들은 것 같아요."

"그건 아닌 것 같아."

도노 네가는 변변치 않은 엄마와 살며 취학지원을 받고 있었다. 그러나 남들과 크게 다르지 않은 생활이었고 무기력했다고는 해도 사건을 일으킬 기미는 보이지 않았다.

그런데 왜 가스가이 노조미를 죽였을까? 아무 사이도 아니라던 그 아이들은 대체 빈집에서 뭘 하고 있었을까? 스마트폰은 왜 사라진 걸까? 아무것도 알 수 없었다.

후문을 나서며 "역시 더 물어봤어야 했어"라고 말하려는데,

빨간 코트를 입은 여자가 "형사님들이시죠?" 하며 말을 걸었다. 마흔 정도 됐을까. 175센티미터인 마카베와 키가 비슷해 보인다. 어깨도 탄탄하다.

빨간색과 어울리는 사람이었다. 마치 불꽃이 피어오르는 듯한 모습.

"그런데요. 무슨 일이시죠?"

"다행이네요. 혹시 아니면 어쩌나 했어요."

말은 그렇게 했지만 마카베와 나카타가 형사라고 확신했던 말투였다. 여자는 명함을 건넸다.

"하세베 쓰바사라고 합니다."

마카베는 처음 듣는 이름이었지만 나카타는 알고 있는 모양이었다.

"아동빈곤 르포로 유명한 하세베 씨죠? 쓰신 책은 다 읽었어요."

"고맙습니다."

들어보니 아동빈곤에 대해 취재를 하면서 여러 권의 책을 쓴 것 같다.

그럼 일종의 저널리스트인 건가.

마카베 일행이 형사라는 걸 알게 된 건 경찰을 접할 기회가 많아서라고 했다. 형사라는 생물은 독특한 공기를 내뿜는다.

"네가 사건 때문에 오셨나 봐요."

아니나 다를까, 하세베가 사건 이야기를 꺼냈다.

"수사 중이라 용의자 이름을 포함해 말씀드릴 수 있는 게 없습니다."

원칙대로 대응을 하긴 했지만, 마카베 스스로도 참 뻔한 말이라고 생각했다. SNS 시대인 만큼 어쩔 수 없지만.

뉴스에 실명이 나오지는 않았지만 사건 용의자가 도노 네가라는 사실은 동급생들은 물론 학교 전체에 퍼졌을 것이다. 실제로 학교 정문 앞에는 기자들이 몰려 있었다. 그래서 후문으로 나온 것이다.

하세베는 다 알고 있다는 듯한 눈으로 마카베를 보며 말했다.

"저는 기자가 아니라 보호자로 온 거예요. 네가와 노조미가 제 아들과 같은 학년이거든요. 게다가 저희 애가 네가랑 소꿉친구처럼 친하게 지냈어요. 그래서 알아요. 네가는 사람을 죽일 애가 아니에요. 학교에서 뭔가 오해를 하는 것 같아서 왔는데, 형사님들을 만났으니 직접 말씀드리고 싶어요."

여기서 "그 이유는요?"라고 물으면 도노 네가가 용의자라고 인정하는 꼴이 된다. 저널리스트를 상대로 그렇게 해도 되는 걸까? 마카베가 망설이고 있는데, 하세베는 시험하는 듯한 미소를 지으며 말했다.

"형사님들 입장에서는 빨리 듣는 편이 좋지 않을까요?"

하세베가 말을 끝내기도 전에 나카타가 "잠시만요"라며 휴대폰을 꺼냈다. 전화가 온 것 같았다.

"여보세요?"

"큰일났어. 도노 에이코가 다마강에 뛰어들었어."

생활안전과장의 당황한 목소리가 마카베 귀에까지 들렸다. 하세베도 미간을 찡그렸다.

"여자가 뛰어들었다는 신고가 들어왔는데—"

"과장님, 진정하세요."

나카타는 하세베와 거리를 두며, 당황한 과장과 달리 차분하게 말했다.

"…결국 이렇게 돼버렸어."

하세베가 몸을 떨고 있다. 강한 바람과 얇은 코트 때문만은 아닌 것 같다.

"제 얘기 좀 들어주세요. 엄마가 있는데, 네가가 사람을 죽일 리 없어요. 네가 집은—"

* * *

7월 17일.

"여름방학 동안 숙제 열심히 해서 괜히 힘들지 않게—"

맨 앞자리에 앉아 있는 나조차 미우라 선생님의 목소리를 끝까지 들을 수 없었다. 당번이 "이걸로 종례를 마칩니다"라는 말을 하자마자 반 애들이 전부 소리를 질렀기 때문이다.

어떻게 이럴 수 있지? 방학 때는 매일 목욕을 할 수 없어서 몸이 더러워지는 지옥이 기다리고 있는데. 혹시 부모님이 "학교 안 가도 되니까 2~3일 정도 목욕을 하지 말아줄래?"라고 말해도 이렇게 좋아할 수 있을까? 무섭다. 역시 애네들과는 사는 세상이 다르다. 이런 데 오래 있으면 안 된다.

서둘러 가방을 메고 급히 교실을 나가려는 순간이었다.

"네가."

난리가 난 교실 안에서 누군가 나를 부르는 것 같았다. 세상에 천사가 있다면 이런 목소리일까 싶을 정도로 귀여운 목소리였다.

누가 나를 부른다고?

세차게 고개를 저었다. 쟤네는 내일부터 여름방학이라는 게 너무 좋아서 나 같은 걸 생각할 여유가 없다. 앞으로 한 달 동안 나라는 존재를 잊고 지내다, 개학을 한 뒤 맨 앞자리에 있는 나를 보고 나서야 '아, 저런 애도 있었지'라는 생각을 할 것이다.

하지만, 어쩌면, 환청이라기엔 너무 분명하게 들렸는데. 기대하지 말자, 그런데 혹시 정말 나를 부른 거였다면.

교문을 나와 한참 걸었다.

"에잇!"

결국 크게 소리치고 다시 전속력으로 뛰어 학교로 갔다. 볼 때마다 "진짜 흰색이었니?"라고 묻고 싶을 정도로 더러워진 실내화로 갈아신고, 선생님이 보면 "복도에서 뛰지 마!"라고 할 정도의 속도로 교실에 갔다. "다시 왔네, 네가. 여름방학 때 같이 놀러가지 않을래?" 이렇게 말하면 어떤 표정을 지어야 할까. 아, 떨린다.

교실에는 아직 몇 명이 남아 있었다. 방학이라 한동안 못 만나는 게 서운할 것이다. 책상이나 의자에 걸터앉아 있는 애들은 좀처럼 일어날 기미가 없다.

하지만 아무도 돌아보지 않았다.

혹시 몰라 손을 살짝 흔들어봤는데, "하하. 쟤 뭐야—"라고 손가락질하며 웃는 여자애가 있을 뿐, 내게 말을 거는 애는 없었다. "네가"라고 불러줬던 천사는 벌써 집에 간 건가. 아니, 역시 환청이었나.

그때 갑자기 불안한 예감이 들었다.

"네가"라고 한 게 그 아이라면 비참할 뿐이잖아. 왜 눈치 채지 못했지. 위험해, 위험해.

웃음소리가 가득한 교실에서 도망치듯 나오는데 저쪽에서 미우라 선생님이 걸어오고 있었다. "무슨 일이야? 집에 간 거 아니었어?"라고 말을 걸어줬다. 가슴이 두근거렸지만 선생님은 나를 한번 보기만 하고 지나갔다.

멀어지는 미우라 선생님을 보고 있는데 배에서 꼬르륵 소리가 났다. 오늘은 오전 수업뿐이라 도시락이 없었다. 아침도 안 먹었더니 배가 너무 고팠다.

얼른 수돗가로 달려가 물을 틀었다. 수도세 신경 쓰지 않고 물을 마실 수 있는 날들과도 잠시 이별이다. 꿀꺽꿀꺽 소리가 스무 번쯤 이어졌을까. 공복감이 슬그머니 사라지는 타이밍에 수도꼭지를 잠갔다.

매일 마셔서 그런지 이제는 타이밍도 잘 맞춘다.

학교에서 도보로 15분 정도 떨어진 아파트 1층이 우리 집
이다. 지은 지 48년. 다다미 여섯 장짜리 방 하나와 주방, 욕실
과 화장실. 월세는 4만 엔. 엄마와 나, 둘뿐이라 많이 불편한
건 아니지만 중학생이 되고 난 뒤로는 조금 좁게 느껴졌다.

오늘은 금요일이고 지금은 낮이니까, 엄마는 아마 도시락
가게에서 일하고 있을 거다. 문고리에 열쇠를 꽂았는데…
응? 열려 있네? 이상하다는 생각을 하며 문을 열었는데, "엄
마!"하고 비명을 지를 수밖에 없었다.

엄마가 부엌에 쓰러져 있었다. 창문을 닫아놓은 바람에
집안은 눈이 감길 정도의 열기와 쓰레기 냄새로 가득했다.

"엄마, 왜 그래?"

얼른 엄마를 깨웠다. 얼굴은 시퍼렇고 이는 달달 떨고 있
다. 긴 앞머리를 헤집어 넓은 이마에 손을 대봤는데 열은 없
다. 이건….

"창… 창… 문… 무… 물…"

창문을 열고 물을 달라는 뜻이다. 컵에 물을 담아 엄마에
게 건넸다. 엄마는 미지근한 물을 단숨에 들이켰다. 더 달라
는 말을 하기 전에 얼른 다시 채워줬다. 전기세 걱정은 되지

만, 지금은 긴급상황이라 빨리 에어컨을 켰다. 오래된 전파
상이 문을 닫을 때 받은 낡은 에어컨이 굉음과 함께 시원한
바람을 내뿜었다. 물 두 잔을 마신 엄마는 조금 진정됐는지
호흡이 차분해졌다.

"미안해. 걱정시켜서."

"아냐. 몸은 괜찮아?"

"괜찮아. 점장님한테 또 혼나서 그래."

아, 역시 그랬다.

"거스름돈 계산을 잘못했어. 그랬더니 엄청 소리를 지르
고… 내가 새파랗게 질려서 몸을 막 떨고 있으니까, '오늘은
가도 돼'라고 하더라… 정말 무서운 사람이야…"

이럴 때 엄마 얼굴은 바람이 빠진 풍선 같다.

하지만 나는 알고 있다. 점장님이 엄마 말처럼 무서운 사
람이 아니라는 걸.

어느 저녁, 집에 가는 길이었다. 엄마가 일하는 도시락 가
게 앞을 지나가는데 점장님이 엄마를 혼내고 있었다. 엄마
로서는 싫은 소리를 계속 듣고 있는 거겠지만, 무서워 보이
지는 않았다. 아마 점장님은 엄마가 이렇게까지 겁에 질릴
거라는 생각은 못 했을 것이다. 그런데도 엄마 상태가 안 좋
아 보이니 집에 가라고 한 건 오히려 착한 거 아닌가.

하지만 어쩔 수 없다.

엄마는 아빠에게 많이 맞았고, 발길질도 당했으니까.

엄마의 엄마와 아빠(내게는 할머니와 할아버지)는 엄청 지독한 사람들이었다. 요리, 빨래, 청소 등 집안일을 모두 엄마에게 시켰다. 엄마는 늘 "너는 언니나 오빠에 비하면 뒤떨어진 애니까 이 정도는 해야 돼"라는 말을 들으며 자랐다.

엄마도 언니나 오빠에 비해 자신이 못났다는 걸 알고 있었다. 성적이 나쁘니 맞는 것도 당연하고, 먹는 게 느리니 밥을 굶는 것도 당연하다고 생각했다.

하지만 열일곱 살 때 만난 아빠가 엄마의 운명을 바꿨다.

엄마의 담임교사였던 아빠는 엄마의 집이 이상하다고 했다. 너에게 부당한 노동을 강요하고 폭력을 휘두르잖아. 이건 명백한 아동학대야. 아빠는 볼에 거즈를 붙인 엄마에게 열변을 토한 뒤 아동상담소에 연락했다.

하지만 아동상담소에서는 "우리가 할 수 있는 일이 없다"는 말만 했다. 아빠는 분하다는 듯 "법을 개정해서 아동상담소의 권한을 좀 더 강화해야 돼" "너희 집이 가난하기라도 하면 여기저기서 움직여줄 텐데" 같은 말을 했다.

요약하자면, 아빠 역시 할 수 있는 게 없었다는 말이다.

하지만 상담을 거듭하며 둘의 사이가 가까워졌다.

결국 엄마가 졸업을 하기도 전에 둘은 결혼했고, 학교에서 잘린 아빠는 학원 강사가 됐다.

그 직후에 태어난 게 바로 나다.

아빠는 착한 사람이었다. 요리, 빨래, 청소도 모자라 육아도 엄마와 교대로 했다. 엄마를 때리지도 않았고, 밥을 뺏는 일도 없었다. 어쩌면 내가 못난 사람이 아닐지도 몰라. 엄마랑 아빠, 언니랑 오빠가 이상했던 걸지도 몰라. 엄마는 그런 생각을 하게 됐다고 한다.

그 생각이 잘못됐다는 걸 알게 된 건 근처에 대형 학원이 생기며 아빠 학원이 망하고 나서였다.

갑자기 일이 없어진 아빠는 여러 학원에 면접을 보러 다녔다. 하지만 전부 계약직이거나 아르바이트였다. 계약직으로 들어가도 "우리랑은 안 맞네요"라며 바로 해고됐다. 나중에는 학원 말고 다른 일자리도 찾았지만, 이렇다 할 직업을 가질 수는 없었다.

이 무렵부터 내 기억은 뚜렷해진다.

밥을 먹을 때는 "더 고마워하면서 먹어야지"라는 말을 들으며 맞았다. 엄마가 나를 감싸면 "네가 잘못 키운 거야" "널 만나서 내 인생이 다 꼬였어" 같은 소리를 하며 엄마를 때렸다. 나중에는 내가 밥을 안 먹어도 혼을 내며 때렸다. 더 나중에는 아무 말도 없이 갑자기 때렸다. 발로 차기도 하고 프로레슬링 기술을 쓰기도 했다.

"아빠가 일이 안 풀리니까 조금 짜증이 나서 그래. 실은 엄청 좋은 사람이야."

이런 게 "조금"이면 "엄청" 짜증이 났을 때는 대체 어떻게 하는 걸까? 빨개진 눈을 하고 파랗게 질린 채, 미소 짓고 있는 엄마를 보며 겁을 먹었던 기억이 난다.

하지만 "엄청" 짜증이 난 아빠를 볼 일은 없었다.

어느 밤, 아빠가 술에 취해 뻗어 있는 사이 엄마가 나를 데리고 도망쳤기 때문이다. 우리가 간 곳은 외갓집이었다. 궁궐처럼 큰 집이었지만 우리는 대문 안까지만 들어갈 수 있었다. 비서라는 남자는 현관문 앞에 붙어 말했다.

"아버님도 어머님도 에이코 씨를 만날 생각이 없다고 하십니다."

"손녀도 데리고 왔어요. 첫 손주잖아요. 엄마도 아빠도 보고 싶을 거예요."

"손주가 귀엽지 않은 건 아니지만, 가족을 버린 딸을 만날 엄두가 안 나신대요."

"그게 무슨…"

"다만 아버님이 손주가 있으니 좋은 변호사를 소개해주시겠대요. 비용은 변호사나 관공서랑 상의하면 된다고, 이혼 잘하라고 하셨어요."

그 말을 완벽히 이해한 건 아니었지만 어쨌든 할아버지

덕분에 아빠랑 같이 살지 않아도 되었다.

"앗싸—!"

나는 환호성을 질렀다. 엄마는 그런 나를 슬픈 얼굴로, 비서는 의아한 얼굴로 보고 있었다.

변호사가 보증인과 보증금, 사례금 등이 필요 없는 아파트를 소개해줘서 엄마와 나는 가와사키시의 노보리토로 이사했다. 변호사 제안으로 협의 이혼이라는 걸 하려 했지만 아빠는 어떤 대화에도 응하지 않았다. 그렇게 폭력을 휘두르고도 자신은 아내와 딸을 사랑한다며 울부짖었다고 한다. 결국 재판까지 했고 몇 년이 지나서야 둘은 이혼을 하게 됐다.

끝까지 다툰 건 양육비 때문이었다. 아이를 키우기 위해 헤어진 상대에게 받는 돈이라고 했다.

하지만 직업이 없는 아빠가 그런 걸 줄 수 있을 리가 없으니, "양육비는 일절 받지 않겠다"는 조건이 붙었다.

만약 아빠가 부자라서 엄마가 양육비라는 걸 받았다면 나도 한 달에 한두 번 정도는 회나 스테이크를 먹을 수 있었을까. 매일 뜨거운 물로 목욕을 할 수 있었을까. 어느 밤, 이런 공주 같은 삶을 꿈꾸며 혼자 TV를 본 적이 있다. 그때 TV 속에서 뚱뚱한 아줌마가 이런 말을 했다.

"요즘은 결혼해서 쉽게 아이를 낳고 바로 이혼하는 여성이 많아요. 상대가 어떤 사람인지 제대로 알아보고 결혼해야죠. 그렇게 하지 않았던 본인이 자초한 일이에요."

착했던 아빠는 학원이 망하고 나서 변했다. 엄마가 결혼 전에 그것까지 알고 있었어야 했나. 세상의 모든 부부는 그런 걸 다 알아보고 결혼한 건가.

결혼이라는 거, 얼마나 어려운 걸까.

남자가 조금이라도 무섭게 굴면, 아빠 생각이 나서 패닉에 빠지는 것도 엄마가 자초한 일이니 어쩔 수 없는 거겠지.

노보리토로 이사한 후 엄마는 일을 하게 됐다. 변호사 수임료는 지원을 받을 수 있었지만 생활비는 벌어야만 했다. 하지만 아르바이트만 하니 전혀 돈이 모이지 않았다. 나 같은 어린아이를 둔 엄마가 좋은 회사의 정규직이 되기는 어려웠다.

서른이 넘자 정규직은 면접을 보는 것도 어려워졌다.

많은 월급을 원했던 엄마는, 내가 초등학교 5학년이 되자 스낵바에서 일했다. 손님은 대부분 남자였다. 그들과 대화를 하고 함께 술을 마시는 게 엄마의 일이었다.

하지만 술이 약한 엄마는 새벽에 취해서 들어오거나 화장실에서 끙끙 앓기도 했다. 그런 엄마가 걱정돼서 나도 잠을 못 자거나, 잠이 든다 해도 중간에 깨기 일쑤였다. 그래서 종종 지각을 했다.

가장 곤란했던 건 취한 손님이 엄마에게 무슨 짓이라도

한 날이면 엄마가 패닉에 빠진다는 거였다. 그러면 엄마는 며칠간 일을 쉬어야 했다.

잠도 잘 못 자고, 엄마는 남자 상대하는 것도 잘 못하니까, 그냥 다른 일을 했으면 좋겠어. 그렇게 말한 적도 있지만 엄마는 울면서 "쉬어도 봐주고, 여기보다 돈을 많이 주는 데는 없잖아"라고 말한 뒤, 계속 다니고 있다.

스낵바에 나가지 않으면 그만큼 돈을 못 벌기 때문에, 그걸 메꾸기 위해 주3일 낮에는 도시락 가게에서 일하기로 했다. 만약 둘 다 꾸준히 일한다면 한 달에 버는 돈이 꽤 될 텐데, 매달 몇 번씩이나 패닉에 빠져서 풀타임으로 일한 적은 한 번도 없었다.

미우라 선생님과 상담을 하기로 해놓고 바람을 맞힌 적도 있었다.

첫 번째 상담은 5월의 황금연휴 직후였다.

"이러시면 안 됩니다, 어머님. 따님 일인데 진지하게 생각해주셔야죠."

전화기 너머로 미우라 선생님의 엄격한 목소리가 들렸다.

당황한 엄마는 전화를 하는 건데도 몇 번이나 고개를 숙였고 영문 모를 말들을 늘어놨다. 선생님 목소리는 날카로워졌고 엄마는 그럴수록 더욱더 횡설수설했다.

두 번째 상담은 6월 초였다. 방과 후 학교에서 상담을 할 예정이었지만 엄마는 오지 않았다. 몇 번이나 전화를 해도 받지 않아서 그날 상담은 중단됐다.

알고 보니 엄마는 노보리토역 근처 다마강에 숨어 있었다. 학교에 가려는데 한 달 전, 선생님이 화를 냈던 게 생각나 도저히 발걸음이 떨어지지 않았다고 했다.

다음 날, 미우라 선생님께 그 사실을 말하려 했지만, 어디서부터 어떻게 말해야 할지 몰라 계속 얼버무렸다. 내 말을 가로막은 선생님은 팔짱을 끼고 주위를 살폈다. 방과 후라 아무도 없었다.

"솔직히 물어볼게. 집에 돈이 별로 없니?"

"별로가 아니라 전혀요. 엄마가 일해서 겨우 먹고살고 있어요."

"그래도 밥을 먹을 수는 있네. 그렇지?"

"네."

"취학지원을 받으니까 학교에서 필요한 물건은 살 수 있고, 수학여행도 갈 수 있고 말이야."

"네."

"그럼 돈이 전혀 없는 건 아니네. 세상에는 너보다 더 가난한 사람이 많아. 예를 들어, TV에 나오는 아프리카 아이들 본 적 있을 거야. 걔네는 다 기아에 시달려서 엄청 말랐어. 너는 그 정도는 아니잖아."

아프리카 아이들. 왠지 모르게 잘 그려진다. 목도, 팔도, 다리도 성냥개비처럼 가늘고 뼈가 다 드러난 아이들. 확실히 나는 그 애들과 다르다. 키는 작고 가슴도 전혀 나오지 않았지만 그들보다는 건강하다.

"세상 사람들이 보기에 넌 너무 행복해. 하지만 아프리카 아이들처럼 될 것 같으면 언제든 선생님한테 말하렴. 그건 정말로 힘들다는 거니까."

밥이랑 된장국으로만 밥을 먹는 경우도 드물지 않고, 엄마가 밤에 스낵바에서 일하는 바람에 외롭기도 하지만, 그렇구나. 나는 아직 엄청 힘든 건 아니었나 봐. 아프리카 아이들에 비하면 불행하지 않아.

오히려 행복했던 거야.

갑자기 눈물이 흘렀다.

어? 왜 우는 거지?

"아직은 울 때가 아니야. 앞으로 열심히 할 수 있을 거야."

미우라 선생님이 한 마디 한 마디 내뱉을 때마다 온몸이 떨려, 그 자리에 주저앉을 뻔했다.

왜 그랬던 건지는, 지금도 잘 모르겠다.

누워 있는 엄마에게 부채질을 해주다 잠이 들었다. 에어컨은 꺼져 있고 교복은 식은땀으로 흠뻑 젖었다. 소매 냄새를 맡아봤다.

시큼한 냄새가 풍겨 코가 찡했다.

"당분간 안 입을 거니까 세탁기에 넣어둬."

내가 자는 동안 괜찮아진 엄마가 화장을 하면서 말했다.

"지금 빨면 안 돼?"

"그저께 했잖아. 아직 빨래한 지 얼마 안 됐어."

그렇다. 빨래가 가득 쌓이지 않는 한 세탁기는 돌리면 안 된다. 이런 건, 상식이다.

"대신 오늘은 햄 먹어도 돼. 디저트로 사과도 먹고."

"그래도 돼? 이번 달은 일 많이 못 한 거 아니야?"

"오늘은 점심 안 먹었으니까 괜찮아."

"고마워, 엄마."

"고마워할 일 아니야."

엄마는 수줍은 듯 말한 뒤 옷을 갈아입고 스낵바에 출근했다.

이제 혼자다. 뭘 하지? 지금은 오후 5시. 여름방학 숙제를 할까도 생각해봤지만, 싱크대에 설거짓거리가 쌓여 있고 여기저기 쓰레기가 널린 이 집에서는 도저히 그럴 기분이 들지 않는다.

동아리나 학생회도 안 하는 나는 여름방학 동안 학교에 갈 일도 없고, 별로 가고 싶지도 않다. 달리 갈 곳도 없다. 즉,

내일부터 집에 있는 시간이 길어진다.

그럼 적어도 청소를 해둬야 한다. 빗자루와 먼지떨이와 걸레를 쓰면 전기를 안 쓸 수 있다.

어차피 더러워졌으니 교복을 입은 채 청소를 했다. 생각보다 꽤 힘들었고, 중간에 옆집에서 부부싸움 하는 소리가 들려 놀라기도 했지만 그럭저럭 잘 끝냈다.

그러고 혼자 저녁을 먹었다. 밥과 인스턴트 된장국, 응석을 부린 끝에 먹게 된 햄 세 장. 밥을 다 먹고 나서는 사과 하나를 통째로 먹으려 했는데, 내일도 먹고 싶을 것 같아서 반만 먹었다. 도시락 가게에서 팔고 남은 튀김이나 생선을 먹는 날도 있지만, 아쉽게도 오늘은 없다.

내년 시행 예정이었던 가와사키시 중학교 무상급식이 연기돼서 죽을 만큼 아쉽지만, 엄마가 도시락 가게에서 일하는 덕분에 내 도시락은 남은 음식으로 가득 찰 때가 많다.

미우라 선생님 말대로, 나는 정말 행복한 사람이다.

잘 먹었으니 이제 숙제를 해야겠다고 생각했지만, 날은 벌써 완전히 어두워져 있었다.

전기세를 생각하면 숙제는 내일로 미루는 게 좋다. 샤워도 불을 끄고 했다. 불을 켜고 씻는 사람도 있다고 하던데 굳이 왜 그러는 건지 모르겠다. 비누가 어디 있는지는 안 봐도 알 수 있다. 그걸 몸에 좀 문지르고 머리부터 뜨거운 물을 뿌리면 된다. 불을 켤 이유가 없는데 도대체 왜?

씻고 나와 수건으로 머리를 칭칭 동여매고 벌렁 드러누웠다. 사실 단발을 하고 싶은데 내가 자를 재주는 없고, 자주 자를 돈도 없다. 지금도 항상 최대한 길렀다가 엄마에게 잘라달라고 한다.

그 아이는 다르겠지. 귀여운 단발은 항상 미용실에서…

얼른 양쪽 뺨을 때렸다. 걔 생각은 하지 말자. 그것보다 불을 다 껐는데 눈을 뜨고 있잖아. 눈 나빠지면 어쩌려고. 눈이 나빠져서 안경을 사면 엄마한테 엄청 피해를 주는 거야. 눈은 푹 쉬게 하고 내일은 꼭 숙제를 하자. 공부 잘하는 애가 돼보자.

고등학교는 무조건 졸업해야 되니까.

눈을 감고 다짐을 하다 보니, 어느새 졸고 있었다.

* * *

"뭐 놓고 가셨나요?"

미우라는 당황한 얼굴이었다. 나간 지 30분도 안 돼 다시 왔으니 그럴 만도 했다.

나카타는 미우라에게서 들을 건 다 들었다고 했지만 그렇지 않았다. 마카베가 "내가 다시 탐문해볼게"라고 하자 말없이 따라왔다.

역시 생활안전과에게 살인사건 수사는 버거운 일이다.

아까처럼 교장실 소파에 마주 앉았다.

"선생님이 도노 네가에 대해 얘기하지 않은 게 있으신 것 같아서요. 제발 숨기지 말고 알려주세요."

"그렇게 말씀하셔도"

"도노 네가 어머니가 다마강에 뛰어드셨어요."

엇, 하는 비명 같은 소리가 새어나왔다.

"다행히 생명에는 지장이 없다고 합니다."

유감스럽게도 오늘은 면회를 할 수 없지만.

"딸이 엄청난 짓을 저질렀다는 생각에 겁이 나서 도망갔는데, 정신을 차려보니 강에 빠져 있었다고 하더라고요. 어머니가 정신적으로 좀 불안하신 것 같아요. 제가 말 안 해도 아시겠지만요."

"무슨 말씀을 하고 싶으신 거죠?"

"한 제보자가 도노 네가에 대해 얘기해줬습니다. 선생님은 그 아이가 돈이 없었던 건 아니라고 하셨지만, 제보자에 의하면 꽤 힘든 생활을 한 것 같던데요. 어머니는 돈을 벌기 위해 스낵바에서 일했는데, 남자들이 좀만 무섭게 굴면 패닉에 빠졌다고 하더라고요. 그래서 상담도 못 갔다고요."

"그런가요?"

"통화할 때 뭔가 이상하다고 생각하진 않으셨나요?"

"…글쎄요."

마카베는 반사적으로 눈을 피하는 미우라를 몰아붙였다.

"도노 네가의 어머니는 술을 마시고 다닌 게 아니라던데요. 스낵바에서 일하니까 손님과 마셨던 것뿐이라고요."

"하지만 저는 네가 어머니가 술을 마시고 다닌다는 소문을…"

"아이에게 확인해보셨습니까?"

"그런 걸 아이한테 어떻게 물어보겠어요. 대신 네가한테 정말 힘들 때는 저한테 말하라고 했어요."

"아프리카 아이들처럼 힘들어지면 말하라고 하셨다면서요. 그건 너무 극단적이지 않습니까?"

미우라가 "그건…"이라며 중얼거릴 때였다.

"아프리카라는 게 구체적으로 어디를 말하는 걸까요?"

나카타가 느닷없이 끼어들었다. 미우라의 눈이 갑자기 흔들렸다.

"어디라는 게…"

"아프리카 전체로 보면 아직 가난한 나라가 많은 건 사실이죠. 하지만 그중에는 생활 수준이 높은 나라도, 급속히 도시화가 진행되는 나라도 있습니다. 선생님은 네가를 아프리카의 어떤 나라 아이와 비교하신 거죠?"

"그냥 어디까지나 이미지로…"

나카타는 진심으로 신기하다는 듯 고개를 갸웃거렸다. 곧게 뻗은 검은 머리가 어깨에 스친다.

"아프리카의 이미지와 네가의 현실을 비교하신 건가요?"

"그 얘기는 그만합시다."

마카베가 말을 돌렸다. 어차피 상관없는 일이다.

"선생님은 네가의 집이 힘들다는 걸 알고 계셨네요."

"하지만 네가는 도시락을 잘 싸왔고, 스마트폰도 가지고 있었다니까요. 심각하게 가난했던 건 아니라고요."

"그런 평계를 대면서 네가의 사정을 모른 척하신 거죠. 쓸데없이 일을 벌이는 거란 생각에 아동상담소에도 연락하지 않으셨고요. 저희한테 그 일을 말하지 않은 건 선생님 때문에 사건이 벌어진 걸지도 모른다고 생각해서겠죠. 아닌가요?"

미우라가 고개를 숙였다.

하세베는 아들을 통해 여러 가지 이야기를 듣고 있었다.

"엄마가 있는데, 네가가 사람을 죽일 리 없어요. 네가 집은 굉장히 가난해요. 네가가 엄마를 더 힘들게 할 리가 없어요."

하세베는 그렇게 말했지만, 생활이 괴로우면 나쁜 마음을 먹을 수도 있다. 어떤 계기로 인해 자신보다 더 나은 대상, 즉 가스가이 노조미에게 공격의 화살을 겨냥할지도 모른다.

그리고 도노 네가의 집이 어렵다는 걸 감추고 있던 미우라라면, 그 '어떤 계기'를 알고 있을지도 모른다.

그런 거 아니냐고 다그치려는데, 미우라가 크게 숨을 몰아쉬더니 천천히 고개를 들었다.

뭔가 멍해진 것 같았다.

"아니에요. 저, 그냥 가만히 있었던 게 아니에요."

"그때 일부러 모른 척—"

노크 소리가 들렸다. 미우라가 대답할 새도 없이 문이 열리고 교장 사이토가 들어왔다.

불과 수십 분 만에 상당히 수척해진 것 같았다.

"형사님, 죄송합니다. 미우라 선생님, 잠깐만요."

"네."

추궁에서 벗어나는 거라 안심할 줄 알았는데 미우라는 도리어 하얗게 질린 채, 재빨리 교장실을 빠져나갔다.

"아프리카는 왜 물어본 거야?"

마카베가 작은 소리로 물었다.

"미우라가 어느 나라 얘기를 했든 도노 네가의 사정을 모른 척한 건 틀림없잖아."

"그 말을 들은 네가가 어떤 기분이었는지 상상해보려면, 미우라 선생님이 어떻게 말했는지 알아야 했거든요."

무슨 말인지 알 수 없는 대답을 들으니, 더는 물어도 의미가 없다는 생각이 들어 대화를 잇지 않았다.

미우라가 계속 오지 않는다. 설마 도망간 건 아니겠지.

"그러고 보니, 아까 미우라 선생님의 '아니에요'—"

나카타가 뭔가 말을 하려는데, "웃기지 마, 이 새끼야!" 하며 큰소리가 들렸다. 나카타와 마카베는 바로 뛰쳐나갔다.

복도에는 교장 사이토와 미우라, 그리고 40대 중반의 남자가 서 있었다. 검은 머리를 잘 세팅하고, 비싼 양복을 입었다. 하지만 남자 입에서는 거친 말이 나왔다.

"저 새끼가 여기 왜 있냐고. 나랑 아들 앞에 또 나타나면 학교를 박살내겠다고 했잖아."

미간에는 깊은 주름이 잡혀 있다. 사이토는 남자와 미우라 사이에서 열심히 달래고 있었다.

"그건 일방적인 주장이고요, 오늘은 갑자기 오셔서—"

"교육자라면서 핑계를 대네. 그래놓고 애들 가르칠 수 있겠어?"

"무슨 일이시죠?"

마카베가 경찰수첩을 들고 다가가자 이내 남자 미간에서 주름이 사라졌다.

"형사님이세요? 들어보세요. 얘는 교사의, 아니 그냥 인간 쓰레기예요. 작년에 아들 담임이었는데요."

"지금은 수사 중이니까 돌아가주세요."

나카타가 살짝 미소를 지으며 말했다. 말문이 막힌 남자는 어이가 없다는 표정이었지만 이내 웃음을 터뜨렸다.

"어젯밤 그 사건 수사하시는 거죠? 저 그것 때문에 항의하러 왔거든요. 그 일도 이 남자 반 애가 한 거잖아요. 이런 놈이 담임이니까 아무렇지도 않게 친구를 죽이고—"

"수사 중인 사건에 대해서는 말씀드릴 수 없고, 저희가 좀 급해서요. 계속 방해하시면 서로 동행해주셔야 합니다."

나카타가 미소를 띤 채 말하자, 남자는 갑자기 다른 사람이 된 듯 쭈뼛거리며 돌아갔다.

사이토가 크게 숨을 내쉬었다.

"시끄럽게 해서 죄송합니다."

"무슨 일이죠? 화가 많이 난 것 같던데."

마카베의 질문에 사이토는 난처한 표정을 지으며 말했다.

"그런 건 아니에요. 작년에 좀 여러 가지 일이 있었거든요. 좀 오해가 있었달까, 아이가 착각했다고 할까, 학교 얘기를 좀처럼 들어주질 않아서, 그…"

"학부모 갑질인가요?"

한마디로 정리하는 마카베의 말에, 사이토는 "아니오"라며 황급히 고개를 저었지만 미우라는 싱긋 웃으며 말했다.

"맞습니다."

"미, 미우라 선생님…"

"감춘다고 될 일은 아니죠, 교장선생님. 그럼 저는 전화 받으러 가겠습니다."

"저 사람 때문에 나간 거 아니었습니까?"

마카베가 교무실로 들어가려는 미우라에게 물었다.

"아닙니다. 다른 보호자한테 전화가 와서 부른 겁니다. 미우라 선생님과 이야기해야 안정된다고 해서요. 그런데 갑자기 저분이 와서 호통을 친 거예요."

"미우라 선생님을 신뢰하는 학부모가 있나 보군요."

무심코 빈정거리는 투가 됐는데 미우라는 공허하게 웃으면서 말했다.

"매일 밤 전화가 와요."

아무 감정도 읽을 수 없는 싸늘한 목소리였다.

그때 교무실에서 한 여자 교사가 조심스럽게 나와 말했다.

"미우라 선생님, 육상부 훈련 일정 문의가 왔는데요."

"아직 정해지지 않았다고 말씀해주세요."

"아, 그런데 고문 선생님과 통화하셔야 한다고…"

미우라는 한숨을 쉬더니 교무실 문을 열었다. 지금 보니 흰머리가 좀 있는 것 같다. 젊지는 않은 것 같은데 육상부 고문인가.

문을 닫기 직전에 미우라가 돌아봤다.

"절대로 모른 척한 거 아니에요. 진심으로 네가가 심각한

66

상황은 아니라고 생각했어요. 이것만큼은 알아주셨으면 좋겠습니다."

교무실 문이 닫혔다. 사이토는 "죄송합니다. 일단 교장실에서 기다려주세요"라며 몇 번이나 고개를 숙였다. 학교 전화뿐 아니라 교사들의 휴대폰도 울리는 것 같다.

"지금의 '아니에요'가 진짜 의미예요. 생각했던 게 아니라 그렇게 생각하고 싶었던 거겠죠."

나카타가 닫힌 교무실 문을 바라보며 말했다.

* * *

8월 26일.

여름방학은 끝났다. 오늘부터 다시 학교에 간다.

관측 사상 가장 더운 여름이 될 거라는 듯, 아침부터 살인적인 볕이 쏟아졌다. 도보 아스팔트, 전신주, 도로 표지판 등 눈에 비치는 온갖 것들의 색이 선명했다.

그것들과는 정반대로 내 마음은 어둡게 가라앉아 있었다.

또다시 다른 세계 아이들에게 둘러싸여 누구와도 말을 하지 않는 나날이 시작되는 건가. 고등학교에 가려면 참아야 하지만, 왜 시끄러운 교실에 있는 게 혼자 집에 있는 것보다 더 외로운 걸까. 그래도 교실에는 에어컨이 있다. 그 바람을 쐴 수 있다는 게 너무 좋아서 잠들어도 상관없을 것 같다.

하품이 나왔다. 여름방학 전에도 엄마 때문에 졸린 적이 많았지만 지금은 그 이상이다. 정신을 바짝 차리지 않으면 눈꺼풀이 금세 감길 것만 같다.

"네가."

누군가 뒤에서 말을 걸었다. 돌아보지 않아도 하세베 유스케라는 걸 알았다.

나는 몸을 돌려 유스케의 오른쪽 옆에서 걸었다.

유스케는 왼쪽 귀가 거의 들리지 않는다.

"괜찮아? 여름방학 동안 잘 살아 있었어?"

막 중학교에 들어왔을 때는 내가 내려다봤는데, 지금은 왠지 유스케가 나를 내려다보는 것 같다.

"죽었다면 이렇게 걷고 있지 않겠지."

"방학 동안 우리 집에 한 번도 안 왔잖아. 밥도 있고, 목욕도 할 수 있다고 했는데."

"엄마가 너희 집에 계속 민폐 끼치면 안 된다고 했어."

"그런가. 어쩔 수 없지."

유스케는 평소처럼 거의 표정을 바꾸지 않고 숨을 쉬었다.

어떻게 생각하고 있을지는 모르겠지만 어쨌든 마음은 편하다.

"하세베 씨는 정말 좋은 사람이야. 여러모로 우리를 잘 챙겨주니까. 그래도 민폐 끼치고 싶지 않은 우리 마음을 좀 알아줬으면 좋겠어."

유스케 집의 밥도, 목욕도 모두 좋지만 엄마 말이 이해되기도 한다. 언젠가부터 유스케 집에 가면 뭔가 비참하달까, 한심하달까, 어쨌든 그런 불편한 기분이 들었다. 2학년이 되어 다른 반이 됐을 때는, 유일한 말동무가 사라져 쓸쓸했지만 뭔가 홀가분하기도 했다.

게다가 여름방학에는 유스케 집에 갈 틈도 없었다….

"너는 많이 탔네. 바다 갔다 왔어?"

"아니, 산. 엄마 차 타고 캠핑 갔다 왔어."

중학생쯤 되면 부모님과 함께 놀러 가는 걸 싫어하는 아이도 많지만 유스케는 전혀 그렇지 않다. 엄마랑 단둘이 여행을 가기도 하는 모양이다. 어색하거나 그렇진 않나.

나는 여행을 가본 적이 없고, 엄마가 집에 없거나 있다 해도 잘 때뿐이라, 엄마와의 여행이 어떨지 잘 모르겠다.

"친하네, 둘이."

누가 뒤에서 말을 걸었다. 변성기가 끝나 깨끗해진 저음의 주인이 누군지, 이번에는 알 수 없었다. 아니, 알고는 있었지만, 나와는 어떤 인연도 없는 존재라 그가 말을 걸었다는 게 믿기지 않았다.

깜짝 놀라 뒤돌아보니 구사나기 선배가 서 있었다. 선배는 나와 유스케를 향해 상쾌한 미소를 지었다. 푸른 하늘 아래 흰 셔츠를 입은 선배는 마치 아이돌 같았다. 여름방학이 끝나자마자 좋은 걸 보네, 라고 생각했다.

하지만 들뜬 마음이 금세 사라졌던 건, 선배 옆에―.

"네가 여자랑 등교하고 있어서 놀랐어."

"오해하지 마세요, 선배. 얘는 그냥 소꿉친구예요."

"그래, 알았어."

구사나기 선배는 여유롭게 미소 지었고, 나를 보며 "아, 네가, 안녕" 하고 말했다.

갑작스러운 인사에 당황한 나는 고작 아, 같은 소리나 낼 뿐이었다.

"진짜 아니에요, 네가는 남자애 같은걸요."

구사나기 선배 옆에 있던 여자가 그 얘길 듣더니 하얀 이를 보이며 아하하, 하고 웃었다. 유스케 얼굴이 빨개졌다. 평소에 감정을 안 드러내서인지 참 티가 잘 난다.

선배가 나와 유스케 사이를 오해하고 있었다.

선배는 다시 웃으면서 옆에 있는 여자에게 말했다.

"남자애 같다는 말은 이럴 때 하면 안 되는 거 아니야?"

"글쎄요. 뭐, 네가는 남자애 같아도 다 귀여우니까요."

얘한테 이런 말을 들어도 그저 열등감만 느껴진다.

정기적으로 미용실에 들러 자르는 것 같은 윤기 나는 단발, 새하얗고 눈부신 교복, 어깨에 멘 플루트 케이스, 긴 팔다리와 어른스러운 스타일… 도저히 같은 중학생이라는 생물이라고 생각되지 않는다.

그 여자가 선배와 웃고 있는 틈을 타서 도망치려 했지만, 이미 다 안다는 듯 단발 여자가 하얀 이를 드러내며 말했다.

"안녕, 네가. 오늘부터 다시 잘 부탁해."

"…응."

지금까지 잘 부탁한 기억은 전혀 없지만, 어쩔 수 없이, 나는 그녀—가스가이 노조미에게 대답했다.

希望が死んだ夜に

2장

전화를 끊고 교장실로 온 미우라에게 계속 질문을 해봤지만 새로운 정보는 얻지 못했다. 뭔가 숨기는 기색도 없었다. 그는 도노 네가와 가스가이 노조미에 대해 정말 아무것도 모른다.

본인은 "그럴 여유가 없었다"고 하겠지만.

"시간 내주셔서 고맙습니다. 도노 네가와 가스가이 노조미의 친구들 리스트를 빨리 주시면—"

"교실 좀 보여주세요."

나카타는 마치 마카베 말에 이어붙이듯 자연스레 끼어들었다. 미우라는 당황한 얼굴이었다. 아마 마카베 얼굴도 비슷했을 것이다.

"교실이요?"

"뭔가 참고가 될 수도 있어요. 어딘지만 알려주시면 그냥 알아서 들렀다 갈게요."

2학년 3반이 어딘지 알아낸 나카타는, 마카베가 입을 떼기도 전에 재빨리 교장실을 나갔다. 마카베는 여전히 당황한 얼굴로 그 뒤를 따랐다.

"교실을 보는 게 무슨 참고가 된다는 거야?"

"네가랑 친구들 학교생활이 어땠는지 알 수 있을지도 몰라요. 아까 확인 안 하고 그냥 갔던 건 멍청한 짓이었어요."

그런 대화를 주고받는 사이 2학년 3반에 도착했다. 2층의 거의 중앙이다. 의자가 올려진 책상이 가지런히 늘어져 있다. 나카타가 교실 앞쪽 의자를 둘러본다. 도노 네가라는 명찰이 붙은 의자는 교탁 바로 앞에 있었다. 몸을 굽혀 책상 속을 들여다본 나카타가 말했다.

"교과서가 두서없이 들어 있긴 하지만, 프린트물이 구겨져 있거나 그렇진 않네요. 미우라 선생님 말대로 대충 생활했던 건 아닌 것 같아요."

책상에 손을 얹은 나카타가 계속했다.

"네가가 앞자리에 앉고 싶어 한 건 시력 때문일 수도 있어요. 뒤에 앉으면 눈에 부담이 가서 시력이 나빠질지도 모른다고 생각한 거죠. 빈곤가정에 안경이나 렌즈는 큰 부담이라, 눈이 나빠져도 참고 사는 아이가 있을 정도거든요."

그럴 수도 있다느니, 그럴지도 모른다느니 억측이 지나

74

치다.

"지금 상상하고 있는 거예요."

"상상?"

"네, 그 아이들의 마음을 알면 뭔가 힌트를 얻을 수도 있어요."

나카타는 굉장히 진지했다. 그러고 보니 아까도 '상상' 이야길 했다.

상상은 아무 의미가 없다. 아무리 상상해봐도 남의 마음은 알 수가 없다. 상상을 하는 건 적어도 증거나 증언을 더 모은 다음이어야 한다.

그러나 나카타는 어울리지 않게 평온한 표정을 짓더니 교실 뒤쪽으로 갔다. 이번에는 가스가이 노조미의 자리를 찾은 모양이다. 아까처럼 책상 안을 들여다보고 말했다.

"노조미 책상 안에는 교과서가 가지런히 놓여 있네요. 꼼꼼한 아이였나 봐요."

"그것보다 미우라 선생님 말야."

교실 밖에 아무도 없는 걸 확인했지만, 그래도 작은 소리로 말을 꺼냈다.

"네 말대로 그 선생님한테 들을 수 있는 정보는 다 들었던데. 그럼 다시 가기 전에 좀 알려주지 그랬어."

"아까 말씀드렸잖아요. 저는 미우라 선생님의 아프리카가 궁금했어요."

궁금했다고 말했지만, 나카타 얼굴에는 "수확이 있었다"는 말이 쓰여 있었다.

"생활이 어려웠는데, 선생님에게 그걸 이해받지 못했다는 게 네가에게 영향을 준 건 틀림없어요. 가난한 집 아이들 중에는 부모에게 학대를 받아 마음에 상처를 입는 아이도 있고요. 도노 에이코가 그런 부모였는지는 모르겠지만 그런 점을 감안해서 수사하지 않으면 '몰라'의 의미를 알 수 없을 거예요."

그렇네. 괴짜가 확실하다.

마카베가 조금 강한 어조로 말했다.

"빈곤 자체는 드문 일이 아니야. 나도 남들보다 못한 생활을 했고 비슷한 친구도 많았어. 네 주위에도 있었을 거야."

아버지가 일찍 돌아가신 마카베는 모자가정에서 자랐다. 조부모가 가끔 마카베를 봐주긴 했지만, 연금으로 생활하고 있어 경제적 도움을 주진 못했다. 매일 아침부터 저녁까지 엄마가 일하지 않으면 생활을 할 수 없었다.

마카베만 그랬던 건 아니다. 급식이 없어 밥을 먹지 못한 탓에 방학이 끝나면 깡말라 있던 아이, 늘 같은 옷을 입던 아이, 강풍이 불면 쓰러질 것 같은 집에 살던 아이… 말을 하자면 끝이 없다.

그러나 자신도, 그들도 도노 네가와 달리 죄를 짓지는 않았다. 확고한 꿈과 목표를 가진 채 열심히 살았다. 불경기의 여파로 제대로 된 직장을 구하지 못했거나, 일자리를 잃어 어렵게 사는 사람도 있지만 그렇다고 모두 범죄를 저지르진 않는다.

"빈곤이 동기가 될 수는 있지만 특별히 동정할 필요는 없어. 그리고 돈이 없다면서 스마트폰은 갖고 있었잖아. 우선순위가 잘못된 거야. 올라가려고 노력하지 않는 거, 걔한테도 책임이 있어."

잠깐이었지만 봄볕 같던 나카타의 눈이 날카로워졌다. 자신을 차가운 사람이라고 생각했을지도 모르지만 상관없다.

"어떤 계기로 도노 네가가 나쁜 마음을 먹었고, 결국 살의로 바뀌었을 가능성이 높다고 생각해. 미우라는 아니라고 했지만, 가스가이 노조미가 가난을 이유로 도노 네가를 괴롭혔을 가능성도 무시할 수 없고. 이걸 생각해서 다음 탐문을 해야 하는데."

하지만 도노 네가의 어머니도, 가스가이 노조미의 아버지도 면회가 불가하다. 소녀들과 친했던 친구들의 연락처는 보호자들에게 일일이 허락을 구해야 해서 시간이 걸린다. 그러면 지금 당장 자세한 이야기를 해줄 수 있을 것 같은 사람에게 가야 한다.

"하세베 씨 아들한테 가자. 도노 네가랑 소꿉친구라니까 아마 알고 있는 게 꽤 있을 거야."

본부와 관할서 형사가 파트너가 되면, 경력 차이가 없는 한 계급이 아래라도 본부 형사가 수사의 주도권을 쥐게 된다. 하물며 마카베는 살인사건을 전문으로 다루는 수사1과 형사다. 힘의 관계는 명확하다. 아무리 나카타가 괴짜라 해도 얌전히 따를 것이다.

나카타는 "음"하며 미간을 찌푸리더니 말했다.

"아직 사건이 보도된 지 얼마 안 돼서 충격이 클 거예요. 그쪽은 일단 몇 시간만 좀 놔두죠. 게다가 하세베 씨에 이어 아들한테까지 이야기를 들으면 네가에 대해 너무 한쪽 얘기만 듣게 돼요. 다른 사람들한테 먼저 얘기를 들어보는 게 좋을 것 같아요."

"그렇네."

맞는 말이라 고개를 끄덕일 수밖에 없었지만, 이렇게 명확하게 의견을 낼 줄은 몰랐다.

나카타는 부드럽게 미소를 지으며 "고맙습니다" 하고 고개를 숙였다.

"복지사무소에 가보는 건 어떨까요? 하세베 씨 말로는 도노 에이코가 네가를 데리고 생활보호 상담을 하러 갔다고 했잖아요."

하세베가 담담하게 내뱉었던 말이 떠올랐다.

"도노 에이코 씨에게 생활보호 신청을 하는 게 좋을 거라고 여러 번 말했어요. 그래서 네가를 데리고 복지사무소에 간 적도 있는데, 문전박대를 당한 모양이더라고요. 그게 됐다면 생활에 조금은 여유가 생겼을 텐데. 도노 에이코 씨는 물가작전(생활보호 수급자를 무시하거나 낙인을 찍어 수급을 포기하게 하거나 수급일을 최대한 연장시키는 것을 의미한다 - 옮긴이)의 희생양이에요."

최근 생활보호 수급자가 급증함에 따라 국가 및 지자체의 재정이 빠듯하다. 그래서 복지사무소의 생활보호 담당자들이 이런저런 이유로 상담자를 쫓아내는 물가작전이 난무하고 있다는 보도를 본 적이 있다. 악질 담당자들은 "제대로 일하는 사람에게 부끄럽지도 않느냐" "성매매를 하는 방법도 있다" 등의 말을 하기도 한다고 한다.

도노 네가가 엄마와 함께 생활보호 상담을 받으러 갔다면 복지사무소에 기록이 남아 있을 것이다. 담당자에게 당시 상황을 물어볼 수도 있고, 도노 네가의 집이 빈곤으로 고통받고 있었다는 하세베의 증언이 맞는다는 걸 확인할 수도 있다. 하지만 문제가 있다.

"개인정보라 영장이 없으면 얘기를 안 해줄 것 같은데."

"괜찮을 거예요. 전직 마루보(조직범죄 및 조직폭력배 등을 상대하는 강력계 형사를 의미하는 일본 경찰 은어 – 옮긴이)가 있으니까요."

그가 도와줄지에 대해서 마카베는 반신반의였다. 그러나 나카타가 전화를 걸자, 전직 마루보는 "한 시간 정도 있다 우리 집으로 와"라고 말했다고 한다. 그의 집은 노보리토중학교에서 도보로 20분 정도면 갈 수 있었다. 시간을 맞추기 위해 노보리토역에 있는 카페에 들어가 나카타가 알려준 하세베의 블로그를 봤다.

'빈곤 문제 작가, 하세베 쓰바사의 블로그'라는, 단순한 제목의 블로그다.

"하세베 씨도 미혼모여서 생활이 어려웠대요. 유도 실업팀에 들어가서 코치와 결혼했지만 부상으로 은퇴를 하는 바람에 그걸 계기로 이혼을 하게 됐거든요. 어린이집에 애를 보내고 전철을 타고 다니며 빵 공장에 다녔는데, 출퇴근 하면서 블로그에 자신의 생활을 썼던 모양이에요. 그 블로그가 어떤 출판사 눈에 띄어서 책으로 나왔고 그게 성공하는 덕에 형편이 나아졌대요."

일본 스포츠계는 선수의 은퇴 이후 커리어에는 신경을 안 쓴다고 들었는데, 그게 프로만의 이야기는 아닌 것 같았다. 하세베에게 글재주가 있고 본인도 노력을 했겠지만 운이 좋은 케이스는 맞을 것이다.

"성공하고 나서도 이 문제에 대해 쓰고 있다니, 꽤 진심인가 보네."

"가난할 때, 아들이 계속 열이 있었는데 하세베 씨한테 말을 안 해서 결국 왼쪽 귀의 청력을 거의 잃었대요. 그 일 때문에 하세베 씨가 블로그를 시작하게 됐고요. 아이를 위해 열심히 살아야겠다는 다짐을 한 것도 있지만, 아이가 아픈 줄도 모르고 생활에 쫓겨야 하는 괴로움을 알리고 싶었대요. 데뷔작에 자신과 비슷한 사람을 조금이라도 줄이고 싶다고 적었더라고요."

데뷔작 제목은 "엄마, 나 귀가 안 들려: 미혼모 빈곤기"라고 한다. 지금도 그때와 변함이 없는 건가.

블로그에는 작가로서의 활동과 빈곤 문제에 관한 칼럼이 올라와 있었다. 가장 최신 게시물은 어제 요코하마시에서 열린 강연회 기사다. 두꺼운 코트를 입고 노출 콘크리트 건물 앞에 선 하세베의 사진도 있다.

강연 주제는 〈생활보호를 생각하다〉. 그녀 자신도, 생활보호 담당자에게 "운동만 하느라 공부를 안 했으니 자업자득"이라는 폭언을 들은 적이 있는 것 같다.

하세베가 입은 코트와 노출 콘크리트의 회색이 이 문제를 상징하는 색처럼 보였다.

블로그를 읽다 보니 시간이 다 돼서, 전직 마루보의 집으로 갔다. 현관에는 키가 크다기보다 거대한 남자가 서 있었다. 빡빡머리에 무서운 눈빛이 좋지 않아 보였다.

"오, 나카타!"

박력 있는 큰 목소리에, 지나가던 여자가 어색하게 발걸음을 돌렸다.

과거 형사부 수사4과가 중심이 되어 개편된 조직범죄대책부, 일명 마루보는 조폭 관련 범죄를 수사한다. 그리고 그 중에는 조폭보다 더 조폭 같은 외모를 가진 이도 적지 않다.

마루보 형사들이 일을 그만둔 뒤 하는 것 중 하나가 복지사무소 촉탁직이다. 조폭 관계자들이 생활보호를 받으려고 담당자들을 위협할 수 있기 때문이다. 결국 경호원을 대신하는 셈이다.

이 전직 마루보인, 기노시타 후토시 역시 마찬가지였다.

"시간 내주셔서 고맙습니다."

"어차피 출근은 오후에 하니까 상관없어. 우리 사이에 뭘."

기노시타가 하하, 하고 웃는다. 갈라진 목소리는 현역 시절에 하도 소리를 쳐서 생긴 후유증일 것이다. 이 목소리로 엄포를 놓으면, 고작 공무원이라고 우습게 봤던 조폭 패거리들이 하얗게 질려 달아날 게 분명하다.

"올라가지."

거실에는 표창장, 감사패 등 형사 시절의 훈장이 즐비했다. 경외심을 갖고 그쪽을 본 마카베는 이내 경찰수첩을 보여주고 자신을 소개했다. 크게 고개를 끄덕인 기노시타가 말했다.

"나카타한테 대충 들었어. 그 중학생 살인사건 조사하고 있다면서?"

"네. 용의자가 생활보호 상담을 받으려고 어머니와 함께 복지사무소에 갔다는 제보가 있었어요. 그때 일을 좀 알려주셨으면 좋겠습니다. 비밀 보장은—"

"그런 얘기는 됐어. 나카타 부탁인데."

또다시 하하, 하고 웃는 기노시타. 마카베 옆에 앉은 나카타는 "그럼 부탁드릴게요"라며 가볍게 고개를 숙였다. 분명 비밀 유지 의무 조항이 있을 텐데, "나카타 부탁"은 그 조항을 뛰어넘는 모양이다.

아직 젊은 생활안전과 형사, 그것도 여자가, 마루보와 이렇게까지 신뢰 관계를 만들다니.

주위에선 골칫거리로 보지만, 다른 한편에선 신뢰도 함께 얻고 있다는 건가.

"아까 전화 받고 회사에 가서 상담 기록을 보고 왔어. 도노 에이코는 최근 2년 동안 세 번의 생활보호 상담을 받았더군. 다만 딸인 네가를 데려온 건 마지막 상담이었던 지난

9월이야. 그전의 일은 나도 잘 몰라."

"몇 번을 가도 안 되니까 딸을 데려왔다는 겁니까?"

마카베의 질문에 기노시타가 고개를 끄덕였다.

"담당자의 동정을 끌어낼 수 있을 거라고 생각했겠지. 상당히 야위고 피곤한 얼굴을 하고 있던 여자애라, 나도 기억하고 있으니까."

그렇다면 왜 도노 에이코는 매번 딸을 데려가지 않았을까? 마카베가 물었지만 기노시타는 모르겠다며 고개를 저었다.

"근데 애초에 동정의 문제가 아니야. 기준을 충족하지 못하면 생활보호 대상자가 될 수 없어."

"도노 에이코가 물가작전의 희생양이라고 말하는 사람이 있었어요."

"물가작전이란 말이지."

기노시타는 깨끗한 머리를 만지며 쓴웃음을 지었다.

"생활보호 대상자를 최대한 줄일 생각만 하는 담당자가 있는 건, 사실이야. 하지만 전체로 보면 극히 소수야. 사람들이 많이 착각하는데, 생활보호라는 건 상담자의 생활수준이 국가가 정한 기준을 밑돌면 반드시 받게 되는 거야. 담당자 마음대로 거절할 수 있는 게 아니라고.

그런데 언론이 극단적인 예만 드니까 상담자들은 담당자를 경계하게 돼. 사명감으로 불타는 언론인들이 보도를 하면 할수록, 담당자들을 경계한다니 아이러니한 얘기지. 생활 보호를 받는 건 국민의 권리라 그럴 필요가 없는데.

　그래서인지 담당자가 선의로 한 말들도 악의로 치부되는 것 같아. 도노 에이코도 올 때마다 담당자가 말해줬어. 부모님을 부양할 의사가 없다는 것만 확인되면 보호받을 수 있다고. 근데 당사자가 어떻게 생각했을지는 모르겠네."

　2013년 생활보호법이 개정되면서 친족 부양 의무가 강화됐지만, 부득이한 사정이 있는 경우 면제된다. 경제력이 있는 친족이 있다 하더라도 생활보호 대상자가 될 수 있다는 것이다.

　도노 에이코의 경우, 부모로부터 학대를 받으며 자랐고, 집을 나온 이후에는 절연했다. 친족 부양 의무를 면제받을 충분한 이유가 된다.

　담당자가 이런 설명을 의도적으로 하지 않은 건 아닐까. 그래서 도노 에이코가 생활보호를 받지 못한 거라면, 훌륭한 물가작전이 된다.

　그런데 몰래 정보를 알려주는 기노시타가 담당자 손을 들어주는 게 의외였다.

"상담 기록에는 네가에 대해 어떻게 적혀 있던가요?"

　나카타가 물었다.

"말을 거의 안 했는지 자세한 내용은 없었는데, 딱 하나 이런 질문을 했더라고."

생활보호 대상자도 고등학교에 갈 수 있나요?

"물론 합격만 하면 어떤 고등학교든 갈 수 있지, 그렇게 말하니까 안심한 것 같더라고."

걔가 그렇게까지 고등학교에 가고 싶어 했다고? 담임교사인 미우라가 "지각이나 결석이 많았다" "삶의 의욕이나 기력이라는 게 전혀 느껴지지 않았다" 같은 말을 할 정도로 생활 태도가 나빴는데?

마카베는 자연스레 자신의 중학생 시절을 떠올렸다.

중학생이 된 지 얼마 되지 않았을 때, 반 친구가 생활보호를 받고 있다는 걸 알게 됐다. 그러나 마카베의 어머니는 생활보호의 시옷 자도 입에 담지 않았다.

분명, 나라의 도움을 받는 걸 한심하다고 생각한 것이다. 어머니는 강한 사람이니까.

이걸 중학교 2학년이 돼서야 깨달았다. 공부가 어렵다고 포기하려 했던 게 부끄러웠다. 마카베는 어떻게 해야 엄마가 조금이라도 편해질 수 있는지 생각했다. 교사들은 공부를 잘하는 아이만 보느라 못하는 애들은 상담조차 해주지 않았다. 학원에 갈 돈도 없었다. 혼자 도서관에 틀어박혀 찾아보니 공무원이 되는 게 가장 안정적일 것 같았다. 공무원이라면 뭐든 상관없었지만, 형사 드라마를 봤던 마카베는 막연하게 경찰을 동경하고 있었다. 동경하던 걸 꿈꾼다면 공부하는 게 힘들어도 마음이 부러지는 일은 없을 것이다. 그렇게 생각한 뒤에는 경찰을 목표로 효율적인 공부법을 만들었고, 또 그렇게 공부해서 결국 해냈다.

물론 도노 네가에게는 본보기가 될 부모가 없었다. 그건 안됐다고 생각한다. 하지만 고등학교에 가고 싶었다면 그만한 노력은 했어야 하는 거 아닌가. 그러면 나처럼 길을 찾게 될 텐데.

여름방학 이후, 생활 태도가 유난히 더 나빠졌다는 걸 보면 뭔가를 하지는 않고 꿈만 꿨다는 생각밖에 안 든다.

"그렇군요. 네가는 고등학교에 가고 싶었군요…"

나카타는 도노 네가를 위로하듯 중얼거렸지만, 마카베는 도저히 공감할 수 없었다.

* * *

9월이 끝나가지만 여름은 전혀 떠날 생각이 없는 듯, 무더운 날씨가 계속됐다.

"역시 안 됐구나…"

다마구청 안에 있는 카페에서, 엄마는 넓은 이마에 손을 얹고 큰 한숨을 내쉬었다.

생활보호 신청을 위해 복지사무소에 다녀왔다. 이번에도 거절당했다. "제발 네가도 같이 가자. 이렇게 야윈 아이가 배고픈 얼굴을 하고 있으면, 아무리 냉정한 담당자여도 동정심을 가질 수밖에 없을 거야!"라고 엄마가 간절하게 말해서 같이 왔지만 효과는 없었다.

나도 최근에는 생활보호를 받을 수 있으면 좀 편하지 않을까, 라는 생각은 했다. 하지만 막상 이렇게 되니 마음속 어딘가에서는 뭔가 안심이 되기도 했다.

몇 년 전 일어났던 생활보호 논란을 똑똑히 기억하고 있다.

TV에 많이 나오는 개그맨의 어머니가 생활보호를 받고 있다는 게 알려지면서 시작된 일이었다. 돈이 있는데 치사하네, 같은 생각이 들어 짜증은 났지만 위법은 아니었고, 수급한 돈을 반납했다고 해서 그걸로 끝난 줄 알았다.

하지만 개그맨에 대한 비난은 계속됐다. 그 칼끝은 어느새 생활보호 그 자체로 향했다.

—생활보호를 받는 사람은 어리광을 부리는 거다.

—생활보호를 받지 않으려 열심히 일하는 게 상식이다.

—성실하게 일하는 사람보다 생활보호 수급자가 돈을 더

많이 받는 건 불공평하다.

머리가 좋아 보이는 사람들은 TV에 나와 그렇게 말했고, 학교에서도 친구들이 "생활보호자들에게 돌아갈 돈이라고 생각하면, 소비세 내는 것도 아까워" "생활보호 받는 어른이 되고 싶지는 않아" 같은 말을 했다.

충격이었다.

학교에서 생활보호는 "건강하고 문화적인 최저한도의 생활"을 위한 최후의 보루라고 배웠는데. 거짓말이었나. 내가 어리광을 부린 건가.

생활보호 같은 걸 받으면, 너무 창피해서 학교에 갈 수 없을 것이다.

그걸 깨달았기 때문에 엄마가 복지사무소에 함께 가자고 해도 늘 단호하게 거절했다.

"역시 나라는 도와줄 생각이 없다니까. 우리 스스로 어떻게든 해야만 해. 아, 또 엄청 아껴 써야 하네…"

"근데 창구 아줌마는 할아버지를 부양할 의사가 없다는 것만 확인하면 생활보호 받을 수 있다고 하지 않았어?"

부양가족 조회라든가, 친족 부양 의무라든가, 부양 능력 조사 대상자라든가 어려운 말을 늘어놓긴 했지만 요점은 확실히 저 얘기였다. 할아버지 의사 확인도 해주겠다고 했다.

하지만 엄마는 멜론소다 빨대에 입을 대면서 얼굴을 찌푸렸다.

"아냐? 내가 잘못 이해한 거야?"

"응. 그런 뜻이 아니었어."

빨대에서 입을 뗀 엄마가 한숨을 쉬며 말했다.

"할아버지와 인연이 끊겼다는 걸 어떻게 증명할 수 있겠어. 게다가 '가능하면 화해하세요, 그게 아이를 위한 길이에요'라고 하는 건 우리 사정을 전혀 모르고 하는 말이야. 생활보호를 받을 바에야 업소에서 일하는 게 낫다고 생각하는 거야, 그 여자는."

"진짜?"

내가 놀라자 엄마는 더욱더 놀란 표정을 지었다.

"뉴스를 조금이라도 봤으면 어떻게든 생활보호를 못 받게 하려고 한다는 걸 알 수 있을 텐데. 많이 컸다고 생각했는데, 네가는 아직 애구나."

할 말이 없었다. 다음 달, 10월 23일이 되면 열네 살이니까, 충분히 어른이라고 생각했는데. 이게 어른들이 말하는 눈치가 없다는 건가.

"괜찮아. 어른이 되면 되지. 아, 파르페 먹을래?"

"…돈 아껴 쓰는 거 아니었어?"

우물쭈물하며 물었다. 애초에 이 카페에 들어오는 것도 반대였다. 하지만 엄마는 멜론소다가 든 컵을 움켜쥐고 말했다.

"앞으로 아껴 써야 되니까 이 정도 사치는 해두는 게 좋지, 뭐. 너무 안 쓰면 우울하잖아."

엄마에게는 '이 정도 사치'가 많은 것 같지만, 무슨 말을 하자니 또 눈치가 없는 말일 것 같았고, 파르페는 맛있으니까 "그럼 먹을게"라고 말했다.

카페에서 나왔을 때, 엄마를 두고 혼자 화장실에 갔다. 볼일을 다 보고 손을 씻으려는데, 거울 너머 내가 보였다. 오래돼서 바랜 흰 셔츠와 청바지를 입은, 머리가 긴 여자아이. 말랐고 안색도 나쁘다.

"많이 컸다고 생각했는데, 네가는 아직 애구나."

엄마 말이 맞다. 아직 속은 어린앤데 몸만 커버렸다. 키는 앞에서 두 번째고, 몸이 여성스럽진 않지만 브래지어도 하고 생리도 한다. 그것 때문에 불필요한 지출이 늘고 있다.

"중학교 졸업하고 나서는 네가도 일했으면 좋겠어. 안 그러면 정말 더는 살 수가 없어."

엄마 말이 정말 현실이 되는 걸까.

고등학교는 졸업해야 되는데.

린코 언니랑 약속했는데.

그때 나는 일곱 살이었다. 지금보다 더 오래된, 언제 무너져도 이상하지 않은 아주 낡은 아파트에 살 때였다.

우리 집이 가난하다는 건 그때 알게 됐다. 옷은 다 헌 옷인데, 심지어 계속 같은 것만 입었다. 다른 애들과 달리 내 필기구에는 포켓몬이나 프리큐어는커녕 어떤 캐릭터도 그려져 있지 않았다.

급식을 남기는 아이를 보곤 깜짝 놀랐다. 다른 아이들은 집에서 제대로 밥을 먹고 있다는 걸 알았으니까.

고작 그런 생활이라 해도, 엄마는 일을 하면서 어떻게든 유지하려 하고 있었다.

나도 뭔가 할 게 없을까?

그런 생각을 하면서 멍하니 TV를 보던 밤이었다. 그 무렵 엄마는 슈퍼에서 녹초가 될 때까지 일했고, 그래서 저녁은 항상 밤 10시 이후에나 먹었다. 그때까지는 항상, 혼자서, 특별히 하는 일 없이 TV를 보는 경우가 많았다.

그날 밤 역시 배가 고픈데 먹을 게 하나도 없어서, 설탕을 섞은 마요네즈를 핥으며 대충 채널을 돌리고 있었다. 그런데 어떤 정치인 아저씨가 "저는 젊었을 때 비 오는 날에도, 바람 부는 날에도, 눈 오는 날에도 신문 배달을 해서 학비를 벌었고 그렇게 대학을 나왔어요. 정말 공부를 하고 싶다면, 그 정도는 해야 돼요"라고, 열정적으로 말했다.

공부 같은 건 하기 싫지만, 그런가. 신문 배달을 하면 돈을 벌 수 있는 건가. 나도 해봐야겠다. "비 오는 날에도, 바람 부는 날에도, 눈 오는 날에도" 같은 말도 뭔가 멋있다. 가끔 보는 신문 배달원이 방법을 알려줄지도 모른다.

곧바로 샌들만 신고 집을 나섰다.

무더운 밤이었다. 신문 배달원을 찾아 동네를 돌고 있는데, 낡은 건물 옆에서 뚱뚱한 아저씨가 말을 걸었다.

"꼬마 아가씨, 무슨 일이야?"

그 건물은 옛날에는 꽃집이나 이발소, 정육점을 겸한 슈퍼 같은 게 있었지만 지금도 영업을 하는 가게는 헌책방뿐이었다. 그 헌책방도 문을 닫은 시간이었다.

"신문 배달을 하고 싶어서요."

순순히 대답하자 아저씨는 내 온몸을 빤히 쳐다봤다. 그러고 나서 날름 혀를 내밀었다.

아빠가 취했을 때랑 같은 냄새가 났다.

"신문 배달 훌륭하네. 좋아, 아저씨 따라오렴. 방법을 알려줄게."

"진짜?"

"아, 근데 이건 너랑 아저씨와의 비밀이야. 다른 사람한테 말하면 다시는 신문 배달을 할 수 없어."

"응!"

왜 다른 사람한테 말하면 안 되는지는 모르겠지만 신문
배달을 할 수 있다면 됐다. 아저씨가 내 손을 잡고 건물 안
으로 들어가기 직전이었다.

"뭐 하는 거예요?"

큰 목소리가 우리를 불러세웠다.

"아, 린코 언니."

목소리의 주인은 우리 아파트 2층에 살고 있는 아오야 린
코 언니였다. 허리까지 내려오는 검은 머리는 나와 다르게
전혀 부스스하지 않았고, 날 때부터 저 길이였나, 싶을 정도
로 잘 어울렸다. 하굣길이라 입고 있는 흰 교복은 밤중에도
빛나 보였다.

"아니, 그게…"

아저씨는 린코 언니가 나타나자마자 횡설수설했다. 언니
가 한 발짝 다가가자 아저씨가 내 손을 놓고 세 발짝 뒤로
물러났다.

"신문 배달하는 법 배우려는 거야."

내 말을 들은 언니가 눈을 가늘게 뜨고 아저씨를 노려봤다.

"경찰에 신고할 거야."

"아, 난 아무것도 안 했어…"

"이제 하려고 했겠지. 너 같은 게 있으니까 불행한 여자가
늘어나는 거야!"

94

아저씨가 놀라서 뛰어갔다. 린코 언니가 아저씨를 쫓아가려 했지만, 나를 보곤 바로 걸음을 멈췄다.

"아줌마 아직 안 들어오셨지?"

"응."

"그럼 지금 파출소 가서 신고하자."

"응? 왜?"

"가면서 알려줄게."

언니 말을 들어보니, 그 아저씨는 신문 배달하는 법을 알려주겠다며 나한테 이상한 짓을 하려고 했던 것 같다. '이상한 짓'이라는 게 구체적으로 뭔지는 잘 몰랐지만, 그런 짓을 당하면 다시는 웃을 수 없게 된다는 건 알고 있었다.

내가 그런 짓을 당할 뻔했다는 사실을 알고 나자, 온몸에 두려움이 퍼졌다. 언니가 말했다. 그런 나쁜 사람은 순경한테 말해서 꼭 붙잡아야 돼.

하지만 우리 말을 들은 파출소 순경은 "피해는 없었네" "구체적으로 무슨 일이 생긴 게 아니면 출동할 수 없어" 같은 말을 했을 뿐이다.

"그럼 순찰이나 잘하세요."

린코 언니는 빈정대며 말한 뒤, 나를 데리고 파출소를 나왔다.

"왜 나쁜 사람을 안 잡는 거야?"

뾰로통해진 내게 언니가 말했다.

"네가 당할 뻔한 일이 나쁜 일이라고 생각하지 않아서. 어차피 아무것도 안 해줄거라는 생각은 했지만."

"근데 왜 갔어?"

"결과가 정해져 있어도 해야 할 일이니까."

어두운 밤을 바라보는 언니의 눈은 맑고 깨끗했다.

그 예쁜 눈을 정신없이 바라보고 있는데, 언니가 내 손을 꼭 잡고 말했다.

"너도 조심해야 돼. 절대 밤에 혼자 돌아다니지 마."

"그런데 돈이 없잖아. 신문 배달을 하면 돈을 벌 수 있다고 했어."

"아이는 신문 배달을 할 수가 없어."

쓴웃음을 지으며 말한 언니는, 내 눈을 뚫어지게 쳐다봤다.

"더 많은 걸 배워. 그러니까 꼭 고등학교까지 가야 돼."

"고등학교?"

린코 언니의 교복을 보며 고개를 갸웃거렸다.

"응, 고등학교."

"근데 그럴 돈이…"

"나처럼 장학금을 받는 방법도 있어. 이건 현실적인 문제야. 중졸과 고졸은 할 수 있는 일도, 받을 수 있는 월급도 전혀 달라. 학력에 좌우된다는 게 좀 이상한 얘기긴 하지만."

고등학교구나. 전혀 감은 오지 않지만, 언니가 입고 있는 것과 비슷한 교복을 입을 수 있고, 게다가 월급을 많이 주는 좋은 직업을 가질 수 있다면 멋진 일이라고 생각했다.

그래서 꼭 고등학교에 가겠다고 약속했다.

그러고 나서도 린코 언니는, 고등학교에 대해 이런저런 걸 알려줬다. 언제 무너져도 이상하지 않은 아파트가 마침내 붕괴됐고, 결국 철거가 결정되며 이사를 하는 바람에 헤어지게 됐지만, "무슨 일 있으면 전화 줘"라고 쥐여줬던 전화번호가 적힌 메모는, 지금도 소중히 간직하고 있다.

여름방학 때 산 스마트폰에도 등록해놨다.

고등학교에 들어가면, 언니한테 전화를 할 거다.

언제가 올 그날을 위해 버텨내야 한다.

* * *

화장실에서 나와 엄마에게 갔는데, 구청 시민회관 홀에서 사람들이 나오고 있었다.

"뭐 했나 보네."

엄마 말을 듣고 나서 생각해보니, 오늘 취주악부 공연이 있었다. 아마 우리 학교도 참가했을 것이다. 점심시간 전부터 취주악부 애들이 없었다.

"하세베 씨도 왔나?"

엄마도 이 사람들이 누군지 눈치를 챈 것 같다. 얼른 나가려고 했는데, "도노 씨" 하는 목소리가 들렸다.

하세베 씨ー유스케 엄마에게 들켜버렸다. 시민회관 홀 입구는 2층에 있다. 하세베 씨는 그 계단을 천천히 내려왔다. 큰 몸집과 자신감 넘치는 걸음걸이 때문에 마치 여왕이 나타난 것 같았다(진짜 여왕은 본 적 없지만). 입가에는 반가워하는 듯한 미소.

그와 달리, 엄마는 마치 작은 동물처럼 움츠러들며 얼굴을 찡그렸다.

"오랜만이에요, 도노 씨. 공연 보러 왔어요?"

"…뭐, 네. 그렇죠."

"아, 그랬구나. 전혀 몰랐어요."

초등학생일 때는 생활보호 신청하러 왔다고 말하면 되잖아, 라고 생각했겠지만 지금은 거짓말하는 엄마가 이해된다.

생활보호를 받는다는 건 부끄러운 일이니까.

"유스케는 좀 틀린 것 같아요. 본인은 아무렇지도 않은 척했지만 저는 조마조마했다니까요."

하세베 씨는 움츠러든 엄마를 눈치채지 못하고 웃음을 터뜨렸다. 유스케도 계단을 내려왔다.

"쓸데없는 소리 하지 마, 엄마. 그렇게 못하진 않았어. 오히려 잘한 편이라고."

"그런데 손가락이 멈췄잖아. 사람들 앞에서 하는 건 역시 긴장이 되니까."

"그런 것 때문에 긴장하지 않아."

"그냥 그렇다고 해둘게."

하세베 씨는 가볍게 받아넘겼지만 유스케 말이 맞다. 유스케가 긴장을 했다면 그건 앞에 사람들이 있어서가 아니다.

옆에 가스가이 노조미가 앉아 있었기 때문이다.

"귀가 안 좋은데 괜찮겠어?"라는 아줌마 걱정을 뿌리치고 비싼 플루트를 사서 취주악부에 들어간 건 걔와 가까이 있고 싶어서다.

나름대로 잘하는 수준이 된 건 본인이 노력을 한 거겠지만.

귀가 안 들릴 때까지 엄마에게 아픈 걸 숨긴 놈이다. 분명, 끈기를 갖고 열심히 했을 것이다.

"유스케는 열심히 했어요."

변성기가 끝나 깨끗해진 저음이 머릿속에 들어왔다. 계단 위에서 들려왔지만, 심장이 쿵쾅거려 그쪽을 볼 수는 없었다.

"아, 너는…"

하세베 씨가 말을 끊고 누구냐는 눈빛을 보낸다.

아줌마, 저 사람은 구사나기 선배예요. 취주악부의 꽃인 트럼펫을 연주해요. 햄버거로 치면 패티 같은 존재예요. 그게 선배한테 딱 맞는 말이에요. 등을 쭉 펴고 연습하는 모습이 너무 멋있어서 여자애들이 다 걸음을 멈추고 그걸 보고 있거든요!

마음속으로 단숨에 뱉었는데, 단지 그것만으로도 얼굴이 빨개지는 게 느껴졌다. 하지만,

"부장인 구사나기 선배예요"하고 들려온 목소리에 빨개졌던 얼굴이 빠르게 식어갔다. 어색한 표정으로 계단을 봤다.

키가 큰 구사나기 선배 옆에는, 손발이 길고 늘씬한 여자—가스가이 노조미가 서 있었다.

두 사람은 나란히 계단을 내려왔다. 미남미녀. 드문드문 티가 나게 쳐다보는 사람도 있다.

나는 한 번도 받아본 적 없는 시선.

"연주를 잘하는데 리더십도 있어서 기댈 수 있는 선배예요. 아, 죄송합니다. 제 소개가 늦었죠. 가스가이 노조미예요. 유스케랑 같은 2학년입니다."

하세베 씨는 예쁘게 인사를 하는 노조미에게, "예의가 참 바르네" 하면서 감탄한 듯 함께 고개를 숙였다.

"저도 소개가 늦었어요. 구사나기 데쓰야입니다."

구사나기 선배도 고개를 숙인다. 왠지 어른들 모임 같다. 나와 유스케가 들어갈 틈이 없다. 나이뿐이라면 엄마도 어른이지만, 엄마조차 낄 자리가 없어 보인다.

"노조미가 워낙 좋게 말해서 그렇지, 사실 그 정도는 아니에요. 그렇게 대단한 부장은 아니거든요. 근데 유스케가 노력하는 건 사실이에요. 플루트 시작한 지 1년 조금 넘었는데, 이렇게까지 실력이 느는 사람은 좀처럼 없어요. 실례일수 있지만 왼쪽 귀가 거의 안 들린다는 걸 알고 깜짝 놀랐을 정도였어요."

선배가 귀 이야기를 꺼낸 순간, 유스케가 양손으로 입을 가리고 당황한 얼굴로 노조미를 쳐다봤다. 노조미 앞에서 얼굴이 자주 빨개지는 건 맞지만, 이렇게까지 확 바뀌는 일은 드물다.

하지만 노조미는 유스케를 신경 쓰지 않는 눈치였다.

"겸손하게 말하면서 후배들 칭찬까지 했네요. 완벽한 답변이에요, 선배."

"장난치지 마, 노조미."

장난스레 말하는 노조미에게 근엄한 얼굴로 대꾸하는 구사나기 선배.

이 둘은 친하다. 사귄다는 소문은 아마 사실일 것이다. 둘 다 어른스럽기 때문에, 손을 잡거나 키스를 하는 건 벌써 오래전에 했고, 어쩌면 더한 것도… 맞아, 요즘 시대 중학생이잖아. 나와는 전혀 상관이 없지만, 유스케는 힘들겠지. 아직도 눈매부터 광대까지 다 굳어 있는 것 같다.

하세베 씨도 아들의 기분을 눈치챈 것 같다. 하지만 유스케가 남자로서 선배를 이길 수는 없다. 키도, 태도도 그렇다. 한 살 어리다는 걸 감안해도 완벽하게 지고 있다. 아무리 부모여도 그건 알겠지만, 하세베 씨는 "확실히 유스케는 노력하는 아이예요. 성실하게 꾸준히 노력하죠"라며 어필을 한다. 하지만 유스케의 얼굴은 점점 더 굳어졌다. 아마 이런 게 더 공개처형이라는 생각을 할지도 모른다.

"그럼, 그… 우리는 이제…"

엄마가 더듬거리며 말했고, 하세베 씨가 뭔가 말하기도 전에 발걸음을 돌렸다. 나도 함께 가려 했지만, 순간 늦어버렸다.

"네가도 공연 봤어?"

"…뭐, 네, 그렇죠."

엄마랑 같은 대답을 해버렸다. 노조미는 "왜 존댓말이야?"라고 이상하게 웃다가, 구사나기 선배에게 "화장실 좀 갔다 올게요" 하고 걸어갔다. 이제 나한테 할 말은 없는 것 같다. 다행이라고 생각했는데, 노조미가 플루트 케이스를 다시 메는 척하며 내 옆에 서더니 속삭였다.

"도서관 나오자마자 있는 계단 위로 와."

다마구청에는 도서관도 있다. 엄마한테는 도서관에 들르

겠다고 거짓말을 했다. 엄마는 "도서관?"이라며 놀란 표정을 지었지만, 한시라도 빨리 하세베 씨와 헤어지고 싶었는지 더 묻지는 않고 집으로 갔다.

"덥고 컨디션도 좋지 않으니" 택시를 타고.

엄마가 가는 걸 확인한 뒤 도서관을 나오자마자 있는 계단을 올랐다. 계단 끝, 꾸며진 층계참에는 벤치도 놓여 있다.

노조미는 거기 앉아 있었다. 하얀 피부와 검은 단발머리는 숨이 멎을 정도로 사랑스럽다. 뭔가를 마시고 있는데, 달콤한 향기가 은은하게 퍼졌다. 아마 나는 이름도 모르는 홍차 같은 거겠지. 텀블러에 물이 아닌 다른 걸 넣어 마시는 사람을 보면 항상 뒷걸음질을 치고 싶어진다.

나를 본 노조미가 고개를 들고 텀블러를 내밀었다.

"마실래?"

"됐어."

일부러 공격적으로 말한 건, 이 아이가 마음에 들지 않아서다.

입학한 지 얼마 안 됐을 때는 그렇지 않았다.

노보리토중학교 교복은 비싸다. 시에서 취학지원을 받긴 하지만, 체육복과 신발, 기타 학용품 등을 사려면 턱없이 부족하다. 몇 년 전, 비싼 교복이 문제가 됐지만 "현지 산업을 지탱하기 위해 필요"하다며 흐지부지됐다.

내 교복은 한 봉사단체에서 보내준 어떤 졸업생의 것이다. 하지만 입학식에서 아이들은 대부분 눈부신 새 교복을 입고 있었다.

그중에서도 특히 눈이 부셨던 건 가스가이 노조미였다.

지난달까지 초등학생이었다고는 생각되지 않을 정도로 어른스럽고 교복이 아주 잘 어울렸다. 린코 언니만큼 예쁜 아이였다.

이런 아이와 같은 반이 된 게 기뻤다. 게다가 내가 동경하는 단발. 곁에 가면 은은하게 샴푸 향이 났다. 그것도, 매일. 그걸로 가스가이 노조미 집은 매일 목욕을 할 수 있다는 걸 알게 됐다.

나와는 다른 세계에 살고 있는 아이. 달라도 너무 달라서 질투나 시기, 부러움 같은 감정은 생기지도 않았다. 아이돌을 보는 느낌이었기 때문이다. 가끔 가스가이 노조미를 보고, 귀엽다, 좋겠다 같은 생각을 하는 일방적인 관계로 끝날 사이였다.

그런데 왜인지 노조미가 가끔씩 내게 말을 걸었다.

"안녕, 네가."

"잘 가, 네가."

"네가, 수업 이해했어?"

이런 인사 정도였다. 아마 얼핏 봐서는 별거 아니라는 생각을 할 것이다. 하지만 당사자인 나는 알았다.

노조미는 분명 나를 신경 쓰고 있었다.

중학교 2학년이 되어 내가 공부를 따라갈 수 없게 되자, 말을 거는 횟수가 더 늘었다.

내가 불쌍하다고 생각하는 거야.

그리고 난 그걸 견딜 수 없었다.

1학년 때부터 노조미가 나를 이름으로 불러서, 나도 걔를 이름인 노조미로 불러버린 걸 지금도 후회하고 있다. 가능하다면 '가스가이 노조미'라고 무미건조하게 부르고 싶다.

"앉아."

내 기분을 알 리 없는 노조미가 벤치의 오른쪽으로 당겨 앉으며 말했다.

"실례합니다."

"뭐야, 그 말투는?"

입을 크게 벌리고 웃는 노조미. 치아가 너무 하얗고 가지런하다. 나도 모르게 손으로 입을 가리고 있었다.

역시 오지 말았어야 했다. 못 들은 척하고 집으로 갔어야 했다.

"이렇게 둘이서만 얘기하는 건 처음이지?"

"할 말이 뭐야?"

무시하면서 퉁명스럽게 말하는 내게 노조미는 걱정스러

운 얼굴로 말했다.

"요즘 지각 많이 하더라."

가슴이 철렁 내려앉았다.

"수업 중에 자는 날도 많고. 수업은 좀 더 열심히 듣는 게 좋지 않을까. 성적이 안 좋은데 동아리나 학생회를 하는 것도 아니잖아. 생활 태도까지 나쁘면 내신에서 좋은 점수를 받을 수가 없어."

"내가 너한테 왜 이런 말을 들어야 돼?"

"너는 고등학교에 가고 싶어 하니까."

—꿈은 고등학교를 졸업하는 겁니다.

입학 직후 자기소개를 할 때, 나는 분명 그렇게 말했다. 하지만.

"그런 말이 아니야. 네가 나한테 이런 말을 할 이유가 없다는 거야."

"우린 친구잖아."

친구—이 아이는 1년 반 동안 같은 반이어서 조금 걱정되는 애를, 친구라는 범주에 넣는 모양이다.

어른들이 보기에 가스가이 노조미는 "친구 생각을 하는 좋은 애"일 것이다. 아니, 다른 애들한테도 그렇게 보이겠지. 나도, 남 일이라면 이 아이를 좋은 애라고 생각했을 것이다. 노조미 말이 옳으니까.

하지만 옳다고 다 정의는 아니다.

"…너야말로 내신 챙겨야 되는 거 아냐? 취주악부 애들 얘기 들었는데, 요즘 동아리 잘 안 나간다면서."

"땡땡이 아니야."

노조미는 의외로 고개를 획획 저었다.

"플루트 레슨을 늘려서 그래. 도케이고등학교 음악과에 가고 싶어서."

"으흠. 그 레슨은 한 달에 얼마야?"

"그건… 뭐, 나름대로…"

"혹시 내가 물어보니까 얼만지 말 안 하는 거야?"

"그게 아니라…"

노조미가 쭈뼛거린다. 구겨진 예쁜 모양의 눈썹과 벌어진 분홍색 입술은 여자인 내가 봐도 귀엽지만, 지금은 화가 난다.

"사는 세계가 이렇게나 다른데, 친구라고 할 수 있겠어?"

"'사는 세계'라는 게 뭔지 잘 모르겠지만, 나는 널 친구라고 생각해."

"나는 친구라고 생각하지 않아!"라고 말하고 싶었지만, 그런 말을 내뱉을 만큼 엉망은 아니었다.

노조미는 고개를 숙이고 입술을 깨물었다. 뭔가 말하려는 것 같았다. 나는 더는 말을 잇기 싫어서 얼른 일어났다.

"친구라고 생각해주는 건 좋지만 네 조언은 필요 없어. 사

107

람마다 각자의 방식이 있는 거잖아?"

"하지만 정말 고등학교에 가고 싶다면, 더 열심히 해야 한다고 생각해."

노조미는 고개를 숙인 채, 그러나 강한 어조로 말했다.

"더 열심히?"

"집에… 그, 돈이 없어서 힘든 건 알아. 하지만 고등학교 졸업이라는 목표가 있으면, 더 열심히 하는 게 좋을 거야… 아니, 열심히 할 수 있을 거야. 목표를 이루고 싶다면, 무조건."

노조미는 정말 옳았다. 쟤는 그렇게 인생을 열심히 살아왔을 것이다. 플루트도 엄청나게 연습한 끝에 능숙해졌고, 그래서 음악과를 갈 수 있는 수준까지 됐을 것이다.

하지만 다른 세계에 사는 노조미의 옳은 말이 내게는 고통일 수밖에 없었다.

"노조미, 안 가?"

계단 밑에서 여자 목소리가 날아왔다. 모두 악기를 갖고 있다. 취주악부 부원들이다. 흰 셔츠와 청바지를 입은 나를 의아한 듯 올려다보고 있다. 교복을 안 입고 있으니 누군지 모르는 것이다.

입고 있다 해도, "노조미와 같은 반인 여자애" 정도로나 생각하겠지만.

"지금 가. 갈게, 네가, 우리 힘내자."

대답은 하지 않았다. 친구들과 떠나는 노조미의 뒷모습을 가만히 쳐다봤다. 무슨 얘길 하는 건지 웃음소리가 울려 퍼진다. 이제 노조미 머릿속에 나는 없을 것이다.

앞으로 가스가이 노조미가 말을 걸어도 무조건 피하는 거야.

주먹을 불끈 쥐고 굳게 다짐했다.

* * *

기노시타의 집을 나온 건 오전 11시 반이었다. 이후 미우라를 재촉해 도노 네가와 가스가이 노조미의 친구 리스트를 받았다. "보호자와 본인 허락이 없으면 알려줄 수 없으니 너무 기대하지 마세요"라고 했던 대로 리스트에는 아홉 명뿐이었다.

다른 수사원들에게도 리스트를 보내 이야기를 듣게 했다. 가스가이 노조미에 대해서는, 성별과 학년을 가리지 않고 판으로 찍어낸 것처럼 좋은 이야기만 있었다.

밝고, 귀엽고, 똑똑하고, 상냥하고, 후배들을 잘 챙기는 멋진 선배, 믿음직한 후배―한마디로 정리하면 우등생이다.

1학년 때부터 워낙 플루트를 잘해서 취주악부의 핵심 멤버이기도 했다.

최근에는 도케이고등학교 음악과에 가기 위해 동아리 활동을 쉬고 플루트 레슨 받는 시간을 늘렸다고 한다. 플루트 학원 이름까지는 알아내지 못해서 나중에 아버지에게 확인을 해봐야겠지만, 어떤 강사가 붙었든 레슨비가 싸지는 않았을 것이다.

새삼 도노 네가와의 환경 차이가 느껴진다.

"이번 크리스마스에 노조미에게 고백할 생각이었어요."

구사나기 데쓰야라는 아이가 말했다. 중학교 3학년치곤 어른스러운 그는, 가을에 동아리를 은퇴하기 전까지 취주악부 부장이었다고 한다. 구사나기는 낮고 차분한 목소리로 말을 이었다.

"허세가 아니라 걔도 저한테 호감이 있었던 것 같아요. 발견된 곳이 빈집이었다면서요. 저랑 거기서 크리스마스를 보내려고 청소를 하고 있었던 건 아닐까요.

이제 그 웃는 얼굴을 볼 수 없다니… 도노 네가가 범인인 거죠? 형사님이 대답할 수 없다는 건 알지만, 그걸 전제로 말할게요. 왜 걔가 노조미를 죽였는지 전혀 모르겠어요.

여름방학 끝나고 노조미랑 같이 학교를 가다 우연히 도노 네가를 만난 적이 있어요. 그때 노조미가 걔한테 다시 잘 부탁한다고 말하더라고요. 그리고 9월에 시민회관에서 공연 끝난 뒤에도 둘이 잠깐 얘기를 했던 것 같아요. 노조미가 개랑 얘기하는 걸 본 건 이 정도뿐이에요."

구사나기뿐만 아니라 같은 반 여자아이들도 가스가이 노조미와 도노 네가는 인사 정도만 했다고 말했다.

한편, 도노 네가에 대해서는 나쁜 얘기가 많았다. 지각을 많이 했다, 친구가 없었다, 공부를 못했다, 더러웠다 등등. 노조미를 죽인 걸 용서할 수 없다, 죽이고 싶다며 증오를 드러낸 아이까지 있었다. 도노 네가가 고등학교에 가고 싶어 했다는 건 "그러고 보니 입학 직후 자기소개할 때 말했던 것 같기도 하다" 정도로만 알고 있었다. 당연히 두 사람이 빈집에서 만난 이유를 아는 사람도 없었다. 다른 수사원들의 상황도 비슷한 것 같았다.

탐문을 하면 할수록 도노 네가의 살해 동기는 더욱더 알 수 없었다.

너한테 거는 기대가 커. 반드시 성과를 내—기도의 목소리가 불야성 같은 눈빛과 함께 되살아난다.

살해 동기를 모르는 상태로 검찰에 송치된다면… 아니, 아직 초조해할 필요는 없다. 진짜 수사는 이제부터다.

리스트에 남은 마지막 한 사람이자 도노 네가의 유일한 친구, 하세베 유스케가 사는 맨션을 보며 마카베는 마음을 다잡았다.

노보리토역에서 가까운 10층짜리 맨션이다. 좋은 곳이긴 하지만 잘나가는 작가가 사는 집치고 월세가 비싼 편은 아니다. 예전에 가난했기 때문에 사치는 안 하는 걸지도 모른다.

"혹시 몰라서 확인해보는 건데, 이제 하세베 유스케 얘기를 들어도 괜찮지?"

집에 들어가기 전, 마카베가 나카타에게 물었다. 하세베 유스케는 도노 네가의 친구이자 가스가이 노조미와 같은 취주악부였다. 마카베는 얼른 유스케를 만나고 싶었지만, 나카타가 "유스케는 마지막에 만나죠"라고 말해 미뤘다.

나카타는 대답하기 전에 시간을 확인했다. 오후 4시.

"사실 좀 더 시간을 주고 싶은데, 만나볼 다른 친구도 없으니 어쩔 수 없죠."

단서가 없는 상황, 이제 믿을 건 이 아이뿐인가. 마카베는 말없이 인터폰을 눌렀다.

"누구세요?"

"불쑥 죄송합니다. 좀 전에 뵀던 가나가와현 경찰 마카베입니다."

경찰이 오는 게 알려져서 좋을 사람은 없으니, 주변에 사람이 없는 걸 확인하고 말했다.

미우라가 리스트를 만들며 연락을 했을 테니, 마카베 일행이 올 거란 건 알고 있었을 것이다. 하세베는 대답하지 않고 공동현관문을 열었다. 안으로 들어간 마카베 일행은 엘리베이터를 타고 9층으로 향했다.

하세베 집에는 방이 세 개 있었다. 엄마와 아들 둘이 살기에는 넓은 것 같지만, 가구는 적었고 사치를 하는 것처럼 보이지는 않았다.

다만 장식장이나 책장 등에 액자가 많이 놓여 있었다. 대부분 둘이 찍은 것이다. 사춘기 아이라면 엄마와 사진 찍는 걸 싫어할 것 같은데, 튼튼해 보이는 로프로 장작을 동여매고 있는 유스케의 사진은 분명히 최근… 아마 올여름에 찍은 것 같다.

사진 속 유스케는 웃고 있다. 하지만 뭔가 어색하다. 엄마를 위해 일부러 웃는 것처럼.

하세베는 여전히 본인 때문에 아들이 청력을 잃었다고 생각해서, 할 수 있는 건 다 해주려는 듯했다.

유스케는 지금도 엄마를 위해주고 있는 걸지도 모른다.

"오늘 다시 뵙게 될 줄은 몰랐어요."

하세베가 싱긋 웃으며 말했다.

"학교에서 '경찰에 연락처를 알려드려도 될까요'라고 전화가 왔을 때는, 솔직히 거절하려고 했어요. 형사님들께 명함도 드렸고 아는 건 다 얘기하기도 해서요. 하지만 네가한테 뭔가 힘이 되고 싶었고, 저희 애도 형사님들이랑 얘기하고 싶다고 해서 기다리고 있었습니다."

하세베는 저희 애, 하면서 오른쪽에 앉은 유스케에게 안쓰러운 시선을 보냈다. 구사나기와 달리 몸집이 작고 천진해 보이는 소년이었다. 도노 네가와 동갑이면 중학교 2학년일 텐데 초등학생으로 보인다. 입고 있는 건 유명 아동복 브랜드. 검소한 집에 비하면 뭔가 의외였다.

장작을 동여매며 지었던 사진 속 미소가, 지금은 조금도 없었다.

하세베는 살짝 고개를 숙이는 유스케에게 갑자기 엄한 눈빛을 보냈다.

"형사님들께 제대로 인사해야지. '네가 얘기를 하고 싶어요'라고 한 건 너잖아."

유스케는 당황스러울 정도로 심란한 목소리로 "하세베 유스케입니다"라고 말하며 인사했다. 보기보다는 단단한 소년인 것 같다. 마카베와 나카타도 소개를 한 뒤 나카타가 먼저 말을 꺼냈다.

"앞으로 네가와 노조미에 대해 물어볼 텐데, 우리랑 무슨 말을 했는지는 비밀로 해줘. 물론 대답하고 싶지 않은 게 있다면—"

"네가가 노조미를 죽였을 리 없어요."

유스케는 나카타가 말을 끝내기도 전에 말했다.

"그런 애 아니에요. 누군가 네가에게 누명을 씌운 거예요. 노조미를 죽인 건 분명 다른 놈이에요."

"그럼 짐작 가는 사람 있니?"

"없지만… 혹시 누군가를 감싸고 있는 걸지도 몰라요."

"누굴 감싸는데?"

"…저, 이려나요."

"말도 안 돼."

하세베가 딱 잘라서 말했다.

"너 어제 8시 전에 잠들어서 아침까지 푹 잤잖아. 형사님이 잘못 수사하면 어쩌려고 그런 말을 해."

유스케는 뭔가 말하려 했지만 이내 고개를 숙이고 입을 다물었다. 나카타가 "유스케, 하고 싶은 말 있니?"라며 물었지만 미동도 하지 않았다.

"8시 전이라니, 꽤 이르네요. 유스케는 항상 그때쯤 잠드나요?"

나카타가 묻자 하세베가 고개를 저었다.

"어제는… 컨디션이 좀 안 좋았어요."

"왜 안 좋았는지 이유를 좀 알 수 있을까요?"

"유스케 진로 문제로 좀 옥신각신했을 뿐이에요. 그렇지, 유스케?"

하세베가 동의를 구해도 유스케는 반응하지 않았지만, 하세베는 아랑곳없이 계속했다.

"유스케는 사건과 아무 관계도 없어요. 네가가 유스케를 감싼 거라고 생각하지 말아주세요."

그건 당연하다. 만약 도노 네가가 유스케를 감싸고 있다면 동기에 대해 입을 다물 필요 없이 아무 말이나 하면 된다. 유스케가 아니라면 도노 네가가 딱히 감쌀 사람도 없다. 엄마일 수도 있지만, 그렇다고 해도 역시 동기를 말하지 않을 이유는 없다. 게다가 그녀는 그때 스낵바에서 일하고 있던 걸 확인했다.

"…그래도 네가는 노조미를 죽이지 않았어요."

유스케는 뭔가에 저항하는 것처럼 말했다. 나카타는 그 어느 때보다 부드러운 목소리로 물었다.

"왜 그렇게 생각해?"

"초등학생 때 저희 둘 다 왕따였어요. 다른 애들처럼 깨끗한 옷을 입지도 못했고, 항상 배고파서 급식을 리필하니까 바보 취급 받았거든요. 돈이 없으면 이런 일을 당할 수밖에 없는 건가 싶어서… 엄청 분했어요."

말은 그렇게 했지만 유스케 표정은 거의 변함이 없었다. 가난 때문에 괴롭힘을 당했다면 귀가 안 들린다는 걸로도 많은 놀림을 받았을 것이다. 참을 수 없는 굴욕감이었을 텐데.

원래 감정을 잘 드러내지 않는 아이일지도 모른다.

하세베 역시 표정 변화가 없다. 그러나 눈은 살짝 내리깔고 있었다.

"제가 초등학교 4학년 때, 엄마가 작가가 됐어요. 그래서 돈이 생겼고 더는 왕따를 당하지 않았어요. 하지만 네가는 계속… 초등학교 졸업할 때까지… 제가 애들한테 아무리 말해도 그만두질 않아서…"

유스케는 숨을 크게 내쉬고 말했다.

"친구들이 괴롭힐 때 정말 힘들었어요. 그래서 다른 사람이 아픈 것도 잘 알아요. 네가는 저 이상일 거예요. 사람을 죽이거나 아프게 할 리가 없어요."

마음은 알겠지만 그런 게 증거가 되지는 않는다. 나카타도 그걸 알고 있을 텐데, "그렇지"라고 고개를 끄덕이며 묻는다.

"네가가 중학생이 되고 나서는? 왕따가 아니었어?"

"네. 학군이 달라서 초등학교 동창들은 거의 다 다른 중학교에 갔거든요. 게다가 교복을 입으니까 사복이 없는 걸 들킬 리도 없잖아요. 그래서 전보다는 가난한 게 티가 안 났어요. 본인도 티를 안 내려고 했고요.

그래도 돈이 없다고는 생각했겠지만요."

"노조미가 괴롭힌다는 말은 한 적 없어?"

"그럴 리가요!"

괴롭힘을 당한 이야기를 할 때도 침착했던 아이가, 갑자기 얼굴색을 바꾸며 강하게 부정했다. 너무 갑작스러워 하세베 눈도 휘둥그레졌다. 마카베도 눈을 크게 떴다.

단 한 사람, 표정이 변하지 않은 나카타에게 유스케가 말했다.

"노조미는 상냥한 사람이었어요. 누군가를 괴롭혔을 리가 없어요. 저 같은 아마추어가 연습할 때도 열심히 맞춰줬고, 플루트도 가르쳐줬고, 비밀도 지켜주고… 저 따위는 구사나기 선배와 비교도 안 된다는 건 알고 있었어요. 그래서 그냥 옆에 있는 것만으로도… 졸업 때까지는 함께 있을 수 있었는데… 아, 나쁜 새끼!"

유스케가 양손으로 얼굴을 감쌌다.

"제가 어제 안 좋았던 건 진로 문제 때문이 아니에요. 구사나기 선배가 크리스마스에 노조미를 만난다는 얘기를 들었어요. 그래서… 하지만 노조미가 죽을 바에야 구사나기 선배랑 사귀는 게 훨씬…"

오열 섞인 말은 불분명해졌고, 결국 거의 알아들을 수 없는 지경까지 이르렀다. 가느다란 유스케의 어깨가 조금씩 떨리고 있었다. 이 소년이 마주한 현실이 뭔지 알 것 같았다.

좋아하는 아이가 소꿉친구에게 살해당한 것이다.

"좀 전에 '비밀'이라고 했지? 노조미가 무슨 비밀을 지켜준 거야? 괜찮다면 말해줄 수 있을까?"

나카타가 상냥한 목소리로 말문을 열었다.

"죄송해요, 오늘은 그만 가주실래요?"

하세베가 유스케 어깨에 손을 얹으며 말했다. 아무렇지 않은 척하지만 두 눈이 빨갛다.

"지금 저희 애가 말할 수 있는 상태가 아니에요. 나중에 다시—"

"별거 아니었어요. 플루트를 불다 다른 애들이 알면 부끄러운 실수를 한 것뿐이에요."

양손으로 얼굴을 가린 유스케가 빠르게 말했다. 하세베는 유스케를 다독이며 말했다.

"이제 말 안 해도 돼."

"그리고 몇 번이나 말했듯 노조미는 절대 네가를 괴롭히지 않았어요. 오히려 네가를 챙겼으니까요."

"그게 무슨 말이야?"

나카타가 되물었다.

"오늘은 그만 가주세요. 유스케, 너도 이제 그만해."

"여름방학 끝나고 나서, 네가는 지각도, 결석도 많이 했어요."

말리는 하세베를 무시하고 유스케가 계속했다.

"수업 중에도 거의 잠만 잤어요. 아무래도 수준이 높아지니까 따라가기 어려웠던 모양이에요. 노조미는 그런 네가에게 뭐라도 해주고 싶다고 생각했어요."

"너는 그걸 어떻게 알았어?"

유스케가 두 손을 떼고 얼굴을 보였다. 눈물로 젖어 있긴 해도, 조금 진정된 것 같았다.

"노조미를 보면 왠지는 몰라도⋯ 네가를 힐끔힐끔 쳐다보고 있었어요. 저한테 네가에 대해 물은 적도 있고, 다른 애들이 네가 욕을 하면 '네가도 좋은 애야'라는 말도 했고⋯ 게다가 네가가 요즘 좀 즐거워 보였어요. 본인은 아니라고 했지만 저한테는 그렇게 보였어요. 그러니까, 그⋯"

"노조미가 네가를 위해 뭔가 하고 있었다는 거야?"

"⋯저희가 없는 데서 뭔가를 했을지도 몰라요."

즉, 보이는 데서는 아무것도 하지 않았다는 뜻이다. 그러나 나카타는 유스케를 안심시키듯 얼굴에 웃음을 띄우며, "알았어"라고만 했다.

"제발 그만 가주세요."

하세베 목소리가 커졌다.

"네가가 걱정되긴 하지만 더는 저희 애한테 부담 주지 말아주세요."

"네가의 친구인 유스케 얘기는 중요해요. 조금만 더―"

"가주세요."

뒤집어진 목소리와 함께 하세베가 힘을 주고 일어섰다. 하세베가 내려다보고 있는 나카타 역시 입을 다물었다. 유스케는 입을 벌리고 엄마를 올려다봤다.

"실례했습니다."

하세베는 아무 일도 없었다는 듯, 다시 자리에 앉았다.

"큰소리 내서 죄송해요. 하지만 유스케가 괴로워하는 모습을 더는 볼 수 없어요."

"근데 엄마, 네가한테 도움이 될 수 있다면—"

"유스케, 무리하지 마. 그리고 엄마도 힘들어. 힘들어하는 널 보고 있으면 고생했던 기억이 계속 떠올라."

조용하지만 강한 어조였다.

유스케 이야기를 듣는다 해도 하세베가 계속 방해를 할 것이고, 사실 이 아이의 이야기는 어차피 다 추측뿐이라 도움도 안 된다.

하세베가 다시 고개를 숙이며 말했다.

"뭔가 생각나면 다시 연락드릴게요. 그러니까 지금은 제발 가주세요."

"알겠습니다. 꼭 연락 주세요. 아무리 사소한 일이어도 상관없어요."

나카타도 마카베와 같은 생각이었는지 그렇게 말하며 일

어섰다.

하세베의 집을 나와 무코가오카유엔역으로 향했다.

도노 네가와 가스가이 노조미의 교우관계는 이제 대충 다 들었다. 두 가족의 말을 듣지 못하는 이상 탐문은 일단 끝이다.

그러나 목격자를 찾고 있는 수사원들은 "별게 없다"는 연락을 해왔다. 현장 부근은 구획 정리가 진행 중이라 빈집이 많았다. 소녀들을 목격한 사람이 있을 리 없었다. 결국 마카베 일행도 범행 현장에서 조금 떨어진 곳—우선 역 부근에서 목격자가 없는지 탐문을 하기로 했다.

오후 4시 40분. 겨울 하늘은 이미 땅거미에 물들어 검게 변해가고 있다.

아직 아무 단서도 없다. 소녀 둘의 접점은 찾지 못했고 쓸 만한 정보도 얻지 못했다. 친구들을 만나봤지만 그마저도 건진 게 없었다….

"유스케 이야기를 좀 더 듣고 싶었어요."

나카타는 마카베가 초조해하는 건 신경도 쓰지 않고 한숨을 쉬며 말했다.

"유스케에게 들을 수 있는 건 더는 없다고 판단한 거 아니었나."

"유스케는 네가와 노조미 모두를 보고 있던, 아마도 유일

122

한 인물일 거예요. 그 아이의 증언은 굉장히 중요하죠. 그런데 아직 모든 걸 다 말한 건 아닌 것 같아요. 네가가 요즘 즐거워 보였다는 것도 무슨 뜻이었는지 궁금하고요. 하세베 씨가 있는 상황에서는 얘기를 듣는 게 어려웠어요. 아니, 하세베 씨가 없었어도 지금 유스케 상태로는 아마 어려웠겠지만요."

며칠 뒤에는 차분해진 유스케가 더 많은 이야기를 해줄 수 있을지도 모른다. 하지만 이미 검찰에 송치된 다음일 것이다. 검사는 범죄자에게 엄격한 오하라. 나카타에게 그때는 너무 늦다. 물론 마카베 역시 첫 번째 사건인데, 살해 동기도 못 밝히고 끝낼 수는 없다.

너한테 거는 기대가 커. 반드시 성과를 내―기도의 목소리가 다시 들려온다.

"도노 네가를 다시 취조해보자."

입을 비집고 나온 말에, 나카타는 의아한 표정을 짓는다.

"단서가 없으니 어쩔 수 없어. 오늘 밤부터 도노 네가를 압박해서 동기를 말하게 해야 돼. 그게 그 아이를 위한 일이기도 하고."

"단서를 찾을 수도 있잖아요. 네가가 무서워서 입을 더 다물 수 있으니 몰아붙이는 건 최대한 피해야 돼요."

"이건 살인사건이야. 마냥 좋은 사람일 수는 없어."

자신도 느낄 수 있을 정도로 차가운 말투였다. 눈빛도 무섭게 변했다. 형사가 된 뒤, 이런 눈빛과 말투로 범인들을 떨게 만들었다.

"좋은 사람 되려는 거 아니에요. 몰아붙이면 마음을 더 닫아버릴 거예요. 만약 계속 입을 다물면 검찰 송치까지 손 놓고 있을 수밖에 없어요. 그러니까 더욱더 그 방법은 피해야죠."

표정에 걸맞은 목소리로 논리정연한 말을 늘어놓았다. 그러면서도,

"조금 더 정보를 모으면 동기를 상상해볼 수 있을지도 몰라요. 조급해하지 말죠"라며 같은 입으로 이론도 논리도 없는 말을 내뱉는다.

다마경찰서 요시모토가 왜 나카타를 괴짜라고 했는지 알겠다.

대체 무슨 상상을 하는 건데.

생각하는 척하며 몰래 심호흡을 반복한 뒤 입을 열었다.

"그럼 취조를 하는 건 일단 미뤄두고 원점으로 돌아가보자. 혹시 애들 몰래 괴롭힘을 당했다고 볼 순 없을까?"

"유스케 말 들어보니, 그럴 가능성은 없는 것 같아요."

"어차피 다 추측이잖아. 학교에서 인기가 많았던 가스가이 노조미가 애들 몰래 도노 네가를 괴롭히고 있었어. 밤에

빈집으로 불러낸 것도 그녀에게 절대 복종을 강요했기 때문이지. 도노 네가는 그걸 견디지 못하고 가스가이 노조미를 살해. 괴롭힘을 당했다는 게 알려지면 창피하니까 잠자코 있는 거고."

"그 나이대 애들한테 누군가를 괴롭히는 건 최고의 오락이에요. 당연히 친구들이랑 공유하면서 서로 신났겠죠. 만약 그랬다면 노조미를 좋아했던 유스케가 분명히 눈치챘을 거예요."

나카타의 어조는 아까와 비슷했지만 어쩐지 씁쓸하게 느껴졌다. 학교폭력 사건을 많이 봤을지도 모른다.

"그럼, 혹시 가스가이 노조미가 자신을 챙겨주는 게 짐처럼 느껴졌던 건 아닐까?"

"무겁다 가볍다 할 때, 그 짐이요?"

"응. 도노 네가는 고등학교에 가고 싶어 했지만 노력하진 않았어. 여름방학이 지나니 오히려 더 게을러져서 가스가이 노조미가 챙겨줄 정도였지. 그게 성가셨던 도노 네가가 욱해서 범행을 저지른 거야."

가난에 허덕이는 도노 네가에게, 축복받은 집에서 자란 가스가이 노조미의 조언이나 배려는 짜증나고 성가신 것이었을 수 있다. 비록 그게 순수한 친절에서 우러나온 것일지라도.

"이 가설이 맞다면 그 아이들이 밤에 빈집에 있었다는 건 설명이 안 되지만, 그래도 유력한 것 같아."

"글쎄요—네가가, 정말로 아무 노력도 하지 않았다면요."

"도노 네가를 잘 몰랐던 담임교사뿐만 아니라 가스가이 노조미 친구도, 유스케도 다 그렇게 말하잖아."

"그건 그렇지만."

나카타는 뭔가 석연치 않아 보였지만, 도노 네가가 아무 노력도 하지 않았다는 객관적인 증언은 많다. 이것만은 틀림없는 사실이다.

무코가오카유엔역에 도착했다. 역무원에게 이야기를 듣기 위해 역무실로 갔다. 두 소녀를 본 사람이 있다면, 그들의 관계를 알게 될지도 모른다.

그러나 역무원이 말해준 이야기는 뜻밖이었다.

"어? 신유리잖아?"

무코가오카유엔역의 역무실. 마카베가 도노 네가의 사진을 보여주자 역장이 말했다.

"이 아이 아십니까?"

"한때는 자주 봤어요, 첫차에서."

첫차?

"이런 애가 혼자, 그것도 자주 첫차를 타는 경우는 드물거든요. 오다와라선 역무원들 사이에선 유명했어요. 교복을 입고 있다는 건, 고등학생─아니, 중학생인가?"

역장은 사진 속 도노 네가가 입은 교복을 뚫어지게 쳐다보며 말했다.

"확실히 노보리토역에서 내렸다고 하는 사람이 있긴 있었지."

"'신유리'라는 건 무슨 의미입니까?"

"신유리가오카역에서 타고 왔거든요. 그래서 신유리라고 불렀어요."

도노 네가의 집에서 가장 가까운 역은 노보리토역이다. 거기서 신유리가오카역까지는 급행으로 7분. 일반 열차로도 10분밖에 안 걸린다.

"혹시 이 아이, 오늘 아침부터 뉴스에 나왔던 사건의…"

"근데 왜 한때예요? 요즘엔 못 보셨어요?"

역장의 말을 무시하고 물었다. 노골적으로 짜증을 냈지만, 그도 베테랑이라 탐문하러 온 형사는 최소한의 정보만 공개한다는 건 알고 있었다. 마지못해 고개를 끄덕인 그가 말했다.

"처음 봤던 게 8월쯤인가. 여름방학이라 어디 놀러 가나, 생각했던 기억이 나요. 근데 11월 들어서는 본 적이 없는 것 같아요."

"그전까지는 얼마나 자주 왔어요?"

"확실한 건 아닌데 많이 올 때는 거의 매일, 평균적으로는 일주일에 서너 번이었나."

도노 네가는 여름방학이 끝난 뒤부터 지각과 결석을 밥 먹듯이 했다. 신유리가오카역에서 첫차를 타기 시작한 시기 와 맞아떨어진다. 신유리가오카에 가는 이유가 있었겠지. 가스가이 노조미 살해 동기와 상관이 있을지도 모른다.

거의 매일 첫차를 타고 오다니, 뭔가 이상한 일을 했던 게 틀림없다.

아무 노력도 없이 꿈만 꾸던 소녀. 이제 그게 더 확실해졌다.

"이 아이랑 얘기를 해본 분은 아무도 없나요?"

"우리도 바쁘고, 확실하게 가출이면 몰라도 좀 신경 쓰이는 정도의 아이한테 일부러 말을 걸지는 않아요."

"하지만 오다와라선 역무원들에게 유명할 정도였으니, 다들 그 아이를 알긴 했네요."

그렇게 말한 건 나카타였다. 지금 역무실에 있는 사람 중 가장 체구가 작은데도 위압감은 상당했다.

"한마디라도 걸어줬으면 좋았을 텐데요. 무슨 사정이 있었을지도 모르잖아요."

"아… 죄송합니다…"

딱히 혼을 낸 것도 아닌데, 역장은 고개 숙여 사과했다.

이후 가스가이 노조미의 사진을 보여줬지만, 모르겠다는

대답이 돌아왔다. 인사를 하고 역무실을 나왔다.

"역무원들이 도노 네가에게 말을 걸지 않은 건 어쩔 수 없어."

"신경은 쓰이지만 누구도 말을 걸지 않았다는 건, 어쩔 수 없는 게 아니죠."

부드러운 목소리에서 나온 말은 역시 맞는 말이긴 했다.

하긴 그렇지, 하고 고개를 끄덕일 엄두가 나지는 않는다.

말없이 오다큐 전철 오다와라선을 타고 신유리가오카역으로 향했다.

저녁의 전철은 집에 가는 학생들로 붐볐다. 그 모습을 보는 나카타의 표정은 평온했다—부자연스러울 정도로.

5시 20분이 넘어 신유리가오카역에 도착했다. 귀가하는 사람들로 붐볐지만 역무원에게 경찰수첩과 도노 네가, 가스가이 노조미의 사진을 보여주고 얘기를 들었다. 가스가이 노조미에 관한 증언은 얻지 못했지만, 역시 도노 네가는 8월 중순부터 10월 말까지 이 역에서 첫차를 탔다고 한다. 무코가오카유엔역과 마찬가지로, 여기에서도 말을 건 사람은 없었다.

그러나 어느 늦은 밤, 도노 네가가 역 근처 건물에서 나오는 걸 봤다고 한 역무원이 있었다.

신유리가오카역 주변은 1980년쯤부터 구릉을 허물며 대대적으로 재개발을 해서, 지금은 이온과 엘미로드 같은 대형 쇼핑몰이 들어서 있다.

도노 네가가 목격된 곳은 사람들이 붐비는 거리에서 조금 떨어진 상가 건물이었다. 5층 건물로, 1층에는 카페, 2층과 3층에는 젊은 애들이 좋아할 만한 책이나 만화를 파는 서점, 4층과 5층에는 술집이 있다.

술집 이름은 마쓰리잔마이. 가나가와현 여기저기에 있는 체인점이다. 카페는 오후 7시, 서점은 오후 9시에 문을 닫는다. 마쓰리잔마이는 새벽 1시까지 영업한다.

도노 네가가 이 건물에서 나왔다는 건….

"저쪽에서 시치미 떼면 귀찮아져요. 일단 가보는 게 어떨까요?"

뭐라 반박할 새도 없이 나카타는 엘리베이터를 타고 4층으로 갔다. 오픈은 오후 6시. 입구에는 '정성껏 준비 중!'이라는 팻말이 세워져 있다.

무시하고 안으로 들어갔다.

"죄송합니다. 아직 준비 중… 아!"

아직 대학생이겠지. 사무에(승려들이 입는 옷이지만 일본 술집이나 식당에서 작업복으로 입기도 한다 – 옮긴이)를 입은 아르바이트생이 마카베가 내민 경찰수첩을 보고 숨을 삼킨다.

"점장님 좀 불러주시겠어요?"

황급히 안쪽으로 뛰어간 아르바이트생과 바통 터치를 하듯 바로 어떤 남자가 나왔다. 서글서글한 웃음을 짓고 있지만 너무 야위었고 다크서클이 심했다. 나이는 30대 중반처럼 보인다.

유난히 피곤해 보이는 건 혹사당하고 있어서일까.

"오래 기다리셨죠. 점장 사와타리입니다."

전혀 기다리지 않았는데 사와타리는 황송하게 고개를 숙였다. 마카베는 나카타와 함께 경찰이라고 소개한 뒤, 곧바로 도노 네가의 사진을 보여줬다.

"이 아이, 아시죠?"

사와타리의 웃음이 더욱 뚜렷해졌다.

"아뇨, 모르겠는데요."

"이상하네. 늦은 밤에 이 건물에서 나오는 걸 봤다는 사람이 있거든요."

"다른 가게에서 나왔겠죠."

"여기 말고 다른 가게들은 전부 늦은 밤에는 영업을 안 하잖아요. 이 아이가 교복 입고 있으니까 모른 척하시는 거 다알아요. 22시 이후에 18세 미만이 일하는 건 원칙적으로 금지돼 있으니까요."

"죄송한데 무슨 얘기를 하시는 건지 모르겠어요."

"마카베 형사님은 '중학생인 걸 알면서도 일을 시켰죠?'라는 얘기를 하고 계신 거예요."

나카타가 갑자기 끼어들었다. 몸집이 작고 얌전해 보이는 여자 형사가 갑자기 정곡을 찌르면, 켕기는 일이 있는 상대는 대응할 수 없게 된다.

확실히 사와타리는 당황하고 있었다.

"제가, 그럴 리가…"

"그럼 다른 아르바이트생에게 이 아이가 여기서 일했는지 물어봐도 되죠? 불러주세요."

"오픈 준비 때문에 바빠서…"

"불러주세요."

빙그레 웃고 있지만 거절할 수 없는 강한 어조라 사와타리가 얼굴을 찡그렸다. 이윽고 거칠게 숨을 몰아쉬곤 축 늘어져서 말했다.

"동안이라고 생각하긴 했는데 설마 중학생이었다니. 걔가 이력서를 들고 와서는 대학생이라고 했어요. 당연히 믿을 수밖에 없죠. 공무원분들은 모르겠지만 월급쟁이 점장은 바빠요. 일일이 확인할 수가 없다고요."

거짓말이다. 가스가이 노조미라면 몰라도 몸집이 작고 동안인 도노 네가가 대학생이라고 한들 믿을 사람은 없다.

저출산과 고령화로 어디든 인력이 부족하다. 중학생인 건 알지만, 아르바이트생이 없으니 어떻게든 쓰고 싶었을 것이다. 혹시라도 들키면 이렇게 자기는 몰랐다고 우기면 되니까.

아무튼 단서를 찾았다.

도노 네가는 늦은 밤까지 술집에서 아르바이트를 하고 있었다.

* * *

여름방학도 반이나 지났다. 어느 날, 저녁을 먹을 때였다.

"점장이 이제 쉬면 시급을 줄인다고 하더라. 스낵바도 못 가는데 큰일이야. 다 끝난 것 같아. 어떻게 해야 되지."

엄마가 끝난 것 같다고 한 게 몇 번째인지 모르겠다.

하지만 이번에는 확실히, 이전까지와는 달랐다.

연일 계속되는 폭염으로 엄마가 많이 아파서 거의 움직이질 못했다. 병원비나 약값이 무서워 병원에 갈 수도 없었다. 에어컨을 켜고 그냥 낫길 바라는 수밖에 없지만, 언제 나을지는 알 수 없었다. 스낵바에서도, 도시락 가게에서도 해고될지도 모르니 진짜 끝난 걸지도 몰랐다.

한숨 쉬는 엄마를 보며 저녁을 먹는다. 최대한 절약을 해야 해서 평소 양의 3분의 2 정도만 먹고 있다. 과일 같은 건 못 먹은 지 오래다.

하지만, 미우라 선생님 말대로 "아프리카 아이들"에 비하면 이것도 사치다. 과일을 못 먹는다고 우울해하다니, 나는 정말 안 될 애다.

먹을 게 있다는 것만으로도 고맙게 생각해야 한다.

밥과 행복을 함께 씹으며 이리저리 채널을 돌렸다.

"남편은 자살한 게 아니야. 당신한테 살해당한 거야. 경찰은 자살한 시신은 부검하지 않아. 그 점을 이용해서—"

"노아웃 만루입니다. 이번 이닝에는 스트라이크가 전혀 들어가지 않네요. 홈런 한 방이면 역전—"

"이게 바로 가게에서 자랑하는 마카나이메시!"

빨갛게 빛나는 회가 뿌려진 덮밥을 보곤 손가락을 멈췄다.

'마카나이메시'는 음식점에서 일하는 직원들을 위한 식사를 말하며, 남은 재료나 음식으로 만들지만 양이 많고, 매우 맛있다고 했다.

음식점에서 일하면, 마카나이메시를 배부르게 먹을 수 있을지도 모른다.

"나도 일할까?"

한 입 남은 밥을 털어넣고 중얼거리자, 엄마가 미안한 듯 미간에 주름을 잡고 말했다.

"미안해. 정말 미안한데, 네가 일하는 수밖에 없겠다."

"응?"

"조금만 해줘. 몸이 계속 안 좋으면 생활보호 상담을 받으러 갈게. 그때까지는 부탁 좀 하자. 학교에는 비밀로 하고."

엄마 눈이 촉촉했다. 더는 "마카나이메시가 먹고 싶어서 그냥 한번 말해본 것뿐이야"라고 말할 수 있는 분위기가 아니었다.

그러나 엄마만 고생을 하면 안 된다고, 이러다 고등학교를 못 갈지도 모른다며 초조했던 것도 사실이다.

우리 집은 가난하니까, 어쩔 수 없다.

다음 날부터 아르바이트를 할 수 있는 가게를 찾았다. 아무래도 낮보다는 밤에 하는, 식사보다는 술이 메인인 술집이 돈을 더 많이 줄 것 같았다. 하지만 대개 18세 이상이라거나 고등학생 불가라고 되어 있었다. 그중 몇 군데에 중학생인데 안 되냐고 물어봤지만 다 거절당했다. 장난 치지 말라며 화를 내는 곳도 있었다.

장난 치는 거 아니야! 라는 생각이 들어 화도 났지만, 노보리토역과 무코가오카유엔역 근처 술집에서 전부 거절당했던 건 결과적으로 다행이었다.

어느 술집에서 쫓겨날 때, 학교 선생님들이 들어오고 있었기 때문이다. 얼른 고개를 숙이는 바람에 선생님들이 나를 알아보진 못했지만 하마터면 걸릴 뻔했다.

아무래도 동네는 안 되겠다. 집과 적당히 거리가 있고, 장사가 잘돼서 시급을 많이 주는, 아르바이트생이 많아서 내가 눈에 띄지 않는 가게를 찾아야 한다.

그런 생각으로 찾다 가게 된 곳이, 신유리가오카의 술집 마쓰리잔마이였다.

무작정 찾아가 "여기서 일하게 해주세요!"라고 말하자, 사와타리 점장이 내 얼굴을 빤히 쳐다보며 말했다.

"너 되게 어려 보이는데."

"네, 낮에는 학교에 다녀요. 나이는—"

"아, 말 안 해도 돼."

점장은 손을 저으며 말을 이었다.

"나이가 있으면 좋지만 우리도 일손이 부족하고, 대학생이라면 새벽까지 일할 수 있으니까. 그런 이력서를 갖고 오면 여기서 일하게 해줄게. 그리고 목욕하고 와. 어쨌든 접객을 해야 되는데 냄새가 나면 안 돼."

냄새가 나면 안 된다는 것 말고는 잘 알아듣지 못했지만, 엄마에게 이 일을 말했더니 이력서를 써줬다. "이거 가져가"라며 건넨 이력서 속 나는 대학교 1학년이었고 성도 '도노'가 아닌 '스즈키'였다.

"'도노'는 너무 특이한 성이잖아. 이게 널 위한 거야."

"이거 거짓말 아니야?"

"거짓말을 하면 일할 수 있어. 내가 일을 못 하니까 어쩔 수 없잖아."

"그래도…"

"그럼 다른 방법 있어? 대체 뭘 어떻게 해야 되는데?"

어깨를 부르르 떨며 우는 엄마에게 아무 말도 할 수 없었다.

그렇게 나는 대학생인 척을 하고 마쓰리잔마이에서 일하게 됐다.

일주일에 3일 혹은 4일 정도 밤에 홀 서빙을 했다. 주문을 잘못 받거나 음식을 쏟아서 점장에게 혼나는 일도 많았고, 취한 손님이 막말을 하거나 기분 나쁘게 웃는 일도 허다했다. 담배 냄새도 심했다. 마카나이메시는 없었다. 배부르게 먹을 수 있을 줄 알았는데.

하지만 제일 힘든 건 일이 끝난 뒤였다.

마감을 할 때쯤에는 이미 막차가 끊긴 뒤라, 직원용 탈의실에 있는 책상에 엎드려 선잠을 자면서 첫차를 기다렸다. 차라리 이런 날은 괜찮았다. 가끔 마감을 하는 사람이 일이 끝나자마자, 가게와 건물 문단속을 하고 가버리는 경우가 있었다. 이럴 때는 어쩔 수 없이 역 앞 로터리에서 시간을 때웠다.

이상한 사람이 말을 걸지 않게끔, 모자에 머리카락을 다

넣고 남자인 척했다. 주변을 경계하면서 꾸벅꾸벅 졸다 보니 잠을 잔 것 같지 않았다.

여름방학 때는 그래도 나았다. 개학을 하고 나서는 더 힘들어졌다. 집에 가서 다시 잤더니 저녁에 일어난 적도 있었고, 아침에 일어났다 해도 담배 냄새 때문에 샤워를 해야 하니 지각을 하게 됐다. 아침부터 샤워는 사치였지만, 아르바이트하는 걸 들키지 않으려면 어쩔 수 없었다. 그렇게 학교에 가면 너무 졸려서 잠만 잤다.

9월 3일 처음 아르바이트비를 받았을 때는 너무 기뻤다. 탈의실에서 첫차를 기다리며 몇 번이고 봉투에 든 돈을 꺼내 세어봤고, "더 힘내야지!"라는 알 수 없는 의욕이 샘솟기까지 했다.

하지만 엄마가 "첫 월급인가? 잘했네"라며 당연하다는 듯 봉투를 집어든 순간, 온몸에서 힘이 빠져나갔다.

역시 더는 안 될 것 같아서, 9월 말에 하는 수 없이 엄마와 생활보호 신청을 하러 갔지만 거절당했다. 내가 아르바이트하고 있는 걸 말하면 받게 해주지 않을까? 싶었지만, 엄마는 자신이 혼나기만 할 뿐 별 효과는 없을 거라고 했다.

아르바이트를 갈 때 학원 건물에 들어가는 아이들이나, 즐겁게 이야기하며 쇼핑몰에서 나오는 아이들과 스쳐 지나갔다.

왜 나는 저 아이들과 함께 있을 수 없는 거지?

아르바이트가 끝난 뒤 불이 꺼진 이온과 엘미로드, 이토 요카도 같은 쇼핑몰들을 올려다보며 늘 생각했다.

아빠가 양육비를 줬다면. 엄마가 남자를 무서워하지 않았다면. 할머니랑 할아버지가 우리를 돌봐줬다면.

생각할 수 있는 모든 만약을 생각해봤지만, 그렇다고 현실이 달라지는 건 아니었다.

언제까지 이렇게 살아야 될까? 엄마는 언제 괜찮아질까?

녹초가 되어 생각할 힘마저 없어지고 있던 10월 22일, 믿을 수 없는 사건이 일어났다.

"스즈키는 진짜 동안이네. 중학생 아냐?"

"그런 말 많이 듣는데 대학생 맞아요."

내 이름표를 보며 떠드는 남자 손님에게 더듬더듬 답했다. 여기서 일하는 동안 이런 얘기를 수도 없이 했지만, 익숙해지지는 않는다.

"진짜? 우리랑 똑같잖아."

"다음에 미팅 하자."

"스즈키처럼 어린애 같은 여자가 좋다는 놈도 있어."

남자 일행이 구시렁거린다. 악의는 없겠지만 큰 소리로 저런 말을 하는 건 좀 무섭다. 손님 응대 매뉴얼에는 이럴 때 웃으면서 피하라고 돼 있다. 나한테도 어색한 게 느껴질 정도로 부자연스럽게 웃으며 허둥지둥 자리를 떴다.

"아, 너 때문에 스즈키 쫄았잖아."

"나 피한 거라고? 충격."

"진짜 최악이다, 너."

충격이나 최악이라는 말과 달리 그들은 크게 웃었다.

사이가 좋네. 좋겠다.

아르바이트를 시작하자마자 스마트폰을 샀다. 점장이 "우린 아르바이트가 필요할 때 라인으로 연락하니까, 꼭 갖고 있어야 돼"라고 해서였다. 돈이 없으니 안 된다고 했는데, 월 2천 엔의 저가 SIM카드가 있다고까지 말해서 살 수밖에 없었다.

스마트폰 자체가 비싸고 매달 요금을 내야 하니 근무 시간을 늘렸다. 그런데 등록된 번호는 같이 아르바이트를 하는 사람들뿐이었다. 라인으로 메시지를 주고받는 건 엄마와 유스케 정도였지만, 둘 다 거의 안 하는 거나 다름없었다.

거의 안 쓰니까 스마트폰이 있어도 별 의미가 없다.

그 아이는… 가스가이 노조미는 다르겠지. 내가 이런 데서 일하고 있을 때, 푹신한 침대에 누워 스마트폰을 하고, 분명 구사나기 선배랑… 진짜 뭐래, 잘 알지도 못하면서 이상한 설교를 하고. 그날부터 철저하게 거리를 두고 있지만, 여전히 나를—.

"도노 네가?"

"네."

멍하게 있다가 별생각 없이 대답을 하며 돌아섰다. 그런
데 목소리의 주인을 보고 몸이 굳어버렸다.

"아, 역시 맞네."

내게 말을 건 사람은 하시모토 아저씨였다. 초등학교 4학
년 때 학부모회 회장으로 학교에 몇 번인가 왔던 아저씨. 왕
따가 되는 게 무서워, 되도록 눈에 띄지 않으려 했던 나를
기억해준 것 같았다. 그 사실 자체는 너무 기뻤다.

그런데 지금은 곤란하다. 온몸이 뻣뻣해지고 등에 식은땀
이 났다.

"아는 사이예요?"

"아, 네."

하시모토가 검은 뿔테 안경을 고쳐 쓰면서, 같은 테이블
에 앉은 젊은 남자에게 말했다.

"우리 아들이랑 동갑이니까 중학교 2학년인가. 근데 네가
여기 왜 있니? 스즈키라고 하던데 그거 가명이지?"

하시모토 씨야말로, 왜 여기 있는 건데요? 라고 하고 싶
다. 퇴근길에 부하직원과 한잔하러 온 걸까.

"무슨 일이세요?"

말없이 서 있었는데 점장이 불안한 표정으로 다가왔다.

"별일 아니에요. 근데 얘 아직 중학생인데 왜 일을 시키는 거예요?"

하시모토의 질책에 점장 얼굴에서 웃음기가 사라졌다. 하지만 얼른 두 눈을 크게 뜨고 말했다.

"어? 스즈키, 너 대학생 아니었어? 확실히 동안이라고 생각하긴 했는데."

"모른 척하지 마세요. 딱 봐도 대학생 아닌데."

"이력서 갖고 왔어요. 혹시 거짓말한 거야, 스즈키?"

가짜 이력서를 보여준 건 사실이니 할 말은 없다. 하지만 처음에 점장이 내가 나이를 말하게 됐다면… 어? 말을 못 하게 했다는 건, 혹시 내가 중학생인 걸 알고 있었나? 대학생이라면 일하게 해준다고 했고… 머릿속이 빙빙 돌며 패닉에 빠지려던 그때였다.

"저랑 같은 학교예요."

세상에 천사가 있다면 이런 목소리일까, 싶을 정도로 귀여운 목소리. 너무 놀라 뒤를 돌아봤다.

학교에서와 달리 사무복을 입고 있어서 다른 사람 같기는 하다. 하지만, 윤기 나는 단발과 날씬하고 길쭉한 팔다리, 어른스러운 생김새, 틀림없다.

"진짜 맞아?"

"네, 스즈키가 너무 동안이라 학교에서도 중학생 같다는 말 많이 들어요."

"네, 맞아요."

영문을 몰랐지만 어쨌든 나는 그 소녀―가스가이 노조미를 보며 고개를 끄덕였다. 노조미가 웃고 있었다. 연하긴 하지만 화장을 했고, 원래 어른스러운 그녀는 중학생처럼 보이지 않았다.

"그렇다네요."

점장이 안심한 얼굴로 말한다. 하시모토는 여전히 의심스러운 눈빛이었지만, 내가 "사람 잘못 보신 것 같아요. 전 대학생이에요"라고 말하자 이상하다는 표정을 지으면서도 "죄송합니다"라고 하며 물러섰다.

점장도 사과를 하곤 얼른 주방으로 사라졌다. 나도 서둘러 하시모토의 테이블을 떠났다. 노조미가 내 뒤를 따라왔다.

"노조미지? 노보리토중학교 가스가이 노조미, 맞지?"

주변에 들리지 않게 작은 소리로 묻자 노조미가 고개를 끄덕였다.

"그럼 누구겠어."

"왜 이런 시간에 여기 있어?"

손님인가? 하지만 입고 있는 사무에는 가게 유니폼이고, 점장 말투가 분명 아르바이트생한테 말하는 것 같았는데….

"너처럼 일하고 있는 거야. 여긴 어제부터 시작했어. 너보다 좀 더 늦은 시간대야."

"왜? 너 부자잖아."

그래서 항상 좋은 냄새가 나고, 플루트 레슨을 받고, 미용실에서 머리를 자르잖아.

노조미는 장난스러운 남자아이 같은 미소를 지으며 말했다.

"그건 다 옛날얘기. 우리 집 이제 돈 없어."

응?

"일 끝나고 천천히 얘기해줄게."

* * *

노조미는 부자였다. 대기업에서 일하는 아빠, 전업주부 엄마, 노조미 이렇게 셋이 살았다. 노조미는 상냥한 부모님을 정말 좋아했다. 3층짜리 큰 집은 노조미에게 행복의 상징이었다.

그 행복이 깨진 건 노조미가 네 살때였다.

엄마가 췌장암으로 돌아가셨다.

너무 늦게 입원을 해서 투병 생활은 한 달도 안 됐다.

움직이지도 못하는 엄마는 너무 야위어 다른 사람이 돼버렸고, 노조미는 그런 엄마가 무섭게 느껴져서 가까이 다가

가지도 못했다.

이건 엄마가 아니야. 나쁜 마법사가 만든 가짜야. 진짜 엄마는 어딘가에 살아 있어 ─ 노조미는 진심으로 그렇게 생각했고, 그때부터 아빠와 둘만의 생활이 시작됐다.

앞으로 어떻게 살아야 할지는 아빠도 몰랐지만, 다행히 회사에서 사정을 이해해줘서 단축근무를 할 수 있었다. 아빠는 어린이집에 노조미를 데리러 갔고, 함께 밥을 먹었고, 쉬는 날에는 밖으로 놀러 나갔다. 주택담보대출이 남아 있어 줄어든 월급이 걱정되긴 했지만, 원래 연봉이 높아서 심각한 정도는 아니었다.

아무것도 하지 않으면 엄마 생각이 날 것 같아 노조미는 열심히 집안일을 했다. 엄마만큼 맛있는 밥을 할 수도 없고, 빨래를 예쁘게 개지도 못했지만 어쨌든 아빠와 둘이 사는 데 익숙해져 갔다. 그러나 다시 행복이 깨졌다.

불경기로 아빠 회사 사정이 어려워지면서 단축근무를 할 수 없게 됐다.

노조미를 키워야 했던 아빠는 결국 계약직으로 전환했다. 연봉이 너무 많이 깎여서 대출을 갚는 것도 힘들어졌다. 설상가상으로 회사는 아빠에게 퇴직을 강요했다. 버티던 아빠는 해고되었고 더는 회사에 있을 수 없게 됐다.

이직을 하려 했지만 쉽지 않았다. 겨우 찾은 일도 계약직이라 월급은 적고 불안정했다. 그런데 오랫동안 일과 육아를 동시에 하며 무리를 했던 건지 우울증까지 덮쳤다. 모아둔 돈으로 생활을 하고 대출을 갚았지만, 아빠가 일을 쉬는 날이 많아지면서 한계에 다다랐다….

* * *

"이게 우리 집 얘기."

아르바이트가 끝나고 집에 가는 길, 노조미가 자전거를 끌면서 아무렇지도 않게 말했다.

"안 그래도 월급이 적은데 아빠가 계속 쉬면서 점점 더 생활이 어려워졌어. 대출을 갚는 것만으로도 힘들었지. 집값도 떨어져서 팔아봤자 대출을 다 갚지도 못해. 그래도 집을 팔면 생활보호를 받을 수 있으니까, 팔자고 해봤는데 아빠는 엄마와의 추억이 담긴 집을 잃고 싶지 않다더라. 그래서 내가 일하기로 한 거야."

믿을 수 없는 게 두 가지나 있었다.

첫 번째는 내가 한밤중에 노조미와 함께 걷고 있다는 것이다.

건물이 잠긴 탓에 로터리에서 밤을 새려 했는데 노조미가 말했다. "여자애 둘이 이런 데서 자고 있으면, 무조건 이상한 사람들이 들러붙어. 오다큐선 선로를 따라 걸으면 헤맬 일도 없고, 걸어가도 한 시간 반 정도밖에 안 걸려."

그랬다. 첫차를 기다리지 않고 걸어서 집에 가는 방법도 있었다.

더 믿을 수 없는 건 두 번째.

노조미 집이 어렵다는 거였다.

"언제부터 그랬던 거야?"

쭈뼛거리면서 물었다. 노조미는 "나도 몰라"라며 아무래도 상관없다는 듯 고개를 흔들었다.

"아빠가 이직한 건 초등학교 5학년 가을이라 아마 꽤 오래전부터 어려웠을 거야. 나는 그런 줄도 모르고 30만 엔이나 하는 플루트 사고 그랬어. 엄마도 플루트를 했어서 가벼운 마음으로 시작한 건데, 덕분에 버텼던 것 같아. 플루트가 없었으면 아마 자살했을지도 몰라."

"자살… 플루트를 하면 엄마가 생각나니까 참을 수 있었던 건가?"

"응, 뭐, 그런 느낌."

노조미는 뭔가 애매한 반응을 하고선 말을 이었다.

"내가 알게 된 건 작년 여름이야. 저녁을 먹는데 갑자기 아빠가 돈이 없다는 거야. 아빠가 술을 덜 먹는 게 이상하다고 생각하긴 했는데, 엄청 놀랐어. 하지만 나는 플루트에 청

147

춘을 바치고 있는데 그런 얘길 하다니. 그렇게까지 힘들어졌는데 자존심 때문에 나한테 말할 수가 없었대. 진짜 바보 아냐? 그깟 자존심, 개나 줘버리면 좋았을 텐데."

단발을 한 예쁜 노조미가 한 말이라고는 믿기지 않았다.

"그럼 너는 생활비 벌려고 일하는 거야?"

"응, 아빠 몰래. 아빠는 일찍 저녁 먹은 다음에 바로 자서 아침까지 안 일어나. 우울증 증상 중 하나가 잠을 많이 자는 거래. 그 덕분에 안 걸리고 있어. 아마 들키면 엄청 혼날걸."

부모란 이런 걸까. 엄마는 나한테 일을 하라고 했는데.

"학비도 벌고 싶었어. 그래도 어릴 때부터 꾸준히 용돈을 모아서 조금만 일을 하면 도케이고 입학금이랑 수업료를 낼 수 있어. 들어가기만 하면 특대생일 테니까, 등록금도 교재비도 전액 면제일 거야."

"특대생은 엄청 잘해야 되잖아. 안 되면 어쩌려고?"

"응? 당연히 되지. 난 천재 플루트 소녀인걸."

노조미는 가슴을 활짝 펴고 흥, 하며 신나게 콧소리를 냈다.

밤이 되니까 텐션이 높아진 걸까? 무심코 "씩씩하네"라는 말이 나왔는데, 노조미가 고개를 저었다.

"안 그래. 나도 가여운 소녀인걸. 그래서 비슷한 처지인 너와 친구가 되고 싶었던 거야."

"비슷한 처지라는 걸… 어떻게 알았어?"

"나도 가난한 걸 들키지 않으려고 엄청 노력하니까. 네 몸짓이나 태도를 보니까 나랑 비슷하다는 걸 바로 알겠더라고."

"그렇구나."

모두가 "부잣집 딸"이라고 생각하는 노조미는, 아마 나보다 더 들키고 싶지 않을 것이다.

"플루트 레슨 때문에 동아리 쉬는 것도 거짓말이구나."

"응. 그런 건 진작에 관뒀지. 그동안 일했어. 일이 없을 때는 집에서 잤고."

그래서 내가 레슨비가 얼마냐니까 바로 대답을 못 한 거였다.

"계속 일하는데 지각도 안 하고, 졸지도 않네."

"지각은 오기로 안 하는 거고, 졸린 건 안 들키려고 엄청 노력 중이야."

"근데 성적도 안 떨어졌잖아."

"학원에서 중3 진도까지는 다 했으니까."

"그럼 머리는? 미용실 다닌다고 생각했는데."

"내가 잘라. 미용실 갈 돈이 없으니까. 계속 단발이었는데 갑자기 기르면 애들이 괜히 캐물을 것 같아서."

"머리카락에서 좋은 냄새도 나는데?"

"100엔숍 고체 향수. 샴푸는 싸구려 쓰는데 머리카락 끝에 고체 향수를 좀 바르면 좋아 보이더라고. 옛날에는 좋은 샴푸 썼는데 이제는 그런 것도 못 사. 화장품도 다 100엔숍에서 사."

"너도 여러모로 큰일이네."

진심으로 말하자 노조미가 입술을 삐죽 내밀었다.

"그래, 엄청 큰일이지. 근데 네가 나를 전혀 친구처럼 대하지 않았잖아. 내가 그렇게 말을 걸었는데."

─안녕, 네가.

─잘 가, 네가.

─네가, 수업 이해했어?

"나 불쌍해서 말 걸어준 거 아니었어?"

"내가 그럴 여유가 어디 있어, 나도 불쌍한데."

"혹시 방학식 날 내 이름 불렀던 것도…"

세상에 천사가 있다면 이런 목소리일까, 싶을 정도로 귀여운 목소리가 "네가"라고 했던 게 생각난다.

"맞아. 나였어."

노조미는 얼굴을 찌푸리며 고개를 끄덕였다.

"큰맘 먹고 우리 집 얘기를 하려 했는데 그냥 가버렸잖아. 그것 때문에 상처를 좀 받았어. 취주악부 공연하던 날도 '난 널 친구로 생각하지 않아!'라고 말하는 것 같은 얼굴이었잖아."

"응? 그런 생각한 적 없는데?"

반사적으로 눈을 피하며, 뭐가 더 나오기 전에 얼른 말을 돌렸다.

"근데 너도 좀 나빴어. 나는 고등학교 가면 필요한 학비랑 생활비를 벌고 있는데, 나한테 더 열심히 해야 된다고 했잖아."

―정말 고등학교에 가고 싶다면, 더 열심히 해야 한다고 생각해.

―집에… 그, 돈이 없어서 힘든 건 알아. 하지만 고등학교 졸업이라는 목표가 있으면, 더 열심히 하는 게 좋을 거야… 아니, 열심히 할 수 있을 거야. 목표를 이루고 싶다면, 무조건.

온실 속 화초처럼 자란 부잣집 딸내미가 내 사정도 모르고 내뱉은 말이라고 생각했다. 하지만….

"나한테 그랬잖아. 혹시 너랑 나 둘 다에게 했던 말이야?"

"어머, 이제야 눈치채신 거예요?"

노조미는 일부러 아가씨 같은 말을 쓰며 턱을 치켜올렸다.

노조미의 사정을 모르긴 했지만, 나는 "너랑 나는 사는 세계가 다르다"며 차갑게 굴고… 온몸에서 식은땀이 나는 것 같아 고개를 숙였다.

노조미가 아, 하고 작게 소리를 질렀다. 하지만 이내 환하게 웃으며 덧붙였다.

"근데 그런 건 상관없어. 이 나라가 아이한테 너무 관심이 없다는 게 문제지. 고등학교도 무상교육이라고 하지만 사실 아니잖아. 책값이나 수학여행비도 내야 되고, 생활하는 데도 돈이 너무 많이 들고."

"그게 무슨 소리야?"

난 얼른 노조미 말에 관심을 보였다. 이미 지난 얘기를 꺼내 굳이 사과를 하면 더 어색해진다는 건, 눈치가 없는 나도 알았다.

"고등학교는 의무교육이 아닌걸. 가고 싶으면 돈을 내는 게 당연하잖아."

"너야말로 무슨 소리야. 이 세상에는 고등학교가 공짜인 나라가 많아."

"진짜?"

"응. UN의 국제인권조약을 비준한 나라들 중에서 고등학교 등록금이 공짜가 아닌 곳은 일본과 마다가스카르뿐이야. 대학 등록금은 세계 평균에 비하면 월등히 비싸고. 공부하는 데 이렇게 많은 돈이 드는 나라는 일본뿐일 거야."

노조미는 청바지를 입은 다리로 자전거 페달을 살짝 찼다.

"핀란드는 '네우볼라'라는 공공병원이 있어서 출산을 하는 데 돈이 거의 들지 않아. '네우볼라 아줌마'라고 불리는 사람들이 출산과 육아 조언을 해주기도 해. 그때는 남편이 회사를 쉬고 같이 가는 게 너무 당연하고. 아이를 낳는다고 하면 이렇게까지 해주는 나라도 있는데, 우리는 왜 이렇게 아이한테 관심이 없는 거야? 부잣집에서 태어나 고생 모르고 자란 사람들이 정치를 하고 있으니 어쩔 수 없겠지만, 저출산 고령화가 심해지는 건 너무 당연해. 조금만 불평하면 '네가 낳았잖아' '정말 힘들면 불평할 기운도 없지' 같은 말을 하면서 도리어 화를 내잖아. 진짜로 일본은 곧 망하지 않을까?"

노조미는 내가 전혀 모르는 이야기를 술술 말했다. 너무 대단해 보였다. 머리가 엄청 좋은 걸까. 노조미에게 존경의 눈초리를 보내며 말했다.

"…너 학교에 있을 때랑 좀 다른 것 같아."

역시 밤이라 그럴까? 아니면 원래 다른 친구들한테는 이렇게 똑부러지게 하고 싶은 말을 하는 걸까?

"당연하지. 학교에서는 아무것도 모르는 척하니까."

둘 다 아니었다.

"그렇게 해야 다른 애들 입에 오르내리지 않거든. 피곤하긴 하지만."

노조미는 뭔가 재밌다는 듯 내 오른쪽 어깨를 주무르며 말했다.

"너랑 단둘이 있을 때는 그런 척 안 해도 되겠지. 오늘은… 아, 이제 어제지만 이렇게 운명적으로 마주치게 됐으니 더는 그럴 필요도 없고."

운명적이라니, 좀 과장된 것 같지만.

"그렇긴 해. 설마 아르바이트하는 데서 만날 줄이야."

"그것도 그렇지만, 안 그래도 오늘은 너한테 꼭 털어놓으려고 했거든… 생일 선물 대신에."

"생일?"

누구? …아, 오늘은 10월 23일이다. 내 열네 번째 생일.

"네 생일에 이런 얘기를 하는 것도 웃기지만, 말할 타이밍을 놓쳤으니까 뭔가 계기가 있었으면 했어."

노조미는 빠르게 말하더니 걸음을 멈추고 빙그레 웃었다.

밤의 어둠을 씻어낼 정도로 환한 미소였다.

"그러니까, 앞으로 잘 부탁해, 네가. 우리 힘내자, 같이."

—같이.

그 한마디가 머릿속에서 윙윙, 윙윙 퍼져 나간다. 두 눈이 뜨거워졌다.

이후 나는 노조미에게 우리 집 얘기를 했다.

유스케에게만 했던 이야기인데, 이상하게 술술 잘 나왔다.

노조미는 입술을 꽉 깨문 채 끝까지 들었다. 내가 말을 끝내자 휴대폰을 꺼내며 말했다.

"라인 있어? 친구 추가해줘."

"어떻게 하는지 잘 몰라…"

"그럼 휴대폰 잠깐 줘봐. 아, 라인 이름도 '네가'구나. 역시 네가가 멋있지. 약간 '난 어떤 소원도 들어줄 수 있어!' 그런 생각이 든달까."

노조미가 내 휴대폰을 만지작거리고 있다.

이 아이는 다른 세계가 아니라, 나랑 똑같은 세계에 살고 있었다. 아마 교실에 있는 그 누구보다도 나와 가까운 여자 애일 것이다.

그걸 다 알게 됐는데, 왜 지금 가장 빛나 보이는 걸까.

希望が死んだ夜に

3장

"네? 얘도 중학생이에요? 고등학생일 수도 있다고 생각해
본 적은 있는데… 아, 스즈키는 진짜 대학생인 줄 알았어요.
정말이라고요."

가스가이 노조미의 사진을 보여주자, 마쓰리잔마이의 점
장 사와타리는 이렇게 말했다. 도노 네가는 그렇다 쳐도 가
스가이 노조미에 대해서는 거짓말을 하는 것 같지 않다. 워
낙 어른스러운 분위기를 풍기는 애라, 말투나 화장을 잘만
하면 대학생처럼 보일 수도 있었을 것 같다.

도노 네가뿐 아니라 가스가이 노조미도 가명을 써서 늦은
밤까지 술집에서 일을 하고 있었다. 그리고 두 사람은 자주,
함께 집에 갔다. 드디어 접점을 찾았다.

그러나 왜 가스가이 노조미까지 여기서 일하고 있었는지
는 모르겠다.

오후 7시, 마카베와 나카타는 노보리토역에서 도보로 5분 정도 떨어진 다마병원에 갔다. 가스가이 노조미의 아버지인 가스가이 노부유키의 얘기를 듣기 위해 담당 의사에게 최대한 부탁을 했다. 가능하면 도노 네가의 엄마인 도노 에이코의 얘기도 듣고 싶었지만 그녀는 아직 상태가 좋지 않아 최소한 내일까지는 면회를 할 수 없다고 했다.

노부유키는 1인실에 있었다. 온 거리가 밤에 잠겼지만 병실 커튼은 활짝 쳐졌다. 침대를 세워 앉아 있는 노부유키는 다리에 덮인 이불을 멍하니 보고 있었다.

마카베는 경찰수첩을 꺼내 자신을 소개한 뒤, 나카베와 함께 깊이 고개를 숙였다.

"이번 사건은, 정말 유감입니다."

노부유키는 여전히 이불을 보며 고개를 살짝 떨궜다. 볼은 움푹 패였고 눈은 공허하다. 그러나 온몸에서 풍기는 피로감은 아주 오랜 시간에 걸쳐 축적된 것 같았다. 아직 40대일 텐데, 빳빳한 머리카락 사이사이 흰머리가 보였다.

병원에 오기 전, 나카타는 가스가이 노조미 집이 어땠는지에 대한 추측을 늘어놨다.

그리고 아무래도 그게 맞는 것 같다.

"여러모로 힘드실 텐데 죄송합니다만, 여쭤보고 싶은 게 있어서요."

나카타가 위로를 하면서도 본론을 꺼낸다. 노부유키 탐문은 나카타에게 맡기기로 했다. 어쨌든 환자 입장에서는 여성과 말하는 게 좀 더 나을 것 같았다.

노부유키는 아무 반응을 하지 않았지만, 나카타는 말을 이었다.

"노조미가 신유리가오카의 마쓰리잔마이라는 술집에서 아르바이트를 하고 있었다는 정보를 입수했어요. 학교 친구들이랑 선생님은 노조미가 잘사는 집에서 태어난, 축복받은 아이라고 했는데 말이죠. 그게 진짜였다면 용돈도 충분했을 거고, 만약 용돈이 부족했다 해도 새벽까지 아르바이트를 하진 않았을 거예요. 그래서 저희는 노조미가 잘산다는 전제가 틀렸다고 생각할 수밖에 없었어요."

침대 옆에서 말을 이어가던 나카타는, 여전히 반응이 없는 노부유키를 물끄러미 바라보다 입을 열었다.

"노조미는 잘사는 게 아니었다. 어떤 사정으로 돈이 없어 고생하고 있었다. 학비나 생활비를 벌기 위해 일하고 있었다. 아닌가요?"

꿈쩍도 하지 않던 노부유키의 두 눈에서 갑자기 눈물이 흘러내렸다.

"…죄송합니다."

노부유키는 힘없이 흘러내리는 눈물을 닦으려고 하지도

않았다. 그는 다 쉬어버린 목소리로 쥐어짜듯 말했다.

"아내가 먼저 가고, 어린 딸과 둘만 남겨졌어요… 아내가 죽었을 때 여러모로 힘들어지니까 대출을 받았는데, 그게… 불경기라…"

목이 막혀 몇 번이나 말을 멈추긴 했지만, 노부유키는 사정을 털어놨다.

아내가 죽은 뒤 간신히 일과 육아를 해나갔지만, 불경기로 단축근무를 할 수 없게 되자 계약직이 되었고 그러다 결국 해고됐다. 이후 안정적인 직업을 가질 수 없어 우울증이 생겼다. 오로지 대출을 갚기 위해 살았는데, 정신을 차리고 보니 생활은 파탄 직전이었다.

노부유키는 몇 년 동안이나 그 사실을 숨기고 있었다.

"딸과 둘만 남겨지니까 바로 알겠더라고요. 집안일은 꽤 한다고 자부했는데, 사실 다 아내가 했다는걸요. 전부 혼자 해내야 되는 순간이 오니까 정말 어쩔 줄을 모르겠고… 그게 너무 스트레스였어요… 생각해보면 처음부터 우울감이 있었어요. 계속 스스로를 속였지만, 일이 잘 안 풀리니까, 결국…"

어느 순간부터는 거의 혼잣말이 되어 있었다. 나카타는 위로하는 듯한 표정으로 물었다.

"그렇게까지 힘드셨는데 왜 집을 팔지 않으셨어요? 그러고 생활보호를 신청하셨으면 됐을 텐데."

마카베도 그게 의문이었다. 큰 집에 살면서 생활보호를 받는 건 어렵지만, 집을 팔았다면 충분히 가능성이 있었을 것이다.

노부유키는 대답하지 않았다. 그저 크게 숨을 들이마시고 내쉬었을 뿐이다. 초조해하고 있었다. 나카타가 말했다.

"걸리는 게 있으셨나요?"

마카베는 질문의 의미를 알 수 없었지만, 노부유키는 갈라진 목소리로 "네"라고 말했다.

"몇 년 전에 생활보호에 대한 비난이 거셌잖아요. 그때 이런 식이면 정말 어려운 사람도 보호받을 수 없다고 말하는 평론가를 봤어요. 솔직히 이해는 할 수 없었어요. 정말 어려운 사람이 있다면 사람들 비난은 신경 쓰지 말고 보호를 하면 되잖아요. 그때 이미 상당히 어려운 상태여서 여차하면 신청을 하려 했어요. 그런데, 막상 제가 그런 입장이 되니까 도저히 결단을 내릴 수가 없더라고요… 남들 다 아는 대기업에서 일했는데… 그래도 남자인데… 스스로가 너무 한심해서 열등감에 시달렸어요… 딸한테는 엄마와의 추억이 있는 집이니까 팔고 싶지 않다고 우기면서…"

그래도 남자인데 자신이 한심해서 열등감에 시달렸다.

살아가는 것에 비하면 이런 건 아무것도 아니다. 열등감

같은 건 무시해버려도 된다.

하지만 노부유키는 무시할 수 없었다. 도노 에이코와 달리 남들만큼의 지식과 교양도 있었을 텐데. 비난은 무시하고 보호하면 된다는 생각도 갖고 있었는데.

"제가 자존심을 부리니까 딸이 아르바이트를 하게 된 거예요. 근데 저는 몰랐어요. 설마 한밤중에 집을 나갈 줄이야… 정말 한심한 아빠네요. 노조미가 그냥 요즘 좀 피곤하다고 생각했는데…"

"노조미가 아르바이트를 한다는 건 언제 아셨어요?"

"어제요. 점심 먹고 나서니까… 2시쯤이었던 것 같아요."

살해당하기 일고여덟 시간 전인가.

"요즘 뭔가 이상하다는 생각이 들어서 딸이 장 보러 간 사이에 방에 가봤는데, 책상 서랍에 큰돈이 있더라고요. 너무 무서웠어요. 혹시 원조교제를 하거나 이상한 클럽 같은 데 다니고 있는 건 아닌가 해서요. 노조미한테 물어보니, 술집에서 아르바이트를 하고 있을 뿐이다, 아빠가 상처받을 일은 안 한다고 해서 그걸 믿었습니다."

믿었다고 말하는 노부유키의 얼굴이 일그러졌다.

"그렇게 번 돈 일부는 생활비로 쓰고, 나머지는 고등학교에 가서 쓰려고 모아놨다고 하더라고요. 결국 제 자존심 지키자고 중학생 딸까지 일하게 한 거였어요. 그래서 생활보호를 신청하겠다고 했더니… 노조미가 울면서 싫다고 하더라고요."

"아버님과 같은 이유 때문일까요?"

"아닌 것 같아요. 노조미는 자존심 부리는 저를 어이없어 했고 심지어 집을 팔아 생활보호 신청을 하자고 먼저 말한 적도 있거든요. 게다가 제 앞에서 그렇게 펑펑 운 게 처음이라… 왜 그런 건지 모르겠어요."

"이유를 말하진 않았습니까?"

노부유키가 힘없이 고개를 저었다.

"'아빠는 몰라' 한 마디뿐이었어요."

―몰라. 너희는 몰라.

신기하게도, 도노 네가 역시 비슷한 말을 했다.

"그래도 저는, 오늘이라도 가보려고 했어요. 근데 머릿속에서 '생활보호를 받으려 하다니 한심하네' '좀 지나면 어떻게든 되지 않을까?' 같은 소리가 자꾸 들려서… 결국 술을 진탕 마시고 뻗었는데… 이런 일이…"

"뭔가 이상하다고 생각해서 노조미 방에 들어갔다고 하셨잖아요. 구체적으로 뭐가 어떻게 이상하셨어요?"

나카타는 질문을 던지며 회한에 잠긴 노부유키를 현실로 불러왔다.

"친한 친구가 생겼다고 했거든요. 2학년이 거의 끝나가는 마당에 새로운 친구를 사귈 일은 좀처럼 없잖아요. 그래서 학교가 아닌 다른 데서 만난 건 아닐까, 생각했습니다.

그리고 또 하나. 노조미가 좋은 플루트 학원을 찾았다고 하더라고요. 친구들한테 플루트 학원 다닌다고 거짓말을 한 것 같은데, 돈이 없어서 그건 그만둔 지 오래됐어요. 도대체 무슨 말인지 모르겠어서… 물어봐도 그냥 흐지부지 넘기기만 하고, 저도 따져 물을 기운은 없었고요."

아마 친한 친구는 도노 네가일 것이다. 하지만 좋은 플루트 학원은 뭔지 모르겠다. 아르바이트비로 레슨비까지 감당할 수는 없었을 텐데.

나카타는 "알겠습니다"라고 고개를 끄덕이며 도노 네가의 사진을 꺼냈다.

"이 아이를 본 기억은 없으신가요?"

눈물을 흘리는 노부유키의 눈이 날카로워진다.

"도노 네가. 노조미를 죽인 아이죠. 인터넷에서 봤어요."

"인터넷에서 말고, 실제로 본 적은 없으세요?"

"실제로 이 아이를 봤다고 해도, 이 아이가 노조미를 죽였다고 해도, 사실은 제가 죽인 거 아니에요?"

병실에 그의 신음이 울려 퍼졌다.

"형사님들도 그렇게 생각하시죠? 맞아요. 제가 생활보호 신청을 했다면, 그렇게라도 돈이 있었다면, 노조미가 한밤중에 돌아다니는 애가 되진 않았을 거예요. 저예요. 제가 죽인 거예요."

"아버님, 진정하세요."

"적어도 어젯밤엔 깨어 있었어야지. 그럼 애가 없는 걸 알았을 텐데. 형사님들도 그냥 말하셔도 돼요. 나쁜 건 너라고, 네가 노조미를 죽인 거라고!"

노부유키는 몸을 내밀어 나카타의 어깨를 잡고 흔들며 소리쳤다. 곧게 뻗은 검은 머리가 흐트러졌지만 나카타는 표정을 바꾸지 않았다. 마카베는 노부유키의 팔을 잡으며 "좀 진정하세요"라고 말했다.

놀라울 정도로 가늘고 연약한 팔이었다.

"저예요. 제가 노조미를 죽였습니다… 노조미, 미안해…"

노부유키는 잠꼬대를 하듯 계속 중얼거렸다.

간호사를 불렀고 노부유키는 진정제를 맞았다. 노부유키 이야기를 들어보니, 그는 사건이 일어나기 전까지 도노 네가의 존재조차 몰랐던 것 같다. 딸에게 그런 이름을 들은 적도 없다고 했다.

사와타리 점장과 노부유키의 증언을 합치면 가스가이 노조미의 친한 친구가 도노 네가라는 건 틀림없었다.

두 사람이 친해진 건 마쓰리잔마이에서 만난 10월 하순 이후. 함께 집에 가면서 도노 네가가 첫차로 돌아가는 일은 없어졌다. 최근에 그 아이가 즐거워 보였다는 것도 그래서일 것이다. 두 사람이 친구라는 걸 숨긴 건 아르바이트나 가스가이 노조미의 빈곤이 알려지면 안 됐기 때문이다. 여기까지는 퍼즐이 맞춰졌다.

그런데 도노 네가는 왜 자신의 친한 친구를 죽인 걸까? 여전히 동기는 모르겠다.

여러 가능성을 생각해보려 했지만, 좀 전에 붙잡았던 노부유키의 야윈 팔이 잊히지 않아 머리가 돌아가지 않았다.

결국 마카베와 나카타는 서에 들어가는 대신, 내일 탐문을 준비한다는 명분으로 도노 에이코가 뛰어든 다마강으로 향했다.

어두워진 길을 말없이 걷다 보니 나카타와 거리가 벌어져 있었다. 속도를 줄이고 그녀가 따라잡기를 기다렸다. 그러는 사이, 앞쪽에서 커다란 비닐봉지를 둘러멘 사람의 그림자가 다가왔다. 비닐봉지 가득 빈 깡통이 들어 있다. 입고 있는 회색 코트는 비싸 보였지만 머리칼은 제멋대로 뻗쳐 있고 피부 여기저기 때가 꼈다.

멀어지는 뒷모습을 눈으로 쫓아버렸다.

"강변에 사는 노숙인일 거예요."

어느새 마카베를 따라잡은 나카타가 말했다.

"캔 수거업체에 빈 깡통을 팔면서 돈을 벌더라고요. 깡통 모으면서 아직 멀쩡한 옷이나 이불 같은 것도 주워서 갖고 오고요."

저 코트도 주웠을 것이다. 아직 쓸만한 것 같은데.

저런 멀쩡한 옷을 버리는 사람과 그걸 주워다 입는 사람이 한동네에서 살고 있다.

"부자父子가정도 가난해질 수 있다는 건 몰랐네."

마카베의 말에 나카타가 한숨을 내쉬었다.

"얼마 전까지만 해도 '남자는 일을 하니까 배우자가 죽어도 경제적 문제는 없다'고 했지만, 요즘은 다르니까요. 가사나 육아 시간 만들려고 이직하면서 수입을 포기하는 싱글파더가 드물지 않아요. 주택담보대출 받고 있는 사람들 중에는 파산하는 사람도 꽤 있고요.

그런데 모자가정 빈곤에 비하면 아직 덜 알려지긴 했어요. 문제가 심각해지면서 부자가정도 2011년부터는 아동부양수당, 2014년부터는 유족기초연금을 받게 됐는데도요."

아동부양수당은 한부모가정의 자녀 양육을 위해 지급되는 수당, 유족기초연금은 배우자를 잃은 이에게 지급되는 연금이다. 예전에 마카베 집도 이 수당을 모두 받았는데, 그런 거였나. 모자가정이 아니면 못 받는 거였을까.

저런 수당을 다 받았기 때문에 지금까지 취학지원의 존재를 모르고 살아온 건가.

"원래 보통 행정적인 지원은 '모자가정 등'이라고 쓰여 있는 경우가 많아서, 싱글파더들은 자기가 지원 대상이 되는 것조차 잘 몰라요. 싱글맘들과 달리 모여서 정보를 교환하는 일도 적고요."

노부유키에게 일어난 일은, 일본의 어느 아버지에게도 일어날 수 있는 일이다.

"싱글맘과 비교해보면 싱글파더가 불경기의 직격탄을 맞고 있는 셈이네."

"싱글맘들도 영향을 받아요. 일본 싱글맘의 80퍼센트 이상이 일을 하고 있는데, 그중 절반 이상이 평균 이하의 생활을 하고 있어요. 게으른 게 아닌데 일을 해도 해도 생활이 나아지지 않으니 초조해지고, 그게 아동학대나 방임으로 이어지기도 해요. 네가와 노조미처럼 아이가 일을 해야 하는 집도 생기고요."

"도노 네가는 놀 돈이 없어서 아르바이트를 한 걸지도 몰라."

무심코 내뱉은 자신의 말은 추측보다는 소망에 가까웠다. 놀란 마카베는 바로 "그건 아니겠지만"이라고 덧붙였다.

"안타깝게도 놀러 다닌 흔적은 전혀 없으니까. 똑똑한 가스가이 노조미가 놀려고 돈 버는 애와 친하게 지냈을 리도 없겠지. 둘 다 살기 위해 일을 한 거였어."

나카타는 침묵으로 마카베의 말에 동의했다.

노력은 안 하고 꿈만 꾸는 애라고 생각했는데, 물리적으로 노력할 시간조차 가질 수 없었던 걸까. 하지만 옛날에도 그런 아이가 없었던 건 아니다. 내가 엄마를 편하게 해주고 싶다는 목표로 열심히 살았던 것처럼, 도노 네가 역시 고등학교에 가겠다는 목표가 있었다. 그러면, 그 목표를 향해… 그럼 괴로운 생활에서 벗어날 수 있으니까…

"너무 어둡네요."

나카타가 느닷없이 중얼거렸다.

그 시선의 끝에는 꺼진 가로등이, 어둠에 잠겨 있었다.

마카베와 나카타가 신유리가오카와 다마병원에 갔다 왔기 때문에 수사회의는 저녁 8시 15분부터 시작됐다.

오늘 조사에서도 도노 네가는 입을 다물고 있을 것 같다. 엄마가 다마강에 뛰어들었다는 말을 전했는데도 반응이 없었다.

빈집에서는 도노 네가와 가스가이 노조미의 지문이 다수 검출됐다. 또 마카베와 나카타가 신유리가오카에 가 있는 동안, 현장 근처에 있던 수사원들은 종종 이 아이들이 늦은 밤에 빈집 근처 편의점 화장실을 썼다는 정보를 알게 됐다.

오래전부터 빈집에 드나들었다는 건 틀림없었다.

마카베와 나카타의 수사로 이 둘의 접점도 발견됐다.

그러나 여전히 살해 동기는 수수께끼로 남아 있다.

가스가이 노조미를 매단 로프는 유류품이나 물증을 수사하는 특명반에서 조사했다. 조사 결과 로프는 9밀리미터 두께의 사이잘삼 로프로, 제조사는 와타나베제망이었다. 10년 전부터 아마존, 라쿠텐 등 온라인스토어에서는 물론 전국 각지의 매장에서도 취급하고 있었다. 하지만 도노 네가가 온라인스토어에서 로프를 구입한 이력이 없었다. 노보리토나 무코가오카유엔의 슈퍼나 잡화점 등에서 그 아이를 본 사람 역시 없었다. 혹시 몰라 가스가이 노조미의 사진을 보여주고 다녔지만, 역시 헛수고였다.

애초에 어느 가게에서도 최근 일주일 동안 해당 로프가 팔린 적은 없었다.

노보리토와 무코가오카유엔 근처에 있는 가장 큰 슈퍼인 다이에 무코가오카점에서는, 일요일인 6일에는 매년 여는 세일 행사 때문에 손님이 몰렸기 때문에, 일일이 얼굴을 기억할 수 없다고 했다. 그래서 희망을 걸어봤지만 CCTV에서도 두 소녀는 보이지 않았고, 최근 일주일간 해당 로프가 팔린 기록도 없었다.

가스가이 노조미가 아버지에게 아르바이트하는 걸 들킨

건 어제―6일 오후 2시가 넘어서였다. 이게 도노 네가의 살해와 연결돼 있다면 도노 네가는 2시 이후에 어디선가 로프를 샀어야 한다. 그런데도 그녀의 모습이 발견되지 않았다는 건, 두 가지 일 사이에 연관성이 없다는 뜻이다.

그렇다면 도노 네가는 왜 '절친한' 가스가이 노조미를 죽였을까? 언제 어디서 로프를 산 걸까? 돈이 없는 가스가이 노조미가 발견했다는 '좋은 플루트 학원'은 뭘까? 가스가이 노조미가 갑자기 생활보호를 받기 싫어했던 이유는 뭘까? 이 아이들이 갖고 있던 스마트폰은 어디 있을까?

"내일은 이것들을 중점적으로 조사할 것."

구와시마 관리관의 말로 수사회의가 끝났다.

용의자가 이미 체포된 뒤의 보강수사로 보면 순조로운 상황이다. 이후 45분 뒤에 열린 기자회견에서도 기자들은 중학생 소녀 두 명이 같은 술집에서 아르바이트를 했다는 사실 때문에 살해 동기가 밝혀지지 않았다는 데에는 큰 관심을 보이지 않았다.

그러나 마카베는 초조했다.

―너한테 거는 기대가 커. 반드시 성과를 내.

기도의 목소리가 머릿속에서 몇 번이나 울렸다. 그의 눈빛이 자신을 움츠러들게 한다.

수사 내용을 정리하기 위해 형사과 빈 책상에 자리를 잡고, 오늘 노트에 적은 것들을 다시 읽어봤다. 나카타는 "네가와 노조미가 어떤 기분으로 아르바이트를 한 건지 곰곰이 생각해보고 싶어요"라며 진작에 퇴근했다.

서에 남아 있는 형사는 몇 명 없고, 아무도 소리를 내지 않는다.

TV 소리만 흘러나오는 조용한 사무실에서 단서를 찾기 위해 노트를 넘겼다.

고작 저런 소녀 하나 때문에 실패할 수는 없다.

그래야 하는데, 그러니까 반드시 단서를 찾아야 하는데, 집중이 잘되지 않았다.

ㅡ몰라. 너희는 몰라. 뭘 모르는 건지도 몰라.

머릿속에서 울리는 기도의 말에 도노 네가의 목소리가 겹친다.

듣고 싶지 않지만, 목소리는 꺼지지 않고 계속 메아리친다.

"마카베 경위님."

누군가 말을 걸어 고개를 들었다. 요시모토였다. 뭔가 재밌는 일이라도 생긴 듯한 미소를 지었지만, 어딘가 안쓰럽다는 표정도 섞여 있었다.

"나카타가 '상상'하지 않던가요?"

"했죠."

"역시 그랬네. 괴짜 맞죠?"

뭐가 기쁜 건지 모르겠지만 요시모토는 히죽거리며 마카베 옆에 앉았다.

"윗분들은 그 자식이 결과를 내니까 마음에 들겠죠. 근데 얌전한 얼굴로 이상한 말을 하니까 주변에서는 다 꺼려해요. 뭐, 그것뿐이라면 참을 수 있는데 계속해서 사건 관계자의 마음이나 입장을 상상하려 하더라고요. 솔직히 귀찮은 놈이에요. 안 그래도 관할 밖 살인사건에 사사건건 참견해서 짜증나는데 말이죠. 여자니까 좀 가만히 있으면 다들 예뻐할 텐데."

수사에는 여자도 남자도 없지만, 그것 말곤 당연한 이야기라 고개를 끄덕였다. 다른 형사들도 아무 말 않고 가만있는 걸 보면, 요시모토 말에 수긍하는 모양이다.

그러나 나카타가 처음부터 "네가에게 뭔가 사정이 있다"고 예상했던 건 사실이다.

TV에서 도노 네가의 뉴스가 흘러나왔다. 시계를 봤다. 밤 10시 29분.

검찰 송치까지, 딱 24시간 남았다.

"가난하다고는 해도, 일본은 어느 정도 평균적인 삶이 보장돼 있고, 아이가 길거리에서 구걸하고 있는 수준은 아니었으니까, 부모가 좀 더 확실히—"

진행자의 말을 끊어내듯 책상 위에 있던 휴대폰이 부르르 떨렸다. 화면을 봤다.

형사부장인 기도였다.

요시모토에게 눈짓으로 양해를 구한 뒤 휴대폰을 들고, "여보세요" 하며 복도로 나섰다.

"문제가 생겼던데."

기분 나쁜 목소리에 온몸이 굳어졌다.

"현행범으로 체포했는데 동기는 말을 안 한다며. 완전한 자백은 못 받고 송치하는 건가."

"아직 24시간 남았습니다. 피해자와의 접점은 찾았고 조사하면서 철저히 ―"

"그럴 필요 없어."

초조한 마카베와 달리 단단한 목소리였다. 이유를 물으려는데, "이제 본부로 돌아와. 나머지는 관할서에 맡기고"라는 말이 이어졌다.

관할서에 맡겨라. 즉, 이 건에서 손을 떼라는 말이다.

기도를 실망시키고 말았다.

자괴하는 마카베가 보이는 듯, 기도는 낮은 목소리로 웃었다.

"그렇게 겁먹을 필요 없어. 부모 마음 같은 거니까."

"네?"

"네 첫 수사를 아이 하나로 더럽히고 싶지 않아. 다른 수사본부에서 지원 요청 왔다고 할 테니까 다른 사람한테 인수인계해주고 와."

흡연실의 낡은 의자에 앉아 담배에 불을 붙였다.

내일 아침 일찍 기도가 다마경찰서 형사과장에게 연락을 할 것이다. 바로 담당이 바뀔 거고, 다른 수사원들에게 상황을 설명해준 뒤 여기를 떠나면 된다. 망설일 건 아무것도 없다.

그런데 말해버렸다.

"조금만 더 시간을 주시면 안 되겠습니까?"

왜 그런 말을 한 건지 스스로도 당황한 바람에, 뭐라고 둘러댔는지 잘 기억도 안 난다. 하지만 기도는, "그럼 내일 다시 연락하지"라며 전화를 끊었다.

천천히 연기를 내뿜었다. 담배 연기와 함께 머릿속 고민도 함께 내뱉고 싶지만 그럴 수는 없다.

대체 왜 망설이는 걸까? 고작 어젯밤에 만난 건방진 여자애는 그냥 내팽개쳐도 된다. 나한테도 내 사정이 있다. 엄마를 편하게 해주고 싶다는 그 생각 하나로, 열심히 공부해서 경찰이 됐고, 그 뒤로는 잠 한 번 제대로 못 자고 일만 했다. 여기까지 아등바등 올라왔다. 이 사건을 남한테 넘긴다고 부끄러울 건 전혀 없다.

마카베는 재떨이에 담배를 밀어넣은 뒤 엄마에게 전화를 걸었다. 통화연결음 소리를 들으면서도 대체 이 밤에 뭘 하는 건가 싶어 자조했다. 결국 끊으려는데, 엄마가 당황한 목소리로 "여보세요?" 하고 받았다.

받은 게 뜻밖이라 잠시 멈칫했지만 말을 이었다.

"여보세요. 엄마, 나야. 오랜만이지."

"아들 맞지?"

"그럼 나지, 누구야. 번호도 안 바뀌었는데."

"늦었는데 전화가 오니까 무슨 일 있는 줄 알고."

아, 역시 너무 늦었나.

"별일 없어. 잘 지내고 있고."

"다행이다. 근데 왜?"

"그… 별일은 아닌데."

아무도 없는 건 확인했지만 그래도 작은 목소리로 물었다.

"나 어렸을 때 말이야, 엄마 고생 많이 했나?"

밤늦게, 서른이 넘은 남자가 대체 이런 걸 왜 묻고 있을까. 역시 질문이 이상했다. 엄마도 웃으며 말했다.

"어? 갑자기 뭔 소리래?"

"수사 중이라 자세히 얘기할 수는 없는데, 엄마의 마음이란 것에 대해 힌트가 좀 필요해서."

"으흠."

엄마는 뭔가 미심쩍은 눈치였지만 이내 말을 이었다.

"고생은 했지. 내세울 만한 게 전혀 없었으니까. 그래도 그때 고생한 덕분에 지금 너한테 생활비 받는 거 아니겠니."

"생활보호는?"

"생각 안 해봤어. 나라의 도움을 받다니, 뭔가 한심하잖아."

"생활보호를 받는 건 국민의 권리라던데."

기노시타의 말이 떠올라 그렇게 말했더니, 엄마는 "근데 내가 투잡을 하면 어떻게든 될 것 같았어. 물론 축구부는 보낼 수 없어서 너한테는 미안했지만"이라고 말했다.

엄마가 미안할 필요는 없다. 하지만 좋아했던 축구를 계속하지 못한 건 사실이다.

그럴 형편이 아니었다.

그래서 열심히 공부했다. 학원에 갈 돈이 없으니 독학으로 공부했고, 단골손님이라는 조롱을 받을 정도로 교무실에 들락거렸다. 엄마를 편하게 해주기 위해서였다.

하지만, 그건―.

"고마워. 참고할게."

"어머, 이제 다 됐어?"

"응. 잘 자."

"뭔지 잘 모르겠네. 어쨌든 잘 자. 가끔 집에 오고."

전화를 끊고 휴대폰을 가슴 안쪽 주머니에 넣었다.

가난은 드물지 않다. 어떤 가혹한 상황에서든 노력하면 길은 열린다. 엄마를 편하게 해주고 싶다는 생각 하나로 여기까지 온 나도 있으니, 이 전제가 틀렸을 리 없다고 생각했다.

하지만 엄마를 편하게 해주고 싶었다는 건 엄마가 고생을 했다는 것이다.

그리고 나는 그 덕에 공부만 할 수 있었다.

엄마한테만 고생을 시켰기에, 나는 노력할 여유가 있었던 것이다.

노력하면 뭐든 이룰 수 있고, 밝은 미래가 펼쳐진다고 믿었으니까.

"너무 어둡네요"라고 중얼거리던 나카타의 눈빛을 떠올리며 새 담배에 불을 붙였다. 이번에는 거의 끝까지 피웠다. 짧아진 담배를 끄고 새 담배에 불을 붙였다. 역시 끝까지 피웠다. 그걸 몇 번이고 몇 번이고 반복했다.

얼마나 피웠을까?

재떨이가 담배로 가득 차자, 마카베는 양 무릎에 힘을 주고 몸을 일으켰다.

다음 날 아침. 12월 8일 오전 8시.

마카베는 취조실에서 네가와 마주보고 앉았다. 바로 옆에는 나카타가 있었다.

"노조미랑 같이 아르바이트했다면서?"

인사도 없이 말을 꺼냈다. 네가는 콧소리를 내며 팔짱을

178

끼더니 의자에 마른 몸을 기댔다.

"너네 사이가 좋았던데? 노조미가 너랑 친하다고 했다더라. 그리고 유스케는 최근에 네가 즐거워 보였다고도 했고. 노조미랑 친해져서 기분 좋았던 거 아냐?"

"…"

"너도 노조미도 스마트폰 있었다며. 근데 어디에서도 발견되지 않았어. 네가 숨긴 거 아냐? 문자로… 아니, 요즘은 라인인가? 어쨌든 친한 사이였다는 걸 알리고 싶지 않았던 거지?"

"…"

"스마트폰 어디 있는지 알려주면 우리가 굳이 수고스럽게 찾지 않아도 될 텐데 말이야."

"…"

마카베는 자신도 모르게 쓴웃음을 짓고 있었다.

"무슨 말을 해도 대답을 안 하네. 그래도 어젯밤 내내 우리가 모은 정보를 정리해봤어.

결론부터 말하자면 네가 이유 없이 친한 친구를 죽일 것 같진 않더라고."

네가의 눈썹이 살짝 움직인 걸 본 마카베가 계속 말했다.

"무슨 사정이 있었겠지. 나는 그걸 알고 싶은 거야. 이대로 말 안 하고 가만히 있으면, 검사는 네가 반성하지 않는다고 생각하고 아주 강도 높은 조사를 할 거야. 그러면 소년원에 갈 수도 있어."

협박이 아니라 충분히 일어날 수 있는 일이었다.

그러나 네가는 여전히 아무 말도 하지 않았다.

마카베도 입을 다물었다.

침묵이 계속 이어지던 와중에 마카베가 입을 열었다.

"나는, 너를 도와주고 싶어."

갑작스레 말하자 네가가 미간을 찡그렸다.

마카베 스스로도 이런 대사를 내뱉게 될 줄은 몰랐다. 하지만 어젯밤, 계속해서 담배를 피우는데 문득 떠올랐다.

동경했던 형사 드라마 속 주인공들은 모두 어려운 사람들을 돕는 영웅이었다는 걸.

"검찰 송치까지 아직 14시간도 더 남았어. 우리는 네가 가장 친한 친구를 죽인 이유를 반드시 밝혀낼 거야. 그게 너와 노조미 모두를 위한 길이니까."

좀 전에 기도에게 한 말이기도 했다.

─그렇게 하고 싶다면 알아서 해.

기도의 목소리에서 감정을 읽을 수는 없었다. 그의 기분을 상하게 한 걸지도 모른다.

하지만 그렇다고 해도, 이제 와서 물러설 수는 없었다.

똑바로 쳐다보자 네가가 눈을 돌렸다. 그 시선의 끝은 허공이었다.

마카베에게는 보이지 않는 뭔가를 보고 있는 것 같다는 기분이 들어 견딜 수가 없었다.

* * *

"아, 피곤해."

노조미는 자전거에 앉자마자 입도 안 가리고 크게 하품을 했다. 예쁘긴 한데 아저씨 같기도 하다. 유스케가 보면 깜짝 놀랄 것이다.

나도 하품을 하면서 자전거에 올라탔다.

새벽 2시. 집에 가는 길이다. 노조미는 엄마 유품인 하얀 코트를, 나는 이제야 꼭 맞게 된 몇 년 전에 산 검은 패딩을 입었다.

"오늘은 안 혼났어?"

"응, 뭐 별로."

노조미랑 말을 하게 된 지 일주일이 지났다. 그사이 혼나는 횟수가 줄었다. 일을 한 지 두 달이나 됐으니 익숙해진 탓도 있겠지만, 점장이나 다른 직원들(주로 남자)이 노조미한테 계속 말을 거는 걸 보면 그뿐만은 아닌 것 같다.

"너는?"

"손님들은 괜찮았는데 점장이 끈질기게 '노조미는 남자친구 있어?'라고 묻더라고. 귀찮아서 있다고 하긴 했는데 방심하면 안 될 것 같아. 차라리 무슨 짓이라도 하면 그걸로 협박이라도 하면 되는데."

"정말 두 얼굴이라니까."

그 뒤로는 대화가 끊겼다.

집에 갈 때는 대충 이런 느낌이다.

노조미가 예전에 쓰던 자전거를 줘서 이걸 타고 아르바이트를 다니게 됐다. 몇 년 동안 자전거 같은 건 타본 적이 없어서 무섭기도 했지만, 그 덕에 늦어도 3시 전에는 집에 갈 수 있어서 전보다 더 많이 잘 수 있게 됐다.

지각도 학교에서 조는 일도 조금은 줄었다… 아마 보는 사람들은 잘 모르겠지만.

엄마는 "이제 일하는 게 좀 익숙해졌나 봐. 어른이 되어가고 있어"라며 기뻐했다. 폭염이 계속됐을 무렵에 비하면 컨디션도 좋아 보인다. 하지만 "또 나빠지면 안 되니까 좀 더 쉬어야지"라며 일하러 가지는 않았다.

아르바이트 때문에 거의 매일 노조미를 보지만, 첫날 말고는 제대로 이야기를 나눈 적은 없다. 서로 너무 피곤해서 그럴 여유도 없다. 아르바이트하고 있다는 걸 들키면 안 되

182

기에 학교에서는 서로 말도 안 한다. 라인으로도 "오늘 일 가?" "몇 시부터야?" "끝나면 같이 가자" 정도만 주고받는다.

원래 라인으로 이런 얘기밖에 안 하는 건가. 예를 들면, "구사나기 선배랑 사귀는 거 맞아?" 같은 그런 연애 얘기는 안 하는 걸까.

물론 선배 일은 단순한 비유다. 노조미와 선배 사이가 어떻든 당연히 나오는 상관이 없다. 그냥 예를 들었을 뿐이다. 그게 다.

"별 예쁘다."

내가 스스로에게 타이르고 있을 때, 노조미가 하얀 숨을 내뱉으며 말했다. 나도 밤하늘을 올려다봤다. 가로등에 가려지긴 했지만 희미하게 반짝거리는 별이 보였다. 무슨 자리인지도 모르겠다. 관심도 없다. 별과 별을 연결해 별자리 같은 걸 만든 옛날 사람들은 정말 상상력이 풍부하다.

하지만 노조미는 나와 다르게 뭔가 감탄한 것 같았다.

센 척은 다 하는데, 이럴 때는 꼭 여자아이다.

하얗고 반듯한 노조미의 옆모습을 보다, 최근 일주일간 스마트폰을 꽤 많이 붙들고 있었다는 걸 깨달았다.

무미건조한 메시지들이긴 하지만, 얘랑 라인을 하고 있다.

별을 올려다보며 페달을 밟던 노조미가 갑자기 자판기 앞에서 멈췄다.

"뭐 마실까?"

"안 돼, 사치야."

"하긴, 맞아. 내일부터는 보온병에 홍차 담아오자."

"그것도 사치야. 뜨거운 물이면 충분해."

"너는 정말. 근데 오늘 밤은 마시자. 내가 쏠게."

안 된다고 하려 했지만 번쩍거리는 자판기 불빛과 쏜다는 마법의 말에 맞설 수는 없었다. 함께 자전거에서 내렸다. 노조미가 레몬티를 골라서 나도 같은 걸로 했다.

사실은 뭐가 맛있는지 몰라서 같은 걸 고른 거였다.

노조미가 따뜻하다며 페트병을 볼에 갖다 댔다. 나도 따라해봤지만 생각보다 뜨거워서 "으악!" 하고 소리를 지르다 떨어뜨리고 말았다. 노조미는 입을 크게 벌리고 웃었는데, 늦은 밤이라는 게 생각났는지 얼른 입을 다물었다. 그러다 피식 웃으며 말했다.

"가끔은 이런 것도 좋네. 뭔가 우리만의 비밀이 생기는 느낌이야."

"그렇네."

우리만의 비밀―"내가 쏠게"라는 말을 들었을 때보다 더 가슴이 두근거려서 놀랐다. 얼른 페트병을 주워 든 나는 난생처음 레몬티를 마셔봤다.

믿을 수 없을 정도로 달콤하고 맛있어서 몸이 두둥실 떠오를 것 같았다.

"나랑 같이 아르바이트하는 거 정말 아무한테도 말 안 했어?"

"당연하지. 학교에서 알게 되면 학생부에 뭐가 적힐지 몰라. 그럼 난 플루트로 고등학교 못 가."

"그래도 뭐, 구사나기 선배도 있고."

"그는 이해해주겠지만, 굳이 걱정시키고 싶지 않아."

'그'라는 말이, 어른 같았다.

이건 무조건 사귀고 있는 거다. 그냥 물어볼까? 아니, 진짜로 나랑은 아무 상관도 없는 일인데, 근데… 음… 맞아, 유스케 때문이야. 유스케 사랑이 이뤄질 수 있게끔 다리를 놔주는 게 소꿉친구인 내 임무…

"안녕."

느닷없는 인사에 나와 노조미 모두 얼굴이 굳었다. 말을 건 사람은 둥근 안경을 쓴 남자였다. 머리가 벗어지고 있어서 정확히는 모르겠지만, 그렇게 나이가 많은 건 아닌 것 같다. 아마 점장과 비슷하거나 조금 더 많은 정도.

"너무 겁먹지 마. 이상한 사람 아니야."

안경남은 쓴웃음을 지으며 가루타(일본에서 하는 카드놀이 – 옮긴이) 크기의 카드 두 장을 내밀었다. 혹시 이건 어른들이 자기소개할 때 보여주는—명함이라는 그건가? 어떻게 받아야 할지 몰라 손을 여기저기로 움직인 나와 달리, 노조미는 정중한 손짓으로 받았다. 나도 그걸 따라했다.

명함에는 "가나가와신문 사회부 기자 우다야마 나오야"라고 적혀 있었다.

"기자요? 기자님이 저희한테 무슨 일이시죠?"

"취재를 좀 하고 싶어서."

명함이라는 어른들 물건에 이어 기자, 취재 같은 단어까지 나왔다. 이건 내가 대응할 수 있는 수준을 넘어섰다. 노조미 뒤로 숨었더니 노조미가 '뭐 하는 짓이야' 하는 눈으로 쳐다봤지만, 곧 해맑은 얼굴로 우다야마를 쳐다봤다.

"취재요?"

"응. 뒤에 있는 너―스즈키지? 가게 갔을 때 하시모토 씨한테 네 얘기 듣고 관찰을 좀 했어. 생긴 것도 그렇고 말투도 그렇고 아무래도 중학생 같아서."

제발 내버려뒀으면 좋겠다는 생각을 하면서, 노조미 등에 얼굴을 묻었다.

"그리고 너는 가스가이지? 가게에서는 그렇게 안 보였지만 이렇게 보니 역시 어려. 너도 중학생일 거고, 아마 둘 다 가명을 쓰는 거겠지?"

"만약 그렇다고 해도 그게 뭐요? 뭘 취재하겠다는 건데요?"

186

"독자들한테 너희 목소리를 들려주고 싶어—가난에 시달리는 아이들의 목소리."

노조미의 몸이 굳어진 게 이마로도 느껴졌다.

"너희 정말 열심이잖아. 놀기 위해서가 아니라 살려고 일하는 게 느껴져. 그 얘기를 해줬으면 좋겠어. 아동빈곤은 큰 문제지만 사람들이 실상을 잘 모르거든. 하지만 중학생 여자아이가 늦은 밤까지 술집에서 아르바이트하고 있다는 게 알려지면 다들 이 문제가 심각하다는 걸 느끼게 될 거야. 더 좋은 사회를 만들기 위해 너희가 좀 도와줬으면 좋겠어. 물론 이름이나 얼굴은 안 나갈 거고, 지금처럼 그 가게에서 계속 일할 수도 있어."

더 좋은 사회를 만든다고? 뭔가 대단한걸!

…같은 반응이 당연한데, 왜인지 전혀 와닿지도 않고 관심도 가지 않았다.

"난 계속 아동빈곤에 대한 취재를 해왔어. 그래서 너희 속마음을 독자들한테 제대로 전달할 수 있어. 왜 일하게 됐는지, 지금 상황이 어떤지 말해주기만 하면 돼. 너희처럼 가난한 아이들을 위해서라도 제발 부탁할게."

다 맞는 말이긴 한데, 뭐랄까. 싫다. 들어주기 싫다.

"잘 알겠어요."

노조미는 그렇게 말한 뒤 한 걸음 앞으로 나아갔다. 내 이마가 노조미 등에서 떨어졌다.

"고마워. 그럼 어디 다른 곳으로 가서—"

"잠깐만요."

발길을 돌린 노조미는 자판기에 돈을 넣고 생수 버튼을 눌렀다. 자판기에서 떨어진 페트병을 손에 쥐곤 계속 쳐다본다. 우다야마가 얼굴을 찡그린다. 나도 마찬가지였다. 대체 왜—아, 그래!

물이다. 우다야마에게 물을 뿌릴 생각이구나. 나처럼 취재당하는 게 싫은 거야.

좀 과한 것 같긴 하지만, 얼굴에 쓴 착한 가면을 벗어버리는구나, 가스가이 노조미!

"…죄송합니다."

그러나 노조미는 쭈뼛거리며 생수병을 내밀었다. 우다야마는 "어?" 하면서 당황한 표정을 짓는다.

"너희한테 피해 가는 일은 없을 거야."

"하지만 혹시 가게에 들키면 잘릴 거고… 신상이라도 털리면 중학생이 밤에 일하지 말라거나 더 어려운 사람 많다는 소리를 들을 수도 있고… 이거 드릴 테니까 저희 건들지 말아주세요…"

촉촉해진 큰 눈동자, 양손으로 페트병을 내미는 노조미.

아…. 저게 연기라는 걸 다 알지만, 귀엽다…!

우다야마도 가슴이 철렁 내려앉은 모양이다. 얼굴이 빨개졌다.

아니, 너희한테 이런 걸 받을 수는 없어. 그냥 취재를.

지금은 일하는 것만으로도 벅차요. 제발, 제발 그냥 모른 척해주세요.

한참 실랑이를 한 끝에 결국 우다야마가 모른 척하기로 했다. 우리도 우다야마에 대해서는 아무한테도 말하지 않고, 고등학교에 가서 아르바이트를 그만둔 다음에는 취재에 응하겠다고 했다.

"그 기자가 따라올 수도 있으니까 좀 돌아가자."

노조미 말대로 오늘은 오다큐선 선로가 아니라 주택가를 지나 돌아가기로 했다. 다행히 내일은 토요일이라 학교에 안 간다.

"사실 물 뿌리려고 한 거지? 그래서 산 거잖아. 그런 걸 주면서 취재를 거절한다니, 너무 부자연스러워."

천천히 페달을 밟는 노조미의 옆모습을 보며 말했다. 아까와는 다른 사람이 된 노조미는 턱을 치켜들고 코웃음을 쳤다.

"나 어린애 아니야. 내가 그러면 우리가 더 손해잖아. 물 맞은 기자가 화가 나서 경찰이나 아동상담소에 신고하면 우리는 아르바이트도 바로 잘려."

"그래도 그 사람이 취재한다고 했을 때 화가 나긴 했잖아."

"아니야. 그냥 갑자기 머리에 피가 몰린 느낌이 들어서 충동적으로 움직일 뻔한 거야."

"그게 화난 거야."

"내가 왜 화가 나?"

"그건ㅡ"

왜 취재 대상이 되는 게 싫었을까? 내가 왜 싫다고 생각했는지도 모르는데, 노조미가 화난 이유를 설명할 수 있을 리 없었다.

노조미는 아랫입술을 깨물고, 말없이 페달을 밟았다. 기분 탓인지 속도가 빨라진 것 같다. 말없이 간 적은 많지만, 왠지 오늘은 이대로 헤어지면 안 될 것 같다. 두세 마디면 된다. 뭐든 말을 하고 나서 "그럼 다음에 보자"고 하면 된다. 하지만 지금까지 친구는 유스케뿐이었기에 무슨 말로 시작을 해야 할지 모르겠다.

…이런 생각을 하고 있다니, 이제 내게 노조미는 친구인 걸까?

그 기자와 헤어진 지 꽤 된 것 같다. 지금 어디쯤일까? 전혀 본 적 없는 곳이지만, 슬슬 집에 다 왔을지도 모른다.

"네가, 여기 어디인지 알아?"

으응?

"어디라니… 어딘데?"

"어디지?"

"네가 돌아가자고 했잖아. 근데 어딘지 모르는 거야?"

"돌아가자고 했지, 길을 안다고 하진 않았어."

"모르는데 왜 돌아가자고 했어!"

나도 모르게 큰소리를 내서 얼른 자전거 속도를 높였다. 여기는 주택가다. 이런 시간에 소리를 지르면 어른들한테 혼이 날 것이다.

"어떡해? 길을 잃어버리다니… 아, 구글맵 찾아보자."

내가 말을 끝내기도 전에 노조미가 자전거를 멈췄다. 스마트폰을 꺼내나 싶었는데 이내 얼굴을 왼쪽으로 돌려버렸다. 그 끝은 좁은 골목이다. 골목 건너 무언가에 눈길을 주고 있는 것 같다.

"노조미?"

노조미는 대답 대신, 자전거를 타고 그 골목 쪽으로 향했다.

뭐 하는 거냐고 묻고 싶었지만, 혹시 주변에 들릴까 봐 그저 노조미의 뒤를 쫓기만 했다.

사람 둘이 지나가는 게 버거울 정도로 좁은 골목이었다. 양옆에는 정원 있는 주택이 늘어섰다. 하지만 제멋대로 자

191

란 식물들의 그림자 때문에 정원은 검푸르렀다.

어둠 속에서 뭔가 튀어나올 것만 같아 페달을 밟는 다리가 조심스러워진다.

노조미가 멈춰 선 곳은 골목 끝에 있는 아주 큰 이층집 앞이었다. 이곳도 빈집인지 문은 거의 다 부서졌다. 문 앞에는 가로로 긴 간판이 하나 있었다. 어두워서 잘 보이진 않았지만 음자리표나 음표와 함께 '미카게음악교실'이라고 쓰여 있었다.

"역시, 음표가 맞았어."

노조미가 주위를 둘러보며 환성을 질렀다.

"들어가보자, 네가."

"이상한 사람 있을까 봐 싫어."

린코 언니와 봤던 아저씨가 생각나서 들어가려는 노조미의 코트를 잡아당겼다.

"괜찮아, 주택가니까."

노조미는 내 손을 가볍게 뿌리치더니 자전거를 밀고 대문 안으로 들어갔다. 내키진 않았지만 나도 따라 들어갔다. 큰 나무 밑에 자전거를 세운 노조미가 현관문을 열었다. 다행히(인지는 모르겠지만) 잠겨 있지 않았다. 집 안의 공기가 코를 가득 채웠다.

"이거 무단 침입이야. 범죄라고."

"그래도 음악교실이었다면 방음실이 있을 거야. 그러면 플루트 연습을 마음껏 할 수 있어. 아빠가 언제 우울해질지 몰라서 집에서는 연습을 잘 못 한단 말이야."

"그래도는 무슨 그래도야!"

노조미는 대답은커녕 얼른 집 안으로 들어갔다. 노조미의 손을 잡고 끌어내려 했지만, 뒤돌아본 그 얼굴은 어둠 속에서도 밝아 보였다. 그런 얼굴을 보니 손을 뗄 수밖에 없었다.

"고마워."

빙그레 웃은 노조미는 신발을 신은 채 집 안을 둘러봤다.

아, 정말!

어쩔 수 없이 나도 노조미를 따라 방음실을 찾았다. 그렇게까지 큰 집은 아니라서 금방 찾았는데, 1층 맨 안쪽, 현관에서 좀 떨어진 곳이었다.

"진짜 소리가 안 나는지 한번 확인해보자."

노조미는 복도 쪽에 달린 환풍기를 올려다보며 말했다.

"집 안에서는 여기로 들리겠다. 근데 밖에까지 들리냐 안 들리냐가 중요해. 너는 밖에 나가서 내 목소리 들리는지 확인해줘."

내가 대답을 하기도 전에 노조미가 방음실 문을 닫았다. 어두운 복도에 혼자 남겨졌다.

…이게 대체 무슨 일이지?

그래도 일단 나가서 확인을 해보기로 했다. 혼자가 되니 아까보다 삐걱거리는 소리가 더 커진 것 같았다. 밖에 나가 나무 밑에 몸을 기대고 잠시 기다렸다. 가로등 불빛이 희미해서 너무 어둡다. 바람도 분다. 나무 흔들리는 소리가 유난히 크게 들려서 흠칫 놀랐다.

아직도? 노조미, 아직이야? 여기 너무 조용해…

어? 그렇다면?

굳어버린 다리를 두드리며 집 안으로 들어갔다. 노크를 하니 방음실 문이 열렸다.

"들려?"

크게 숨을 내쉰 노조미의 목소리가 가라앉아 있었다.

"조용해. 아무것도 안 들려."

"진짜? '우다야마 짜증나! 가나가와신문 같은 건 빨리 없어져버려!'라고 소리 질렀는데."

"아무 소리도 안 들렸어."

"그렇단 말이지."

노조미는 내 손을 움켜쥐고 방음실 안으로 끌어당겼다. 그대로 문을 닫고는 말했다.

"꺄아! 우리가 해냈어!"

노조미가 새된 목소리로 말했다.

"나 여기서 매일 밤 플루트 연습을 할 거야! 이렇게 멋진 곳을 발견한 건 운명이야, 운명! 도케이 합격은 결정된 거야! 다 네 덕분이야!"

주먹을 높게 들어올리며 뛰어다니는 노조미. 나는 무심코 문을 꽉 닫고 말했다.

"왜 내 덕분이야? 나는 아무것도 안 했는데."

"네가 나 화났다고 몰아붙이니까 진짜로 화가 나서 막 페달을 밟다가 길을 잃었잖아. 그래서 여길 찾은 거고."

"화가 났었어?"

내가 뒷걸음질을 치며 문에 기대자 노조미는 웃으며 고개를 저었다.

"사실 너 때문에 화가 난 게 아니었어. 네 말대로 그 기자한테 화가 났었나 봐. 그 사람이 자기는 우리를 이해하고 있다고 생각하는 게."

"이해하고 있다고 생각하는 게?"

"우리 마음을 독자에게 전달할 수 있네 어쩌네 했지만 사실 우리는 아무것도 못 바꾸잖아. 저 사람도 그걸 알고 있고, 아마 바꿀 생각도 없을 거야. 그래서 우리가 계속 그 가게에서 일할 수 있다고 한 거고."

어느새 노조미 얼굴에서 웃음이 사라져 있었다.

"그 기자는 '나는 빈곤 문제에 굉장히 진심이야'라고 생각할 거고, 실제로 그렇다고는 생각해. 하지만 우리가 얼마나 힘든지 진정으로 알아주는 건 아닌 것 같아. 그런 게 짜증나서 그 사람한테 물을 뿌리려고 한 거 아니었을까?"

"봐봐, 물 뿌리려고 한 거 맞잖아!"

소리를 안 칠 수도 있었지만, 맺혀 있던 뭔가가 툭 떨어지는 바람에 어쩔 수 없었다. 분명 나도 노조미와 같은 생각을 하고 있었다.

하지만, 이내 나는

"우리가 이기적인 걸 수도 있어. 아프리카 아이들에 비하면 훨씬 행복한 걸 텐데"라고 말했다.

노조미는 큰 눈을 더 크게 뜨고는 이상하다는 듯 고개를 갸웃거렸다.

"우리는 일본에 있는데, 왜 아프리카 애들하고 비교를 하는 거야?"

예상 밖의 질문에 바로 말이 나오지 않았다.

"아, 미우라 선생님이 그랬는데…"

"외국인도 아니고 일본 사람, 그것도 어른이 그렇게 말하는 건 이상한데. 근데 아프리카가 뭐? 굶어 죽을 정도여야만 불행한 거야?"

"근데 그래도…"

"너 지금 행복해?"

대답할 수 없다. 태어나서 지금까지 행복했던 적이 있었나?

아니, 행복이란 게 뭐지?

노조미는 입을 다문 나를 보며 "봐봐"라고 하더니, 턱을 치켜들고 좀 전의 행복한 얼굴로 말했다.

"또 소리 질러도 돼?"

"얼마든지."

내가 또다시 문을 꾹 누르며 고개를 끄덕이자, 노조미는 환호성을 지르며 뛰어다녔다.

"다음부터는 조금 일찍 끝나는 시간으로 바꿔달라고 해서 여기 들렀다 가야겠어. 열심히 연습해서 꼭 도케이에 수석으로 합격하고 특대생이 될 거야. 일단 목표는 다음 달 공개 레슨! 이게 좋은 일이 아니라면, 세상에 좋은 일 같은 건 없을 거야."

방음실은 어두웠지만 마구 떠드는 노조미의 눈은 분명하게 빛나고 있었다.

가스가이 노조미는 확실한 꿈을 갖고 있다. 그러니까 같은 세상에 살고 있는데도 이렇게 눈부신 것이다.

나는 고등학교를 나와 뭘 하고 싶은 걸까? 아니, 어느 고등학교에 가고 싶은 거지?

이런 생각을 하는 건, 처음이었다….

"―달라고 하자."

멍하니 있느라 노조미 말을 못 들었다.

"응?"

"점장한테 부탁해서 같이 일찍 끝나게 해달라고 하자고. 그러면 같이 올 수 있잖아."

"난 괜찮아. 어차피 같이 와도 골목 앞에서 헤어질 텐데, 뭐."

"나 플루트 부는 동안 너는 거실에서 공부하면 되잖아. 내가 가르쳐줄게."

"네 시간 뺏는 건 좀 그런데."

"사양하지 말고. 알았지?"

딱히 사양을 한 건 아니었지만, 알겠지? 알겠지? 소리를 몇 번이나 들으니, 나도 모르게 고개를 끄덕여버렸다.

* * *

경찰서를 나서기도 전에 기자들이 몰려들었다.

지역 일간지인 가나가와신문이 네가와 노조미의 술집 아르바이트에 대해 굉장히 자세하게 보도를 한 탓이다. 신유리가오카의 술집에서 네가는 겁에 질려 있었고, 노조미는 어른들 틈에 섞여 당당하게 일했다─마치 그들을 보고 쓴 것 같은 기사가 8일 자 조간에 실렸다.

아니, 실제로 봤겠지. 사정은 이렇다.

사회부 기자들이 네가 일을 알게 됐고 빈곤 관련 특집 기사의 취재를 위해 마쓰리잔마이에서 두 사람을 관찰하고 있었다. 취재가 이뤄졌는지, 실패했는지는 모른다. 어쨌든 기자는 네가 일행을 알고 있었을 것이다.

네가가 사건을 일으키자 이 기자는 곧바로 마쓰리잔마이를 취재했다. 그래서 마카베 일행이 찾아갔을 때, 점장 사와타리가 유난히 피곤해 보였던 것이다.

데스크는 주저했다. 해당 기자 말고 다른 누군가의 증언이 없다면 기사를 실을 수 없었다. 그 기자에게 네가에 대해 알려준 사람은 사건에 휘말리기 싫어 증언을 거부했다. 그래서 어제는 기사를 낼 수 없었지만, 경찰이 기자회견에서 소녀들이 술집에서 아르바이트를 하고 있었다는 발표를 하자, 갖고 있던 모든 정보를 푼 것이다.

기자가 네가 일행을 신고하지 않은 건 문제였지만, 취재원 보호를 이유로 자세한 내용은 밝히지 않을 게 분명했다. 설사 네가가 기자의 존재를 말한다고 해도 모른 척할 것이다. 기자로서는 바른 태도다.

하지만 기사를 내지 못한 다른 기자들로서는 참을 수 없는 일이었다. 가나가와신문에만 정보를 준 거냐고, 반쯤 화풀이하듯 따져 묻는 건 당연했다. 경찰 발표만 기다리고 있으니까 이렇게 되는 거야, 라고 빈정거리고 싶기도 했지만 괜히 불필요한 반발만 살 뿐이다.

기자들 항의 때문에 구와시마 관리관뿐 아니라 마카베 일행을 비롯한 수사원들도 서를 나갈 수 없었다. 겨우 움직일 수 있게 된 건 오전 10시가 넘어서였다.

네가의 검찰 송치까지, 12시간 30분도 남지 않았다.

어제보다 기온이 낮지만, 몸에서 뿜어져 나오는 사명감 때문에 추위가 느껴지지 않는다.

일단 노조미의 살해 현장인 빈집으로 향했다.

마카베의 일은 신문과 탐문수사라 현장에 갈 필요는 없지만, 직접 현장을 보고 싶었다.

"이 주변에는 빈집이 많아. 그 애들이 한밤중에 몰래 드나들어도 눈치챈 사람은 없을 거야."

마카베가 살해 현장이 된 거실에서, 천장에 달린 대들보를 올려다보며 말했다. 그러고 싶지 않았지만, 대들보에 남은 로프 자국은 매달린 소녀의 모습을 떠올리게 했다.

거기서 눈을 떼고 집 안을 둘러봤다.

빈집이 된 지 2년. 그동안 쌓인 먼지를 꼼꼼히 청소했을 것이다. 덕분에 깨끗해졌다. 은은하게 풍기는 향은 페브리즈인가? 술집에서 일을 하면 담배 냄새가 밴다. 아마 그 냄새를 빼기 위해 페브리즈를 썼을 것이다. 그렇다면 여기를 드나든 건 아르바이트가 끝난 새벽.

소파에 덮인 새 천은 보라색이다. 소파가 더러워 커버 대신 씌운 걸까.

밤늦은 새벽, 아르바이트가 끝나고 집으로 가기 전 여기에 온 소녀들은 무슨 이야기를 했을까? 노조미가 방음실에서 플루트 연습을 했던 건 틀림없다. 그럼 그동안 네가는 뭘 한 거지?

어제 현장 사진을 볼 때까지만 해도, 자신이 이런 생각을 하게 될 줄은 전혀 몰랐다.

"두 사람에게 여기는 아지트나 마찬가지였어. 문제는, 왜 네가가 노조미를 죽였는가겠지. 로프가 새것이었으니까 미리 준비했던 건 틀림없어. 그런데 어지간한 일이 아닌 이상 친한 친구를 죽이진 않잖아. 노조미가 생활보호를 받는다고 한 게 너무 싫었나? 근데 애초에 노조미는 생활보호를 받고 싶어…"

"놀랍네요."

머릿속에 떠오른 의문들을 내뱉었는데 나카타가 눈을 동그랗게 뜨고 말했다.

"경위님과 여기를 오게 되다니."

"현장을 신중하게 조사하는 건 수사의 기본이야."

"아니, 그게 아니라요. 자백 없이 검찰 송치하는 걸 피하려고, 경위님이 이 사건에서 빠질 거라고 생각했거든요."

나카타는 허를 찔린 마카베를 올려다보며 말했다.

"형사부장님이 경위님 챙긴다고 들었어요. 첫 번째 사건인데 자백도 못 받아내면 안 되니까, 다른 본부 지원 간다는 식으로 아침 일찍 빠질 거라고 들었는데."

"그렇게 될 뻔한 건 맞는데 거절했어. 네가가 궁금해서."

"점점 더 놀라운데요."

"그렇게 냉정한 인간으로 보였나?"

—빈곤이 동기가 될 수는 있지만 특별히 동정할 필요는 없어.

마카베가 그렇게 말했을 때, 나카타의 눈이 날카로워진 것처럼 보였던 게 생각났다. 하지만 나카타는 고개를 저었다.

"그렇게까지 경위님한테 관심 가진 적은 없어요. 저는 그저 경위님이 네가를 출세의 도구로만 보고 있고, 그래서 수사가 막히면 바로 도망갈 거라고 생각했을 뿐이에요."

"…말이 심한 것 같은데."

"하지만 냉정하다곤 생각 안 했어요. 제 보폭에 맞춰 걸어주셨으니까요."

다시 허를 찔리는 바람에, 쓴웃음을 짓던 얼굴 그대로 굳어진 마카베를 보며 나카타가 미소 지었다.

"계속 맡아주셔서 기뻐요. 검찰 송치 전에 반드시 네가의 동기를 밝혀내요."

"그건 당연하지."

처음 만난 그저께 밤 이후, 나카타의 미소는 몇 번이나 봤다. 그러나 이 웃는 얼굴은 웬지 지금까지와는 다른 느낌이라 무의식중에 눈을 돌렸다.

"오후에 부검 결과 나올 거야. 그때까지 노조미가 찾았다는 '좋은 플루트 학원'을 알아내고, 도노 에이코한테도 얘기를 들어보자."

말을 마치자마자 휴대폰 진동이 울렸다.

하세베 쓰바사였다.

"유스케가 알려준 정보를 말씀드리고 싶어요. 직접 만나서 얘기하게 해주세요."

시간이 없었지만 전화 너머 하세베 목소리가 간절해 거절하지 못하고, 다마경찰서에서 만나기로 했다. 하세베는 이미 경찰서로 가고 있었다. 마카베 일행이 다시 서로 들어가려는데, 빨간 코트를 입은 여자가 정면 출입구로 들어가려는 참이었다. 코트가 얇아서 그런지 웬지 추워 보였다.

뒷모습이었지만, 저 큰 키는 분명 하세베였다.

그녀에게 말을 걸어 함께 응접실로 갔다. 어제보다 화장이 더 진했다.

"오늘 신주쿠에서 세미나가 있어서요."

하세베가 마카베의 눈치를 살피고 말했다. 그러고 보니 블로그에 적혀 있었다. 빈곤가정의 아동학대 관련 세미나에 연사로 초청을 받은 것 같았다.

"바쁘시겠네요. 그럼 바로 얘기해주시죠."

마카베가 재촉하자, 하세베는 뭔가 반응을 살피듯 입꼬리를 살짝 움직였다.

짧긴 했지만, 어제 아들 앞에서 흐트러진 모습을 보였던 사람이라곤 생각되지 않았다.

"유스케가 알고 있는 정보를 전해드린 다음에, 제 추리도 좀 들려드려도 될까요?"

"그러세요."

아마추어의 생각은 별 도움이 안 될 텐데, 나카타가 먼저 대답해버렸다. 정말 어쩔 수 없는 여자다.

그렇게 생각했지만, 어제와 달리 그저 쓴웃음만 나왔다.

하세베는 가볍게 "고맙습니다"라고 인사한 뒤 말했다.

"보도에 의하면 노조미도 네가처럼 생활이 힘들었다고 하더라고요. 근데 유스케가 노조미 통화목록에 '고다뮤직스쿨'이라는 이름이 있는 걸 봤대요."

"생긴 지 얼마 안 된 음악학원이네요."

나카타가 말했다. 마카베는 자신도 모르게 "어떻게 알아?"라고 물었다.

"그 학원 원장이 고다 쇼코라는 유명한 플루트 연주자예요. 작년에 프로 오케스트라에서 정년 은퇴를 하고 신유리가오카에 음악학원을 열었어요. 앞으로는 후진 양성에 힘쓰겠다고 약간 화제가 돼서 기억하고 있어요."

"노조미가 휴대폰을 볼 때, 유스케가 몰래 본 거라 말을 하기가 좀 그랬대요. 근데 오늘 아침에 노조미에 대한 뉴스를 보곤 아무래도 그런 데서 전화가 오는 건 좀 이상하지 않냐고 하더라고요. 직접 말하고 싶다고 했는데, 더는 부담을 주고 싶지 않아서 제가 대신 왔어요."

"그걸 언제 봤대요?"

"지난주 월요일인가 화요일이래요."

마카베가 묻자 하세베가 대답했다.

노조미가 발견한 '좋은 플루트 학원'은 거기를 말하는 걸까? 시간이 얼마 남지 않은 상황에서 귀중한 정보다.

나카타 추측처럼 유스케는 모든 걸 다 말하진 않은 걸까.

"그게 저희한테 알려줄 정보입니까?"

"네. 그럼 이제 제 추리도 좀 들어보세요. 네가가 노조미를 죽였다고 하는 건 관념적인 의미 아닐까요?"

마카베가 눈살을 찌푸렸지만 하세베는 상관하지 않고 계

속했다.

"아무리 생각해봐도 네가가 자기 엄마가 있는데 사람을 죽였을 것 같진 않더라고요. 유스케도 같은 생각이고요. 그럼 노조미가 죽는 걸 막지 못한 자신을 탓하고 있다고밖에는 생각할 수가 없어요."

"그러니까 하세베 씨는 노조미가 자살했다는 말을 하시는 거예요?"

당황한 마카베를 대신해 나카타가 물었다.

"네."

"노조미가 왜 자살을 해요?"

"플루트 학원에 못 갔으니까요. 고다뮤직스쿨에 다니려 했지만 안 된다는 전화가 온 거죠. 네가가 말렸지만 절망한 노조미는 그대로 자살. 네가는 거기에 책임감을 느끼고 자신이 죽였다고 하는 거예요."

고작 이런 말을 하려고 일부러 여기까지 왔다니. 그러고 보니 바쁜 와중에 어제도 학교에 왔다. 친구의 딸이자 아들의 소꿉친구를 위해 안간힘을 쓰고 있는 것이다.

그러나 전제가 틀렸다.

아직 발표하진 않았지만 가스가이 노조미는 아버지에게 "좋은 플루트 학원"을 찾았다는 말을 했다.

고다뮤직스쿨에서 다닐 수 없다는 전화를 했다고도 보기

어렵다. 설령 그랬다고 한들 노조미가 이미 다른 학원을 찾았으니 아버지한테 그렇게 말했을 것이다. 자살의 동기로 볼 수 없다.

물론 레슨비를 어디서 마련했느냐는 의문은 여전히 남는다. 고다 쇼코에게 뭔가 이야기를 들어볼 가치는 있다.

"친한 친구의 죽음을 막지 못했다는 생각에 벌을 받으려 한다. 사춘기 소녀라면 그런 생각을 한다 해도 이상할 게 없죠."

납득을 못 하는 마카베와 달리 나카타는 고개를 끄덕이며 말했다. 하세베도 고개를 끄덕였다.

"엄마 때문에 망설였겠지만 어쨌든 친구를 선택한 거예요."

"네가가 그런 아이인가요?"

"유스케는 틀림없다고 말했어요."

"하세베 씨는 어떻게 생각하시는데요?"

"옛날에는 그런 애였어요. 왕따 당하는 유스케도 잘 감싸 줬고요."

"지금은요?"

"그건…"

하세베는 갑자기 말을 잇지 못하다, 괴로운 듯 겨우 말을 짜냈다.

"…잘 모르겠어요. 같이 가난할 때는 네가 엄마랑 사이가 좋았거든요. 근데 제가 바빠지니까 점점 멀어져서… 네가도 거의 못 보게 됐고… 지금 생각하면, 네가 엄마가 저를 피한 것 같아요. 저희만 괜찮아진 걸 그녀가 어떻게 받아들일지 좀 더 생각해볼 걸 그랬어요—아니, 이런 생각만 했지 진짜로 생각해본 건 아니었어요. 가난했을 때의 저와 가능한 한 멀어지고 싶었으니까요. 이렇게 되고 나서야 제가 너무 무심했다는 걸 깨달았어요. 이미 너무 늦었지만요."

하세베는 자조하듯 웃었다.

"네가 이야기를 알면 알수록 더 후회돼요. 제가 생각했던 것보다 더 힘든 생활을 했을 텐데, 왜 그걸 눈치채지 못했을까요. 조금만 더 여유가 있었더라면, 네가가 아르바이트를 할 일은 없었을 텐데. 그랬다면 이런 일은 없었을 텐데."

하세베가 이렇게 열심인 것은 네가가 친구의 딸이자 아들의 소꿉친구여서만은 아닌 것 같다.

속죄. 그것도 클 것이다.

과거에 가난한 생활을 했고, 지금은 빈곤 문제 작가를 자처하고 있기 때문에, 네가에게 힘이 되지 못한 걸 후회하고 있는 것이다. 처음으로 하세베의 본심을 본 것 같았다.

　　　　　　　　＊ ＊ ＊

　"왜 그래, 네가. 이렇게 빨리…"

　엄마는 하품을 하느라 말을 못 했다.

　"뭐가 빨라야. 벌써 11시 반인데. 지금 나가도 학교 도착
하면 점심시간이야."

　빗으로 머리를 빗으며 대답했다. 빗은 노조미가 줬다.

　설마 내가 이런 걸 쓰는 날이 올 줄이야.

　"도시락은 적당히 남은 음식으로 채웠어. 다녀올게."

　서둘러 말하고 집을 뛰쳐나왔다. 엄마는 분명 또 자겠지.

　집과 좀 멀어졌을 때 스마트폰을 꺼냈다. 오랜만에 유스
케가 라인을 보냈다.

　"혹시 요즘 노조미랑 사이 좋아? 왠지 노조미가 널 힐끔힐
끔 보는 것 같아서. 너도 되게 즐거워 보이고."

　꽤 예리하다. 하지만 사실대로 말할 수는 없다. 전혀 아니
라는 답장을 보냈다. 그러곤 아까 노조미가 보낸 라인을 다
시 봤다.

　"잠꾸러기야. 얼른 눈 떠서 학교에 오라고."

　잘난 척하는 메시지와 함께 사진도 보냈다. 사진 속에는
길고 고급스러운 분위기의 빨간 천이 있다. 역시 노조미는
센스가 있다. 하지만 나는 "우린 젊으니까 이게 더 좋아!"라

는 메시지를 보내며, 까부는 토끼 이모지와 함께 파도 모양
이 그려진 파란 천 사진을 보냈다. 지금은 수업 중이라 전원
을 꺼놔야 하는데 메시지 읽음 표시가 떴다.

노조미는 어떤 얼굴을 하고 있을까. 폴짝폴짝 뛰어서 학
교로 향했다.

한 달 전, 그 빈집―이층집을 찾은 뒤, 우리 생활이 확 달
라졌다.

말했던 대로 노조미는 방음실에서 플루트 연습을 하기 위
해 아르바이트 시간을 바꿨다. 아가씨 같은 미소와 함께 1교
시 수업이 많아졌다며 좀 일찍 끝내달라고 말했고, 덕분에
나도 같이 자정 전에 끝날 수 있게 됐다. 일하는 시간이 짧
아졌지만 대신 출근일을 늘렸다.

아르바이트가 끝나는 게 11시 반. 자전거를 타고 빈집에
가면 대략 12시 정도가 된다. 주변에는 노인이 사는 빈집이
많아서인지, 그 시간대에는 거의 오가는 사람이 없다. 그래
도 사람 둘이 지나가기에 벅찬 좁은 골목을, 가능한 한 빨리,
조용하게 달렸다.

집에 들어가면 한 시간 정도 서로 할 일을 한다. 노조미는
방음실에서 플루트 연습을 하고, 나는 거실에 앉아 노조미
에게 빌린 문제집으로 공부를 한다. 이후 30분 정도 답을 맞
춘다. 그다음에는 수다를 떨다 새벽 2시가 넘어서 집에 가

고, 이게 요즘 패턴이었다.

결국 수면 시간은 크게 달라지지 않았다. 여전히 지각도 많이 하고 졸기도 한다.

그래도 전과 달리 가능하다면 계속 학교에 가고 싶다. 나흘 뒤면 12월. 이제 동복을 입는 겨울이라 볕은 완전히 약해졌다. 통학로 아스팔트도, 전신주도, 도로 표지판도 어쨌든 눈에 보이는 모든 건 색을 잃었을 텐데 여름에 봤을 때보다 훨씬 더 선명한 것 같다.

산 지 얼마 안 됐을 때는 스마트폰이 깨끗했는데, 지금은 액정이 지문투성이다.

노조미하고 라인만 좀 했을 뿐인데.

괜히 웃으면서 코트 소매로 액정을 박박 닦았다.

"빨리 앉아."

수업 중인 국어 선생님은 그렇게만 말하고 수업을 계속했다. 여자애들 사이에서는 인기가 많은 여자 선생님이지만, 내 이름은 잘 모르는 것 같았다.

곧 수업이 끝났고 점심시간이 됐다. 여자애들이 노조미 주위에 모여들었다. 나는 교실 구석에서 도시락을 열었다. 그저께 지은 밥과 엄마가 어제 도시락 가게에 조금만 더 쉽게 해달라는 부탁을 하러 갔다 받아온 가라아게가 있다. 그걸 먹으면서 스마트폰을 봤다. 노조미에게 라인이 와 있었다.

"컬러는 나쁘지 않은데 역시 패턴이 없는 쪽이 안 질릴 것 같아. 이건 어때?"

그런 메시지와 함께 보낸 사진은 오늘 아침에 보낸 것보다 살짝 밝은 빨간색 천이었다. 오, 나쁘지 않은데. 얼른 답장을 하려다 앗, 하고 다시 집어넣었다.

나와 노조미가 친구가 된 건 비밀이니까, 라인 답장은 다음 쉬는 시간까지 하지 않는다. 스마트폰도 상대방이 집어넣은 뒤 한참 있다가 본다. 우리가 정한 룰이다.

나는 5교시가 끝난 뒤 답장을 해야 한다.

밥을 먹으면서 다른 좋은 색이 있는지 찾아봐야겠다.

우리는 이층집 거실 소파에 덮어놓을 천을 찾고 있었다.

노조미가 이렇게 더러우면 견딜 수 없다고 해서 먼지투성이였던 집을 청소했다. 혹시 소리가 새어 나갈까 싶어 현관과 방음실과 거실, 그리고 복도만 했다. 거실 테이블과 소파도 최대한 깨끗하게 쓸고 닦았다.

그런데 그 어두운 집에서도 소파 여기저기 묻은 얼룩은 너무 또렷하게 보였다. 더럽고 징그러웠다.

"이런 소파엔 진짜 못 앉아!" "나도!"

그래서 천을 사다 덮어놓자는 얘기가 나온 것이다.

최근 며칠 동안 그 천을 빨간색으로 할지, 파란색으로 할지에 대해 얘기했다.

노조미 말대로 빨간색도 좋긴 하지만, 왠지 저 이층집 분위기에는 파란색이 더 잘 어울릴 것 같았다.

또 얼마 전에는 어떤 탈취제를 써야 하나에 대한 얘기도 했다. 몸에 밴 담배 냄새가 그 집에서도 나는 건 견딜 수 없었기 때문이다.

천을 찾다 보니 점심시간이 끝나고 5교시가 시작됐다. 수학이다. 미우라 선생님이 들어왔다.

"어제 한 단원이 끝났으니까, 오늘은 다음 단원으로—"

끝난 단원도, 오늘 시작할 단원도, 뭐가 뭔지 모르겠다.

하지만 이대로 노조미가 계속 가르쳐준다면….

아무렇지 않은 척하며 노조미 쪽을 쳐다봤다. 학교에 있는 동안 노조미는 나와 눈을 마주치지 않는다. 대신 아무도 눈치채지 못하게 오른손으로 작게 브이를 그려줬다.

다음 날 밤.

인기척이 느껴져 얼른 손전등을 껐다. 거실 창문에 암막 커튼을 쳐놓긴 했지만 조심하는 게 좋다. 숨을 죽이고 있으니 자전거 소리가 멀어졌다.

휴우, 오늘 밤도 잘 보냈다.

최근 이 근처에서 방화 사건이 일어나고 있다. 그래서 순경들이 밤마다 세 시간 간격으로 순찰을 돈다.

이런 한밤중까지 일하다니 정말 고생이 많고 고마운 일이지만, 무단 침입을 한 우리로서는 순경들의 성실함이 야속할 뿐이다.

다시 손전등을 켰다. 어두운 데서 이러면 눈이 나빠진다고 생각했는데, 노조미는 안구가 긴장되는 건 맞지만 시력이 안 좋아진다고 하는 건 미신이라고 했다.

집 안은 바람이 불지 않으니 밖보다는 훨씬 낫지만 역시춥다. 장갑과 목도리, 패딩에 모자로 무장한 몸을 웅크리고 핫팩을 흔들며 테이블에 있는 문제집을 봤다. 음… 등호 오른쪽이 분수니까 분모를 없애려면 3을 곱해서… 아, 왼쪽도 분수였네… 음….

막 머리를 쓰고 있는데 뒤에서 문이 열리는 소리와 닫히는 소리에 이어 발자국 소리가 들려왔다.

"양쪽에 6을 곱하면 돼. 그럼 오른쪽 왼쪽 둘 다 분모를 없애고 정수로 만들 수 있어."

노조미가 문제집을 들여다보며 말했다. 너무 빠르고 정확해서 무섭기까지 하다.

"너 천재야?"

"왜 이래. 일차방정식은 중1 때 배우는 거야."

노조미가 웃으면서 소파에 손수건을 깔고 앉았다. 테이블

214

에 올려놓은 홍차를 한 모금 마시고 플루트를 분해한다. 리코더를 닦듯, 천을 감은 막대기로 통 안쪽을 깨끗하게 닦아내는 것이다.

평소라면, 지금부터 노조미 선생님의 수업이 시작된다.

지난 한 달 동안, 내 머리는 믿을 수 없을 정도로 좋아졌다.

노조미가 가르쳐주면 이해가 잘된다. 노조미는 "네 속도에 맞출 수 있어서 그런 거야"라고 했지만, 학교 선생님들은 잘 가르치고 아니고를 떠나 그냥 나를 버린 것 같다는 생각이 든다… 의무교육인데.

그래서 노조미한테 고마웠다. 이렇게 계속 수업을 받으면, 의외로 공부를 잘하는 고등학교에 갈 수 있을지도 몰라! 하면서 매일 들떠 있지만, 오늘 밤은 수업이 없다.

"오늘은 일찍 가는 게 좋겠지?"

내가 문제집을 덮으며 말했다. 노조미는 플루트를 닦으며 고개를 저었다.

"빨리 안 가도 돼."

"하지만 내일 중요한 날이잖아."

"시작도 안 했지만 이미 이겼어."

콧노래를 부르는 노조미…라니, 대단한 자신감이다.

내일은 고다뮤직스쿨의 공개 레슨이 있다. 공개 레슨은 보통 일대일로 진행되는 레슨을 사람들 앞에서 하는 것이다. 다른 사람의 레슨을 보는 것도 도움이 되기 때문에, 공개 레슨에 오는 사람들 대부분은 악기를 연주한다. 고다뮤직스쿨의 경우 참가비가 무료다.

노조미는 여기에 신청했다.

공개 레슨을 보는 쪽이 아니라, 고다 선생님에게 레슨을 받는 쪽이다.

"고다 선생님은 보는 눈이 있으니까 내 재능을 알아봐줄 거야. 부탁하면 날 제자로 삼아주실 거고. 레슨비는 출세하고 나서 갚는 걸로 하면 될 거야."

"레슨비가 공짜라는 거지? 그게 가능해?"

"작년에 반값으로 해준 애가 있대. 그러니까 나는 공짜일 거야."

국어를 잘 못하는 나도, '그러니까'의 앞뒤가 전혀 연결되지 않는다는 건 안다.

"제대로 된 선생님도 없이 도케이고등학교 시험을 보는 건 역시 좀 불안해. 합격은 할 수 있어도, 특대생은 안 될지도 모르잖아. 그러니까 고다 선생님이 가르쳐줬으면 좋겠어."

"그럼 오늘 밤은 더더욱 일찍 가야지."

"근데 너는 정말로 엄마 몰래 일하는 거야?"

"그렇다니까. 계속 그렇다고 했잖아."

느닷없는 질문에 어리둥절했지만 대답은 얼른 했다.

노조미에게 웬만한 건 얘기했지만, 구사나기 선배와 엄마 일은 다르다. 노조미가 조만간 선배와의 관계에 대해 얘기해 줄 테니 내가 굳이 선배 이야기를 꺼낼 일은 없다. 내게 구사나기 선배는 어떤 의미도 없기 때문에 대화 주제로 꺼내는 건 피하고 있다.

그런데 엄마에 대해서는 거짓말을 했다.

나도 너처럼 엄마 몰래 아르바이트하는 거야. 엄마가 너희 아빠처럼 잠이 많아서 내가 밤에 집을 드나들어도 눈치를 못 채.

왜 사실대로 말을 못 하는 건지는 나도 모른다. 하지만 노조미가 아빠에게 아르바이트하는 걸 비밀로 하고 있다는 말을 들으니 나도 그렇다고 말할 수밖에 없었다.

"그럼 우리 둘 다 안 들키게 조심하자."

노조미는 이번에도 같은 말을 했지만, 곧이어 뭔가 또 다른 질문을 할 것 같은 얼굴을 했다.

"그래, 그럼 가자."

"그렇게 안 서둘러도—"

"혹시 네가 내일 연주를 망치면, 나 때문이라는 생각에 정말 힘들 것 같아."

강한 어조로 말하자 노조미가 어쩔 수 없다는 듯 고개를 끄덕였다.

"그럼 그렇게 하자. 다음에 또 가르쳐줄게. 네가 린코 언니와 한 약속 지킬 수 있게 해줄게."

"잘 부탁드립니다, 노조미 선생님."

린코 언니와의 약속은 뭔가 부끄러워서 유스케에게도 말하지 않았다. 그러니까 노조미는 그 약속을 아는 유일한 사람이다. 과장되게 고개를 숙이며 말했는데, 노조미는 "맡겨주세요"라며 나 못지않게 큰 소리로 가슴을 두드렸다.

"내일 같이 가자. 최고의 연주를 들려줄게. 그거 끝나면 같이 천 사러 가고."

"그래, 그러자."

난 음악에 관심이 없지만, 가끔 방음실에서 노조미의 플루트 연주를 듣는다. 노조미가 즐겁게 플루트를 부는 모습을 보면 나까지 즐거워진다.

내일 노조미와 함께 가는 건, 너무 당연한 일이었다.

11월 29일. 공개 레슨 당일.

공개 레슨 장소는 신유리가오카역에서 도보 3분 거리에 있었다. 일요일이라 학교를 안 가지만 나와 노조미는 교복을 입고 갔다.

공연 같은 걸 보러 갈 때 입을 수 있는 옷은 교복뿐이다. 일요일에 교복 차림으로 돌아다니면 누군가 볼 수도 있으니 그 앞에서 만나자고 했지만, 노조미가 같이 가자고 해서 노보리토역에서 만나 함께 오다큐선을 탔다.

"늘 자전거만 타서 그런가 뭔가 신기하네."

내가 떠드는데도 노조미는 그저 창밖만 내다본 채 고개를 끄덕이기만 했다. 연주를 잘하기 위해 이미지 트레이닝을 하고 있을지도 몰랐다. 그 뒤로는 가능한 한 말을 걸지 않았다.

오후 1시 15분, 회장에 도착했다. 50명 정도 있었는데, 우리가 도착했을 때는 이미 자리가 거의 다 찬 상태였다. 서 있을 순 없어서 어떻게든 나란히 앉을 수 있는 자리를 찾았다. 시작은 오후 1시 반부터고, 노조미 순서는 네 번째였다. 레슨 시간이 한 사람당 30분이라고 하니 3시쯤 노조미 차례가 된다. 자기 차례가 가까워지면 분장실로 가서 준비를 하는 것 같다.

노조미는 플루트 케이스를 움켜쥔 채 가만히 무대를 보고 있었다. 큰 눈동자가 가늘어졌다. 집중을 하고 있는 모양이다.

"내가 더 떨리네." "괜찮지? 잘되겠지?"

그런 말을 하는 사이에 1시 반이 됐다. 고다 선생님이 무대로 나와 인사를 했다. 키는 나와 비슷해 보이는데 목소리는 큰 사람이었다. 하지만 무서운 느낌은 전혀 없었다. 생글생글 웃고 있어서 그런지 엄청 착해 보였다.

레슨이 시작됐다. 신청한 학생이 곡을 연주하면 고다 선

219

생님이 전체적인 감상을 말하고, 이런저런 지적을 했다. 나는 무대에 선 아이가 연주를 잘하는 건지, 못하는 건지 전혀 감이 안 왔다. 고다 선생님 말도 알아들을 수 없었다.

하지만 선생님이 무슨 말을 할 때마다 앉아 있는 사람들은 수긍하는 얼굴로 고개를 끄덕였다. 음악을 하는 사람에게는 정확하게 들리나 보다.

다만, 노조미는 아무 반응이 없었다. 천재 플루트 소녀는 이 정도 레슨에는 아무 감동도 못 받는 건가. 대단하다고 생각했지만 걱정도 됐다.

그렇다면 고다 선생님에게 배운다고 해도 노조미가 얻을 수 있는 건 없는 거 아닌가?

"가자."

노조미가 그렇게 속삭인 건 세 번째 학생의 연주가 끝나고, 고다 선생님이 이런저런 얘기를 하고 있을 때였다.

"응?"

나도 모르게 큰 소리를 내서 얼른 두 손으로 입을 막았다. 아무리 얻는 게 없다고 해도 신청을 했는데 이렇게 가면 안 되지 않나?

하지만 노조미는 플루트 케이스를 어깨에 멘 뒤, 몸을 한껏 웅크려 사람들 사이를 빠져나갔다. 나는 서둘러 날씬한 노조미의 뒤를 쫓았다. 노조미는 빠른 걸음으로 복도를 지나 계단을 내려가려 하고 있었다.

"노조미, 좀 기다려."

팔을 뻗어 노조미의 손을 잡았다.

"그래도 연주는 해보는 게 좋잖아. 연습 열심히 했으니까 사람들 앞에서 네 실력을 보여줘ー"

"못 하겠어."

노조미 목소리라고는 생각되지 않을 정도로 얇았다. 내 귀가 이상해졌나? 싶어 걱정이 됐지만 노조미의 손이 떨리고 있었다.

"…노조미?"

"진짜 못 하겠어. 나한테 너무 무리야."

뒤돌아본 노조미의 눈동자는 이리저리 흔들리고 있었다.

"다들 너무 잘해. 근데 고다 선생님은 사정없이 지적하고 있어. 나 같은 게 저기서 연주하면 망신만 당할 거야."

"그렇게 심하게 말했나?"

난 잘 모르지만, 그래도 겁먹을 정도는 아니었던 것 같다.

"손가락 움직임이 정확하고 좋다든가, 느긋하고 자유롭게 분다든가, 순한 소리라거나 칭찬도 꽤 많이 한 것 같은데."

"기계적이라고, 머리를 더 쓰라고, 멀리까지 퍼지는 소리가 아니라고, 그런 말들을 했단 말이야. 나는 이제 진짜 쓸모가 없어!"

그랬나? 역시 음악이란 건 어렵다. 나는 전혀 모르겠다.

하지만 내가 노조미보다 잘 알고 있는 게 딱 하나 있었다.

"천재 플루트 소녀라니, 말도 안 되는 자만이었던 거야. 나보다 잘하는 애는 너무 많은데. 내가 너무 바보 같았어."

노조미는 눈물이 고인 눈으로 어색하게 웃어 보였다.

"같이 오자고 해서 미안해."

"그렇네. 진짜 시간 낭비였어. 나야말로 바보야. 어차피 너는 그냥 부잣집 아가씨였네."

노조미 눈썹이 올라갔다. 나는 크게 한숨을 내쉬고 머리 뒤로 깍지를 끼며 말했다.

"천재 플루트 소녀라는 생각도 세상 물정을 몰라서 한 거겠지. 조금만 둘러봐도 잘하는 사람은 얼마든지 많았을 텐데. 뭐, 1년 전까지만 해도 자신을 부잣집 아가씨라고 생각했으니까 어쩔 수 없었겠지."

"그렇게까지 말할 필요는 없지 않아?"

"있어. 유치원 때부터 가난했던 나로서는 너 정도 가난은 애교로 보이기도 해. 그러니까 근성이 부족한 거야, 근성이."

"너랑 나를 비교할 일은 아니잖아?"

"근성이 없는 것도 사실이잖아?"

노조미가 입을 다물었다. 두 눈은 취재를 하고 싶다던 기자를 볼 때와 같은 눈이다.

나는 다시 한번 숨을 내쉬었다.

"기자한테 물 안 뿌린 거, 어린애가 아닌 게 아니라 그냥 겁을 먹은 거였잖아. 마쓰리잔마이에서 하는 아르바이트도 내가 없었다면 무서워서 금방 그만뒀을 거야. 어젯밤에 가자고 해도 안 가려고 했던 거 그것도 너무 불안해서 그런 거겠지. 누가 볼지도 모르는데 같이 오자고 한 것도, 혼자 오면 도망쳐버릴 것 같아서 아냐?

아, 이제 알겠다. 그 빈집에 같이 가자고 한 거, 그것도 무서워서 그런 거지? 깜깜한 집에 아무도 없다고 생각하면 방음실에서 연습을 못 하는 거잖아."

"왜 이제 와서 그래. 난 네가 다 알고 있는 줄 알았는데."

아… 정말 그랬구나. 그래도 노조미는.

"다시 앙칼진 노조미가 됐네. 이왕이면 그 기세로 플루트까지 불어버리는 게 어때?"

"그거랑 이건 다른 얘기야."

"별거 아니야. 그냥 연주해버려. 실망시키지 말고."

"실망?"

내가 고개를 끄덕였다.

"네가 눈이 부신 건 스스로 뭘 하고 싶은지, 뭘 해야 할지 정확히 알고 있기 때문이야. 너랑 같이 있으면 즐겁고, 공부도 할 수 있고, 그럼 나도 열심히 하게 되고… 그런데 창피할 수도 있으니까 도망치다니, 그런 건 용납할 수 없어. 그럴 거면 여기에 대체 뭐 하러 왔어. 네가 눈부시다고 생각했던 내가 뭐가 돼!"

말하다 보니 언성이 높아지고 코끝이 찡해졌다. 지금처럼 노조미를 노려보지 않으면 눈에서 뭔가 쏟아질 것만 같다.

노조미는 흔들리는 눈동자로 나를 노려봤지만 갑자기 표정을 풀며 말했다.

"우리 왠지 중2병 걸린 청춘 같아."

"무슨 말인지는 모르겠지만 우린 중2잖아. 그러니까 병은 아니야."

"그렇네. 그리고 중2병이 인생을 더 타오르게 하고."

역시 의미를 알 수 없었지만 노조미는 교복 소매로 두 눈을 쓱쓱 문지르더니 자신 있게 입술을 꽉 깨물었다.

"지금 말한 건 농담이야."

"지금? 중2병?"

"그전에. 가자고 한 거."

"그건 너무 거짓말이다."

"너무 심심해서 장난 좀 쳐본 거야."

"거짓말쟁이!"

"거짓말 아니야!"

노조미가 막무가내로 우기고 있을 때, 박수 소리가 터져 나왔다. 세 번째 학생의 레슨이 끝났다.

"그럼 진짜로 가볼까?"

플루트를 다시 멘 노조미는 힘차게 빛나는 활기찬 눈동자로 나를 바라봤다.

"약속대로 최고의 연주를 들려줄게."

＊ ＊ ＊

"노조미가 죽었다고요?"

고다 쇼코는 작은 몸에서 나온 거라곤 생각되지 않을 정도로 크게 한숨을 내쉬었다.

마카베 일행은 신유리가오카에 있는 고다뮤직스쿨에 와 있다.

6층짜리 건물에서 6층 한 층을 통으로 빌려 방음 처리를 한 곳이었다. 고다 외에 피아노나 바이올린 강사도 있는 것 같다.

"연초부터 봐주기로 해서 기다리고 있었는데, 그런 일이 있었군요."

고다는 신문도 텔레비전도 보지 않아서 네가의 사건을 몰랐다고 했다.

"이건 확인차 여쭤보는 건데요, 정말 공짜로 가르쳐줄 생각이셨나요?"

반신반의하며 묻는 마카베에게 고다가 고개를 저었다.

"아까 말씀드렸다시피 공짜는 아니에요. 출세하고 받는 거죠. 나중에 노조미가 플루트로 성공을 하면 받을 생각이었어요.

재능을 키우려면 돈이 필요한데, 어떤 아이는 돈이 없어서 자신이 가진 재능을 썩힐 수밖에 없어요. 음악계 전체로 보자면 큰 손실이죠. 그러니 아낌없이 도와주려 하지만, 당연히 공짜는 아니죠. 받을 건 잘 받아먹거든요."

"하지만 상환 기간도, 이자도 없잖아요. 계약서 같은 것도 안 쓰셨고요."

"당연하죠. 노조미는 중학생인걸요."

"부모님 통해서라도 쓰게 했어야 하는 거 아닌가요?"

"아버지는 우울증이 있다고 들었어요. 그리고 그렇게 열심히 하는 아이가 거짓말할 리 없어요."

그러니까 사실상 공짜나 다름없다.

나카타가 물었다.

"공개 레슨 때 보고 가르치기로 하셨다던데요. 어쩌다 그렇게 결정하신 거예요?"

"공개 레슨 끝나고 공짜로 가르쳐달라고 분장실에 왔었어요. 재미있는 아이라고 생각했죠."

고다가 먼 곳에 시선을 두며 말한다.

"솔직히 연주 기술 자체로 보면 특출나진 않았어요. 하지만 뭔가 빛나는 구석이 있었던 건 사실이에요. 무슨 일이 있어도 계속 플루트를 하겠다는 각오, 음악에 대한 사랑, 타고난 감성 같은 것도 느껴졌고요."

연주 한번 듣는다고 그런 걸 다 알 수 있을까. 마카베의 귀로는 아마 어떤 판단도 못 내렸을 것이다.

"레슨 다 끝나고 정리 중이었는데 노조미가 분장실에 온 거예요. 처음에는 겁을 먹은 것 같았는데, 노조미랑 같이 있던 여자애가 '실망시키지 마!'라고 등을 두드리니까 갑자기 다른 사람이 된 것처럼 뭔가 밝아졌어요. 그러더니 가슴을 쫙 펴고 '꼭 성공할 테니까 공짜로 가르쳐주세요'라면서 당당하게 말하더라고요. 제대로 키웠으면, 어떤 플루티스트가 됐을까요…"

"같이 있었다던 여자애, 혹시 이 아이일까요?"

나카타가 네가의 사진을 내밀자 고다가 고개를 끄덕였다.

"특이해서 기억나요. 제가 노조미 집 사정을 듣고 알겠다고 했더니, 둘이서 손잡고 껴안고 뛰어다녔거든요. 사이가 정말 좋아 보였어요. 저런 아이들을 두고 친한 친구라고 하는구나, 싶었어요."

네가와 노조미의 웃는 얼굴을 본 적이 없는데도, 어쩐지 그 얼굴이 눈에 선했다.

공개 레슨이 열린 건 11월 29일. 노조미가 사망하기 일주일 전이다. 그때까지 두 사람은 분명 친한 친구였다. 네가는 노조미를 설득해 고다뮤직스쿨의 문을 두드리게 했다.

그런데 왜 노조미를 죽인 걸까?

곧 도노 에이코를 만나러 갈 예정이지만, 그녀가 자신의 딸을 잘 알고 있을 것 같지는 않다. 부검 결과가 나온다 해도 살해 동기와 연결되는 정보가 나올 것 같지도 않다. 소녀들이 쓰던 스마트폰도 여전히 찾지 못했다.

오후 1시 3분. 네가의 검찰 송치까지 남은 시간은 9시간 26분이다. 동기에 대한 자백을 받지 못한 채 송치하는 게 점점 현실로 다가오고 있다.

그 생각을 하니 허공을 바라보는 네가의 모습이 떠올랐다.

곧바로, 형사부장 기도가 아니라 그녀의 모습이 떠올랐다는 사실에 놀랐다.

* * *

손전등을 켜고 문제집을 푸는데 노조미가 거실로 왔다.

"아, 추워! 역시 난방 없이는 힘든 계절이야."

플루트를 불면 열이 난다던데 노조미 몸은 차가웠다.

그래도 표정은 굉장히 만족스러워 보였다.

사흘 전, 고다 선생님의 제자가 되는 데 성공한 노조미는 의욕이 넘쳤다. 그동안 계속 아르바이트를 했지만, 일이 끝나면 최소한의 인사만 한 뒤 쏜살같이 자전거를 타고 여기로 왔다. 노조미보다 키가 작은 나는 그 뒤를 열심히 따라가야 했다. 그러고선 방음실에 틀어박혀 연습을 한다. 한 시간 정도 하는 걸로 정했지만 당연히 더 오래 한다. 오늘도 한 시간 반 가까이 틀어박혀 있었다.

그런데 지각조차 하지 않는다. 진심으로 존경스럽다.

"겨울방학이 되면 연습을 더 많이 해야겠어. 사람들이 일어나기 전에는 나가야겠지만."

손으로 핫팩을 비비면서 다짐하던 노조미가, 문득 불안한 표정으로 나를 봤다.

"같이 오자고 하면 안 되겠지?"

"네가 말 안 해도 올 생각이었는데?"

"진짜?"

"당연하지. 여기에 너랑 있으면 뭔가 편해. 집이나 학교나 아르바이트하는 곳과 달리 정말 내가 있어야 할 곳이라는 느낌이 들어."

"나도."

노조미가 웃었다.

"여기는 분명 우리만의 성일 거야."

"그건 너무 오바고."

"오바 아냐. 여기에 너랑 둘이 있으면 언젠가 우리끼리 살 수 있을 것 같다는 생각이 들어. 좋아, 이렇게 하자. 내가 세계적인 플루티스트가 되면 이 집을 사서 같이 사는 거야."

"여자 둘이 사는 건 좀 이상하지 않아? 그때쯤 너는… 결혼을 했을지도 모르고."

문득 구사나기 선배의 얼굴이 스쳐 지나갔다.

"게다가 이 부근은 구획 정리 대상 지역이라, 여기도 아마 곧 철거될 거야."

내가 한 말이었지만 가슴이 너무 아팠다.

거실을 둘러봤다. 한 달 전에는 먼지투성이였던 곳이 거짓말처럼 깨끗해져 있었다…라기엔 원래 소파와 테이블, 의자밖에 없는 곳이었지만, 그래도 우리한테 이 정도면 충분하다.

소파에는 결국 보라색 천을 덮었다. 노조미의 빨강과 나의 파랑, 양쪽 모두를 더한 색이다. 신유리가오카의 가게를 돌며 우리 다 마음에 드는 보라색 천을 찾을 때는 생각도 할 수 없었던 거지만, 그런가. 곧 이 소파에도 앉을 수 없게 되는 걸까….

하지만 노조미는 아무렇지도 않은 것 같다.

"걱정 마. 내년이나 내후년에는 내가 세계적인 플루티스트가 돼서 여길 샀을 테니까."

"그렇게나 빨리? 구획 정리 대상이어도 살 수 있어?"

"지금은 그런 현실 따위 잊고 있어도 돼."

"도피?"

"도피 아냐. 꿈을 꾸기 위한 긍정적인 회피."

노조미가 신나게 웃었다. 나는 노조미를 놀리고 싶어 일부러 크게 한숨을 쉬며 말했다.

"자신감이 넘치네. 내가 없었으면 고다 선생님한테 말도 못 걸었을 거면서."

"그건 일부러 그랬던 거야. 우리 우정을 시험해본 거랄까?"

"시험하는 관계에 우정이 있다는 생각은 안 드는데."

"하지만 우리 진짜 친한 친구잖아."

친한 친구.

노조미는 지금껏 내가 한 번도 입에 담지 않았던 단어를 담백하게, 하지만 가볍지 않게 말했다. 슬픈 현실이 생각나 아팠던 가슴에, 이번에는 뜨거운 뭔가가 퍼졌다. 어쩐지 얼굴이 화끈거려 노조미를 쳐다볼 수 없었다.

어쩌면, 이런 게 행복일까.

"그럼 이제 현실로 돌아가서 네 공부를 좀 해볼까? 일차방정식은 이제 된 것 같으니까, 다음으로—"

"이런 거 할 시간에 플루트 연습 더 해야 한다고 생각하는 건 아니야?"

내가 쭈뼛거리며 묻자 노조미가 어이없다는 듯 말했다.

"왜 그런 말을 해? 나는 부끄러운 거 참고 친한 친구라고 말했는데."

"전혀 그렇게 안 보이던데?"

"그게 중요한 게 아니잖아. 그리고 너한테 공부를 가르쳐 주면 나도 복습이 되니까 좋은 일이야. 우선 공부 마저 하자."

"넌 진짜 대단한 것 같아."

"갑자기?"

"공부도 잘하고, 플루트도 잘하고, 장래희망도 정해져 있고. 고다 선생님 제자가 되고 나서부터는 더 눈부셔."

"…그래?"

손전등을 든 노조미가 문제집으로 시선을 떨궜다.

이번에는 정말 부끄러운 것 같았다.

"근데 너도 마찬가지야. 고등학교 가겠다는 확실한 꿈이 있잖아."

"어느 고등학교에 가고 싶은지, 고등학교를 나와서 뭘 할 건지 그런 건 생각해본 적 없어."

생각해봤을 리가 없다. 노조미와 친해지기 전에는 생각해봐야 한다는 생각조차 해본 적도 없었지만.

"어느 고등학교를 갈지는 앞으로 공부하기 나름이잖아. 또 고등학교 이후의 일은 가서 생각하면 되지. 내가 말하는 게 좀 이상하긴 하지만, 지금은 미래를 위해서 아르바이트 비를 조금 모아두는 게 어때? 고등학교에 들어가면 같이 영화도 보고 옷도 사고 액세서리도 사야 하니까. 신유리가오카에 그런 가게 많잖아."

"―응."

노조미를 보며 말할 수 없어서 나도 괜히 문제집을 쳐다봤다.

저금 같은 거, 할 수 없다.

엄마는 "너무 큰 도움이 되고 있어. 네가 내 딸이라 정말 행복해"라며 여전히 내가 번 돈을 전부 가져가고 있다.

엄마는 요즘 컨디션이 괜찮아 보인다.

하지만 역시 일은 가지 않는다.

내가 벌고 있는데도 우리 집 생활은 조금도 나아지지 않았다. 엄마는 청소도 안 해서 집에는 쓰레기만 쌓여간다.

"너 무슨 일 있어?"

노조미가 나를 들여다보고 있었다. 예쁜 단발이 바로 눈

앞에 있다. 담배 냄새를 없애기 위해 뿌린 페브리즈 향기가
풍겨왔다.

나는 아무것도 아니라는 식으로 고개를 저었고,

머릿속에 들러붙은 엄마를 억지로 떼내며 "어쨌든 나는
고등학교 졸업 이후의 일도 생각하고 싶어. 너를 보면서 그
렇게 하고 싶다고 생각했어"라고 말했다.

"그래서 연락해보려고. 사실 고등학교 들어가서 할 생각
이었는데, 무슨 일 있으면 전화 달라고 했으니까 괜찮겠지."

노조미는 누구한테 연락하려는지 안다는 듯, 웃는 얼굴로
말했다.

"언니가 분명 좋아할 거야."

다음 날—날짜로는 그렇게 말한 날 저녁.

집에 오자마자 린코 언니에게 전화를 걸었다.

오늘은 하루 종일 계속 정신이 없었다.

통화 버튼을 누르긴 했지만 전화번호를 바꾼 건 아닌가
싶어 괜히 불안했다. 신호가 가서 안심했지만 이내 언니가
아직도 이 번호를 쓰고 있을까, 라는 새로운 불안감이 치밀
었다.

불안이 나를 덮치기 직전, 누군가 전화를 받았다.

"여보세요."

전화 저쪽에서 들려온 건 모르는 여자의 목소리였다.

언니가 아니야—

그렇게 생각했지만 쭈뼛거리다 "저… 린코 언니 번호 맞나요?"라고 말해버렸다. 여자가 말했다.

"…혹시 네가?"

온몸에 소름이 돋았다.

모르는 여자라고 생각했던 건 언니가 어른이 되어서였다!

"오랜만이다. 잘 지냈어?"

"응, 잘 지냈어. 언니 근데 혹시 만날 수 있어?"

"좋긴 한데… 갑자기 왜?"

"이런저런 할 얘기가 있어서."

고등학교 졸업 이후 뭘 해야 할지 고민하고 있다는 것, 아르바이트를 하고 있다는 것, 노조미에 관한 이야기—전화로는 이 모든 걸 다 이야기할 수 없었다. 린코 언니는 당황한 것 같았지만, 이번 주 일요일인 12월 6일 오후 2시, 노보리토역 근처의 '맥스버거'라는 햄버거집에서 만나자고 했다. 그 시간이면 아직 출근 전이라고 했다.

일요일인데 출근? 무슨 일을 하는 걸까?

약속을 정한 뒤로는 안절부절못했다. 일을 할 때도 오랜만에 주문을 잘못 넣었다. 손님이 시키지도 않은 맥주를 엄청 많이 찍은 바람에 점장한테 크게 혼이 났다. 빈집에서 노조미에게 공부를 배울 때도 좀처럼 집중할 수 없었다.

그래도 기대가 됐다.

그리고 12월 6일 오후 1시 반.

나는 내가 가진 옷 중 가장 제대로 된 옷인 교복을 입고 맥스버거 앞에 있었다.

아직 30분이나 남았지만 어차피 집에 있어도 불편하다. 엄마가 푹 자고 있어서 TV도 못 켠다.

언니를 만나는 건 7년 만이다. 언니가 나를 알아볼까? 언니는 여전히 머리가 길까? 변함없이 예쁘겠지?

어두운 밤을 보던 언니의 맑은 눈이 생각나 두근거렸다.

너무 긴장했는지 배가 아파서 입구 근처를 왔다 갔다 했다. 맥스버거에는 드라이브 스루가 있어서 차들이 자주 오간다. 몇 번이고 경적이 울렸다. 너무 큰 경적 소리에 놀라서 돌아봤는데, 근처에 서 있는 갈색 머리 여자가 날 보며 묘한 표정을 지었다.

스마트폰으로 시간을 확인해봤다. 오후 1시 58분이다. 약속 시간까지는 2분이 남았다.

"네가?"

목소리가 들려 뒤돌아봤다. 린코 언니! 라고 외치려 했지만 눈앞에 있는 사람을 보곤 목소리가 들어갔다.

거기 서 있는 건, 묘한 표정을 짓고 있던 갈색 머리 여자

236

였다. 머리가 짧다. 치마도 짧다. 입고 있는 가죽 재킷은 빨간색. 양쪽 귀에는 화려한 금색 귀걸이.

모르는 사람이라고 생각했다. 하지만, 화장이 진해서 확실하진 않지만, 린코 언니의 얼굴이다.

"린코… 언니?"

마지못해 이름을 내뱉자 언니가 어렴풋이 미소를 지었다.

"많이 컸네. 근데 왜 교복 입고 있어? 오늘 일요일인데."

"오랜만에 언니 만나니까… 가능한 한 제대로 입고 싶어서…"

"그런 건 여전하구나."

그리워하는 투가 아니었다. 지긋지긋해서 내팽개치는 듯한 느낌이었다.

"어쨌든 빨리 들어가자. 너무 춥다."

린코 언니는 내 말을 듣지도 않고 가게로 들어갔다.

저 여자가 린코 언니인 건 분명하다.

그런데 왜 이렇게 다른 사람 같을까?

언니는 바비큐버거를, 나는 치즈버거 세트를 주문했다. 언니가 당연하다는 듯 계산해서 고맙다고 했지만 뭔가 어색하기만 했다.

트레이를 들고 2층으로 올라갔다. 일요일이라 사람이 많왔다. 나랑 나이대가 비슷하거나 살짝 많은 아이들 혹은 가족 손님이 많았다. 그래서인지 화려하게 입은 언니에게 시선이 쏠렸다. 하지만 언니는 전혀 신경 쓰지 않고 빈자리에 앉았다.

"그래서 할 얘기가 뭐야?"

"저…"

여러 가지가 있었는데 하나도 떠오르지 않았다. 언니는 재촉하지 않고 별말 없이 햄버거를 먹었다. 나는 포장을 뜯을 수조차 없었다. 한동안 주위 사람들의 말소리와 언니가 햄버거 먹는 소리만 계속됐다.

"혹시 고등학교 얘기야? 고등학교에 가려면 어떻게 해야 하나 이런 거?"

"어… 그… 응, 맞아. 맞아."

이 침묵을 깰 수 있다면 뭐든 좋았다.

"언니가 고등학교는 가야 한다고 했잖아. 그래서 나 지금 열심히 공부하고 있어 ―"

"그러고 보니 내가 그런 말도 했구나. 진짜 멍청했네."

아무래도 상관없다는 듯한 한마디에 언니랑 고등학교 간다고 약속도 했고, 라는 말은 무너져버렸다.

"멍청했다고?"

"응. 중졸보다 고졸이 돈을 좀 더 받는 건 사실이지만 어

238

차피 먹고사는 건 다 똑같아. 그때는 이런 당연한 것들을 몰랐으니까."

햄버거를 반쯤 먹은 언니는 갑자기 감자튀김을 입에 넣으며 말했다.

"그때는 나도 고등학교만 나오면 어떻게든 될 줄 알았어. 너무 어렸지."

아직도 어리다고 지적할 엄두도 안 날 만큼, 늙은이 같은 말투였다.

"대졸이어도 셋 중 하나는 정규직이 될 수 없는 시대인걸. 고등학교 나와서도 학자금 갚느라 벅찼는데, 취직한 회사도 잘렸어. 대체 왜 고등학교를 간 걸까 싶어. 안정적인 직업 가지려면 공무원 준비하라는 말도 들었지만, 다들 똑같이 생각하니까 경쟁률이 터무니없이 높더라고. 아무리 노력한다 해도 앉을 수 있는 의자의 수가 적다면 어쩔 수 없지—뭐, 여자니까 살아갈 방법은 있지만."

"여자는… 왜?"

난 쉰 목소리로 더듬더듬 물었다. 언니는 케첩이 묻은 입으로 끈적하게 웃었다.

"몸 파는 거지, 뭐. 너도 이제 중학생이니까 무슨 말인지 알지?"

현실감이 느껴지지 않았다.

몸을 판다니… 린코 언니가 남자를 상대하고 있다는 건가? 돈을 벌려고 남자를 기분 좋게….

"거짓말!"

더는 생각하기 싫어서 소리를 쳤다. 언니는 엄지손가락으로 입에 묻은 케첩을 닦고 중얼거리듯 말했다.

"이게 거짓말이란 말이지."

그러다 갑자기 나를 덮칠 듯 몸을 내밀었다. 순간 뒤로 물러난 나를 본 언니는 다시 끈적한 웃음을 터뜨리며 말했다.

"거짓말 아냐. 일하는 시간이 고정돼 있고 월급도 많아서 워라밸이 좋아. 손님한테 병 옮기면 안 되니까 건강검진을 해주는 가게도 있고, 아이 있는 사람들을 위해서 어린이집 둔 가게도 많아. 괜히 블랙 기업 같은 데 다니면서 혹사당하는 것보다 훨씬 제대로 살 수 있어. 요즘은 실업자들이 많아지면서 사정이 달라지긴 했고, 변태적인 플레이도 해야 하지만 그만큼 돈을 받으니까—"

"그거 아니잖아!"

언니를 노려보며 말했다.

"언니 그런 남자들 싫어했잖아. 나한테 이상한 짓 하려고 했던 아저씨 잡겠다고 같이 파출소 가줬잖아!"

—결과가 정해져 있어도 해야 할 일이니까.

그때 내 손을 꼭 잡아줬던 린코 언니. 그때의 감촉이 또렷이 되살아난다. 언니도 그때를 떠올려줬으면 좋겠다. 아니, 분명 기억하고 있을 거다.

하지만 다시 자세를 고쳐 앉은 언니는 마치 남 일처럼 말하며 빨대에 입을 댔다.

"그런 남자들에게 사랑받지 못하면 살 수 없다고 세상이 비꼬던걸."

다른 사람처럼 보였던 이유를 알겠다.

눈이다.

맑았던 언니의 두 눈이 지금은 시궁창처럼 탁했다.

그리고 무슨 얘기를 했는지, 어떻게 헤어졌는지 모르겠다.

정신을 차리고 보니 테이블에는 나 혼자였다. 앞자리는 비어 있다.

꿈이었나? 진짜 린코 언니는 이제 오는 거 아닐까?

그렇게 생각하고 싶었지만, 반쯤 없어진 감자튀김이 거기에 사람이 있었다는 걸 알려줬다.

나는 햄버거에도 감자튀김에도 멜론소다에도 입을 대지 않았다.

댈 수 없었고, 대고 싶지도 않았다.

노조미가 보고 싶었다. 노조미와 얘기하고 싶었다. 노조미가 내 마음에 생긴 이 엄청난 어둠을 없애줬으면 좋겠다.

주머니에서 스마트폰을 꺼내려는데, 손에 힘이 없어 한 번 떨어뜨렸다. 주우려는 팔이 떨렸다. 어떻게든 힘을 줘서 스마트폰을 집어 들었다. 노조미에게 라인이 와 있었다.

"지금쯤 린코 언니랑 만났겠네. 어떨지 궁금하다!"

하나도 안 변했어. 여전히 예쁘고 멋졌어. 고등학교 졸업하고 뭘 해야 할지도 알았어!

나는 왜 그런 답장을 할 수 없는 걸까.

"만나서 얘기하자."

굳은 손가락을 움직여 겨우 답장했다. 곧바로 읽음 표시가 떴다. "무슨 일 있어? 어디서 볼까?" 바로 그런 답장이 올 거라고 생각했다.

그런데 아무것도 오지 않는다.

앱을 다시 열어보고, 스마트폰 전원을 껐다 켜기도 했지만 아무리 기다려도 답장은 오지 않았다.

오후 3시가 넘어 집에 들어갔다.

"다녀왔습니다."

"왔니? 어디 갔다 왔어?"

"맥스버거."

반사적으로 대답했는데 순간 후회했다.

"응? 왜 그런 사치를 해? 우리 돈 없어. 알지?"

"…미안."

사과를 하고 나니 노조미 대답을 마냥 기다릴 수만은 없
다는 생각이 들었다. 집 안으로 들어가다 발길을 돌려 밖으
로 나갔다. "왜 그래?"라는 엄마를 무시하고, 노조미에게 전
화를 걸었다. 거의 매일 밤 같이 있었기 때문에 전화를 하는
일은 거의 없었다.

신호음은 세 번째에서 끊겼다.

"여보세요."

노조미가 맞나 싶을 정도로 어둡고 무거운 목소리였다.

"여보세요. 나야."

"응, 알아."

"라인 읽었는데 답이 없길래 무슨 일 있나 싶어서."

"미안. 답장할 힘이 없었어."

"감기라도 걸렸어? 아니면 혹시 또 주눅 들어 있는 거 아
냐?"

늘 그랬듯 웃기려고 말했는데, 노조미는 축 처진 목소리
로 대답했다.

"주눅 들어도 상관없어. 이제 플루트 안 할 거니까."

무슨 소리지?

"악보랑 플루트 팔 거야. 지금 악보 정리하고 있어. 그럼
조금이라도 벌 수 있겠지."

"장난치는 거지? 나까지 다 들뜨게 해놓고 이제 와서 무슨 소리를 하는 거야."

"미안해. 지금은 아무 말도 하고 싶지 않아."

"그럼 오늘 밤 빈집에서 보는 건 어때?"

"이제 거기 안 가."

전화는 그렇게 끊어졌다.

나도 모르게 스마트폰을 꽉 쥐었다.

그대로 한참 서 있었다. 그런데 도저히 가만있을 수가 없었다. 악보를 정리하고 있다는 건 노조미가 집에 있다는 뜻이다. 가본 적은 없지만 대충 어딘지 알고 있다. 스마트폰을 코트 주머니에 넣고 아파트 주차장으로 달려갔다. 지붕만 달린 너덜너덜한 주차장에는 낡은 자전거가 즐비하다. 그중 어울리지 않게 새것 같은 자전거─친한 친구가 준 자전거에 올라탔다.

"어디 가는 거야?"

갑자기 엄마가 자전거 앞으로 튀어나왔다.

"친구 집."

"유스케?"

"아니야."

"그렇구나."

다행인 듯한 숨을 쉬는 엄마에게 왠지 화가 났다.

"나 급해. 좀 비켜."

"아, 할 얘기가 있어서. 잠깐 얘기 좀 하자."

엄마가 내 비위를 맞추기 위해 웃는 것 같다. 점점 더 화가 난다. 페달에 한쪽 발을 얹고 말했다.

"뭔데?"

"아르바이트를 좀 더 할 수는 없을까?"

얼굴이 굳어지는 게 느껴질 정도였다. 엄마는 정이 뚝 떨어져도 이상하지 않은 웃음을 짓고 계속 말했다.

"좀 있으면 겨울방학이잖아. 겨울방학 끝나도 잠깐 학교에 갔다 바로 봄방학이고. 너는 아직 어리니까 좀 무리해도 되지 않을까? 네가 일하는 동안 엄마는 다시 일할 수 있게끔 컨디션 완전히 회복할게. 그런 게 효도 아니겠어?"

나는 내 앞을 가로막고 있는 엄마를 빤히 쳐다봤다.

한여름일 때의 엄마와 달리, 지금은 얼굴이 너무 좋아서 피부에 윤기까지 흐른다. 일을 안 해서인지 뺨 언저리에 살이 붙기까지 했다. 확실하다.

지금 엄마는 엄청나게 건강하다.

"—해."

작지만 결국 내뱉어버렸다. 엄마는 "뭐라고?"라고 되물었고, 더욱더 간살부리며 웃었다.

"알아서 좀 해, 엄마는 어른이잖아!"

245

소리를 지른 뒤 자전거를 탄 채 엄마를 뒤로했다. 엄마 목소리가 들렸지만 돌아보진 않았다. 엄마한테 이렇게 한 건 태어나서 처음이었다.

사실은 아주 오래전부터 이러고 싶었을지도 모르겠다.

노조미 집은 3층짜리 주택이었다. 벽은 새하얗고 정원도 넓어서 마치 성 같았다.

하지만 여기가 아니다. 노조미의 성은 우리가 가는 그 빈집이다.

그런데 이제 거길 가지 않겠다니.

대문 앞에서 자전거를 멈췄다. 너무 훌륭한 집이라 어쩐지 자신이 없어졌지만, 노조미가 그런 말을 하게 둘 수는 없다. 자전거에서 내려 인터폰에 손가락을 뻗었다.

그때, 대문이 열렸다.

교복 위에 코트를 입은 노조미가 서 있었다. 커다란 눈동자는 새빨갛고 눈은 퉁퉁 부었다. 노조미는 나를 보고 놀랐는지 발을 멈춘 채 소리를 질렀지만, 어느새 종종걸음으로 내게 달려왔다.

"너 울었어?"

"너야말로 얼굴이 딱 울었는데?"

노조미의 말을 듣고 나서야 뺨이 눈물로 얼룩졌다는 걸

알았다. 소매로 얼굴을 닦아냈는데, 노조미가 물었다.

"왜 왔어?"

"너 걱정돼서 왔어. 너야말로 교복 입고 어디 가려는 거야? 일요일이잖아."

"너도 교복 입고 있으면서 무슨. 아, 그렇지. 린코 언니 만난다고 교복 입은 거구나."

"…응."

노조미는 나의 우물쭈물한 대답을 듣고 뭔가 눈치를 챈 것 같았다. 하지만 노조미에게도 무슨 일이 있었다. 열린 대문을 사이에 두고 우리는 서로 입을 다물었다.

"일단 내 볼일 좀 봐도 될까?"

노조미가 억지웃음을 지으며 말했다.

"네 볼일이 악보 팔려고 정리하는 거면 안 돼."

"그건 나중에. 먼저 학교 가야 돼."

"왜?"

"취주악부 그만둘 거야. 오늘 다 모여서 연습하는 날이라 말하기 딱 좋아."

"아르바이트하는 거, 아빠한테 들켰어."

노조미는 내 옆에서 자전거를 끌며 말했다.

"엄청 혼났어. 어쩌면 당연하지, 뭐. 중학생 딸이 자기 몰래 일하고 있는 걸 알게 됐으니까."

"…그럴 수도 있겠다."

"그래서 아빠가 생활보호 신청하기로 했고, 내일 복지사무소에 갈 것 같아. 집도 팔아야겠지. 아, 진작 그랬어야 했는데. 정말 남자들은 이상한 자존심이 있는 것 같아. 근데 아빠는 이렇게 된 지금도 확신이 안 서나 봐. 그냥 나가버렸어. …아빠가 생활보호 신청을 하지 않아서 너랑 친한 친구가 될 수 있었지만."

"근데 왜 플루트는 안 한다는 거야?"

"생활보호를 받으려면 재산을 다 처분해야 된대. 아빠가 플루트도 우리 재산이니까 그만두래."

"처분할지 말지 모르는 거잖아. 담당자한테 얘기해보면, 어쩌면—"

"아빠는 얘기해볼 생각 없어."

노조미의 목소리가 희미하게 떨렸다.

"생활보호를 받는데 악기를 하는 건 사치스러운 일이라고, 그럼 사람들이 우릴 어떻게 보겠냐고 하더라. 난 생활보호 받으면 플루트 못 하는 건 줄 몰랐어. 처음에 플루트 하고 싶다고 할 때, 아빠가 '어차피 취미잖아'라면서 흘려듣고 진지하게 받아주질 않았어… 차라리 플루트 시작하기 전에 생활보호 신청을 하지. 물론 아빠 말이 이해가 안 되는 건 아니야. TV에 가난한 애가 나왔는데 집에 에어컨이 있으면 가짜 가난이라든가, 저런 건 사치라든가 떠드는 사람들이 있으니까, 그런 게 무서운 거겠지. 근데 생활보호 받으면 취미도 없어야 하는 거야? 게다가 나한테 플루트는 취미도 아닌데. 난 프로가 되고 싶은 건데. 아빠가 너무 제멋대로라 아빠는 모른다고 하고 다 내팽개쳤는데—아, 미안해."

노조미는 떨리는 숨을 몰아쉬며 내게 슬픈 미소를 보냈다.

두 눈은 더 빨개지고 있었다.

노조미 아빠는 진심으로 한 말일까? 노조미는 거의 매일 밤, 빈집에 몰래 들어가서는—물론 그 자체는 불법이지만—방음실에 틀어박혀 죽을힘을 다해 플루트를 불었는데?

노조미에게는 '어차피 취미잖아' 같은 말이 나올 수 없을 정도로 소중한 건데?

나는 대체 뭐라고 말해야 할지 알 수 없었다.

"근데 너무 내 얘기만 했다. 너는? 린코 언니는 어땠어?"

"지금 네 얘기를 들었더니 말할 엄두가 안 나."

"괜찮아. 네 얘기 들으려고 빙 돌아서 가고 있잖아."

"아, 그래서 계속 학교가 안 보였구나."

"첫 번째 모퉁이를 반대로 돌았을 때 눈치챘어야지."

노조미의 성화에 못 이겨 린코 언니에 대해, 띄엄띄엄 말했다. 말하면서도 역시 그건 린코 언니가 아니지 않을까, 라고 생각했다. 진짜 린코 언니는 무슨 이유가 있어서 못 온 거고, 다른 친구가 대신 나왔는데 사정이 있어서 거짓말을 한 거야. 분명 그랬던 거야. 지금 이 순간, 나는 나의 추리를 믿어야 했다.

믿지 않으면, 지금 당장 이대로 주저앉을 것만 같았다.

"그렇구나."

노조미가 한 말은 이것뿐이었다.

나처럼 무슨 말을 해야 할지 모르는 거겠지.

학교에 도착했더니 시곗바늘은 4시 20분을 가리키고 있었다. 날이 벌써 어두워진 것 같다. 곧 동아리 활동이 끝나겠지. 노조미와 함께 학교 안으로 들어갔다. 우리가 가야 할 곳은 3층 모퉁이에 있는 음악실이다.

"정말 그만둘 거야?"

"시간이 지나면 흔들릴 거야. 지금 이 마음 그대로, 모두에게 그만둔다고 말하고 싶어. 또 활동 안 했던 것도, 플루트 레슨 때문 아니었다고 다 털어놓고 사과할래."

그러면 노조미는 괜찮아지는 걸까. 그냥 자포자기한 것 같은데.

하지만, 나도 비슷한 기분이었다. 이제 고등학교 같은 건 아무래도 좋다고, 학교도 아르바이트도 전부 다 필요 없다며 내팽개치고 싶었다. 엄마도 보고 싶지 않았다.

"게다가 오늘은 구사나기 선배도 있으니까."

"3학년은 이제 활동 끝난 거 아냐?"

"그렇긴 한데 그는 이미 고등학교가 정해져서 시간이 좀 있거든."

'그'라는 말에 무거운 가슴이 괜히 따끔따끔 아팠다.

"전부터 궁금했던 건데, 너 선배랑 사귀어?"

애써 피했던 주제가 스르르 입에서 빠져나왔다. 노조미는 조금도 머뭇거리지 않고 말했다.

"친하긴 한데 그냥 선후배야."

"아, 그렇구나."

"크리스마스에 만나기로 했으니까 아마 고백을 받긴 하겠지만."

"…그 얘긴 처음 들었어."

"근데 의외네. 선배는 네가 자기한테 아무 생각이 없는 것 같다던데."

"어, 맞아. 별생각 없어."

그러곤 말없이 복도를 걸었다. 지나가는 애들은 없지만 음악실 쪽에서 인기척이 들렸다. 다들 집에 갈 채비를 하는 모양이다. 음악실 바로 앞에는 계단이 있다.

"도노 네가는 좀 더럽잖아."

계단 위—아마 층계참에서 들리는 목소리에 발을 멈췄다.

과장이 아니라, 심장도 멈춘 것 같았다.

"개학식 날인가, 등굣길에 만났는데 교복이 엄청 구겨졌더라고. 빨래를 했는데도 저런 건가 싶어서 깜짝 놀랐어. 그냥 보는 것만으로도 창피할 정도라니까?"

변성기가 끝나 깨끗해진 저음이 사라지자 남자들 웃음소리가 들렸다.

"노조미가 말을 안 하긴 하는데, 걔네 집 엄청 가난한 것 같아."

"여자애들 말 들어보면, 브라도 더럽다던데? 똑같은 거 계속 돌려 입나 봐."

"노조미랑 같은 반이니까 더 비교되겠어."

"야, 장난하냐?"

깨끗한 저음이 일부러 목소리를 깔고 말했다.

"어디 그런 애랑 노조미를 비교해."

다시 웃음소리가 들렸다. 나는 지금 어떤 얼굴을 하고 있을까. 분명 몸은 뜨거운데 떨림이 멈추질 않는다. 어금니가 부딪치며 달그락달그락 소리를 내고 있다.

"구사나기 선배 목소리네."

노조미가 중얼거렸다. 큰 눈동자는 더 이상 커질 수 없을 정도로 휘둥그레졌다. 그걸 보니 선배가 고백을 했을 때, 노조미가 무슨 대답을 하려고 했는지 알 것 같았다.

그 대답이 영영 바뀌어버린 것도.

노조미는 말없이 발길을 돌렸다. 나도 그 뒤를 따라갔다. 층계참에서 또 웃음소리가 터져 나왔고, 나는 순간 두 귀를 막아버렸다.

타고 왔던 자전거는 학교에 두고 둘이 함께 다마강으로 향했다. 우리는 어느새 손을 잡고, 어두워진 강가를 걸었다.

나도, 노조미도, 울고 있었다.

이건 진짜 너무하다. 노조미는 플루트를, 나는 좋아하던 언니를 잃은 지 얼마 되지도 않았는데, 구사나기 선배의 그런 모습까지 보게 되다니. 그는 우리의 선배였다. 선배가 우리에게 결정타를 날려버렸다. 선배가 노조미 생각처럼 좋은 사람이었다면, 적어도 이런 모습을 몰랐다면, 아직 구원은 남아 있었을 텐데.

인정해버리는 건 더 힘들고, 억울하고, 슬픈 일이었다.

나는 노조미에게 엄마가 내게 일을 시키고 있다고, 아까 싸우고 말았다고, 사실은 구사나기 선배를 좋아하고 있었다고 털어놨다.

노조미 역시 구사나기 선배를 좋아했다고 말했다.

둘 다 절망에 빠졌다. 오랫동안 절망과 나란히 강가를 걸었다.

나와 노조미 중 누가 먼저 그 말을 꺼냈는지 모르겠다. 아마 우리 둘 다 막연하게 바랐던 일이었을 것이다. 그러니까 누가 먼저 말한 건지는 중요하지 않다.

아무튼 우리는 이런 결론을 내렸다.

—이제 죽어버리자.

우리만의 성에서 죽는 게 좋겠다고 생각했다.

빈집 방음실을 박스테이프로 막은 뒤 연탄을 피우기로 했다. 누구에게도 폐를 끼치지 않고, 가장 깨끗하게 죽을 수 있어서였다. 둘 다 교복을 입기로 했다. 같은 옷을 입고 죽고 싶었다.

원래는 이 근처에서 가장 큰 슈퍼인 다이에에 함께 가서 연탄을 사려 했는데, 생각해보니 여자애 둘이서 그런 걸 사면 엄청 수상해 보일 것 같았다.

"아무래도 나 혼자 사는 게 좋겠어. 너는 먼저 가서 원하는 만큼 플루트를 불어."

"무거우니까 그냥 근처에서 기다릴게."

"괜찮다니까. 대신 부탁 하나만 들어줘."

나는 노조미에게 조건 하나를 내걸었고, 우리는 따로 움직이게 됐다.

"그럼 난 집에서 화장하고 빈집으로 갈게. 100엔숍에서 귀여운 글리터 샀거든. 과자랑 주스도 사갈게. 마지막이니까 실컷 떠들자."

우리는 학교에 두었던 자전거를 몰래 갖고 나왔다. 그러고 나도 일단 집으로 갔다. 옷을 갈아입고 모자를 쓰기 위해서였다. 자살이라면 경찰이 연탄의 출처 같은 걸 조사하진 않겠지만, 혹시라도 점원이 '내가 교복 입은 애한테 연탄을 팔아서 자살한 건가'라고 생각해 충격을 받는 건 싫다. 조금이라도 눈에 띄지 않고 싶었다.

집에 왔을 때는 8시가 넘어 있었다. 엄마는 무시할 생각이었지만 깜깜한 집에는 아무도 없었다. 불을 켰다. 여전히 방은 지저분했고, 바닥에는 화장품이 널려 있었다.

어디 간 건지는 모르겠지만, 없어서 다행이다.

서둘러 옷을 갈아입고 다이에로 갔다. 일요일 세일 중이라 저녁인데도 사람이 많았다. 계산대 줄이 길어서 시간은 좀 걸렸지만, 별일 없이 연탄을 살 수 있었다.

교복을 담은 배낭에 연탄을 넣은 다음, 또 다른 계산대에서 문틈에 붙일 박스테이프를 산 뒤 슈퍼를 나왔다.

주차장에 세워놨던 자전거에 걸터앉았다. 페달을 밟기 전에 다이에를 돌아봤다.

엄마랑 여기에 몇 번 온 적이 있다. 다시는 올 일이 없을 거라고 생각해도 아무런 감흥이 없다.

그제야 내가 세상에 어떤 미련도 없다는 걸 알았다.

빨리 노조미를 보고 싶다. 같이 화장하고, 수다를 떨고, 과자를 먹고, 주스를 마시고, 죽고 싶다.

그것만 생각하며 페달을 밟았다.

자전거를 타고 빈집으로 향했다. 모자 속 긴 머리는 부스스해서 울적할 정도다.

노조미에게 죽기 전에 머리를 잘라달라고 했다.

그게 내가 내건 조건이었다.

"연탄은 내가 사올게. 대신 죽기 전에 내 머리 좀 잘라줘. 너처럼 단발로."

"내가? 나한테 그 정도는 무린데. 머리가 너무 이상해져서 죽을 마음도 없어질걸?"

"그런 이상한 머리 보고 서로 막 웃는 것도 마지막 추억으로 좋지 않아?"

노조미는 유난히 진지한 얼굴을 하더니, 그것도 그렇다며 알겠다고 했다.

마지막의 마지막에서야 하고 싶던 단발을 할 수 있게 됐다. 왠지 얼굴이 달아올랐다.

드디어 빈집에 도착했다. 자전거를 나무 그늘에 숨기고 평소처럼 슬그머니 안으로 들어갔다. 방음실 문이 열려 있다. 플루트는 충분히 불었으려나.

그때 뭔가 이상하다는 걸 느꼈다.

기분 나쁜 냄새가 코를 찌르고 있다.

이게 뭐지? 여기 원래 냄새가 나긴 하는데, 뭔가 처음 맡아본 이상한 냄새인데….

그 냄새는 거실에서 나고 있었다. 등골이 오싹해져 거실을 살펴봤다.

노조미가 목을 맸다.

온 세계가 흔들렸다. 심장 소리가 들린다. 온몸의 세포가 뜨겁다 못해 타버릴 것만 같다.

"노… 노… 노…"

비명을 지르지도 못하고 이름도 부를 수 없었다. 의미도 없는 소리만 늘어났다.

그 와중에도 냄새는 느껴졌다. 불쾌한 냄새는 더 짙어지고 있었다.

오줌과 똥 냄새였다.

목매단 시체는 대소변을 흘린다. 알고 있긴 했지만, 이렇게 냄새가 심할 줄은 몰랐다. 왠지 보면 안 될 것 같아서 치마 아래로는 쳐다보지 않았다.

어둠 속에서 소파에 놓인 손전등을 집어 들었다. 노조미를 올려다보고 크게 심호흡을 한 뒤 손전등을 켰다. 어둠 속에 보이는 얼굴이 노조미의 얼굴과 너무 달라서 노조미가 아닌 것 같았다. 하지만 역시 노조미가 틀림없다. 결국 나도 모르게 눈을 돌렸다.

구급차를 부르면 살 수 있을지도 모른다—희미한 소망은 튀어나온 눈알과 혀를 보는 순간 무너졌다. 시체는 본 적 없지만, 노조미가 시체가 됐다는 건 받아들이기 싫지만, 이미 분명한 사실이었다.

가스가이 노조미가 죽었다.

결국 마루에 주저앉아버렸다. 아무것도 할 수 없어 움직이지 못했는데, 테이블에 종잇조각이 하나 있었다. 나도 모르게 종이를 집어 들었는데, 편지지 조각 같았다.

같이 있어줘서 고마워. 근데 먼저 가야 할 것 같아. 미안해.
노조미

노조미 글씨다. 이건 유서다.
노조미가 나를 두고 자살해버렸다.
나랑 같이 죽기로 했는데, 왜 먼저….
스스로도 무서울 정도로 빠르게, 현기증도 떨림도 열도

가라앉았다.

새삼 노조미를 다시 올려다봤다.

다른 사람 같은 노조미 얼굴. 글리터가 발라진 얼굴은 손 전등 빛을 받아 반짝거린다. 그것만은 예쁘고, 미완성인 오 브제처럼도 보였다.

그걸 굳이, 가만히, 뚫어질 정도로 바라보고―.

결심했다.

이후 나는 내가 해야 할 일을 했다.

그리고, 밤 10시가 됐다.

希望が死んだ夜に

4장

"제 딸이 사람을 죽여서 정말 죄송합니다."

겨우 면회할 상태가 된 도노 에이코의 첫마디였다. 병실 침대에 무릎을 꿇고 있던 그녀는 깊게 고개를 숙였다.

마카베와 나카타가 들어오기 전부터 이 상태 그대로 기다렸던 것 같다.

"제가 일 때문에 집에 없는 날이 많은데, 그때 혼자 형사 드라마나 추리물을 많이 본 것 같아요. 그래서 사람을 죽이는 데 거부감이 없어진 거겠죠. 그런 걸 내보내는 TV도 문제가… 아, 아니, 물론 제일 나쁜 건 저예요. 정말 죄송합니다. 하지만 이런 사정이 있다는 것도 좀 이해해주시면…"

에이코는 여전히 고개를 숙인 채 말하고 있다. 두서없는 말들이라 단박에 알아들을 수가 없다.

어제부터 많은 사람의 이야기를 들었다. 거의 모두가, 네가가 노조미를 살해한 동기를 "모르겠다"고 하거나 하세베 부자처럼 "네가가 사람을 죽일 리 없다"고 주장했다.

하지만 친엄마란 사람은 어떤가.

마카베는 그녀에게 고개 좀 들라고 말한 뒤, 나카타와 함께 경찰수첩을 보여줬다.

"따님 검찰 송치까지 8시간밖에 안 남아서요, 질문에一"

"시간도 없는데 강에 뛰어들어서 죄송해요."

마카베가 미처 말을 끝내기도 전인데, 에이코가 다시 고개를 숙였다.

"딸이 했던 일을 생각하면 패닉 상태가 돼버려서요. 이러면 역시 안 되겠죠. 정말 반성하고 있… 아, 아르바이트는 제가 시킨 거예요. 저는 아파서 일도 못 하고 있고, 복지사무소에서는 물가작전인지 생활보호 못 받는다고 해서 어쩔 수가 없었어요. 네가도 일을 하겠다고 하니까 도리어 제가 어리광을 부리고 말았어요. 네가는 진짜 효녀예요. 저도 제 잘못을 아니까 제발 용서해주세요."

아까부터 자신의 용서를 구하는 것 같다. 마카베가 당황하자, 나카타는 조용히 에이코를 달래 자세를 풀게 한 뒤, 침대에 편하게 앉혔다.

"가스가이 노조미라는 이름 들어본 적 있으신가요?"

질문은 자연스럽게 나카타가 하게 됐다. 에이코는 숙제를 못 해서 꾸중을 들은 아이처럼 고개를 저었다.

"피해자 이름이에요. 네가의 친한 친구였고요. 아르바이트 하는 데서 우연히 만나 친해진 모양이에요."

"그러고 보니 들어본 것 같기도 하고… 혹시, 그 아이인가. 9월인가, 구청에서 네가한테 알은체하며 말을 걸었던 단발. 취주악부라고 하던 어른스러운 아이."

확인을 할 수는 없지만, 노조미의 특징과 일치했다.

"그랬구나. 그래서 요즘 네가가 즐거워 보였구나. 저는 이제 일이 좀 수월해졌다고 생각했는데. 그런 귀여운 아이와 친해지면 기뻤을 것 같아요. 자전거도 줬으니까."

에이코는 자신도 기쁜 듯 말하더니 갑자기 단호한 어투로 말을 계속했다.

"네가가 노조미를 죽였을 리가 없어요. 친한 친구를 죽이는 아이로 키우지 않았어요."

갑작스러운 태도 변화에 귀를 의심했다. 나카타도 마찬가지였을 테지만 그런 건 티 내지 않고 물었다.

"하지만 좀 전에 네가가 '사람을 죽이는 데 거부감이 없어진 거'라고 하셨잖아요."

"아."

에이코는 순간 겁을 먹었다.

"그건 그렇긴 한데… 그래도 친한 친구는 얘기가 다르니

263

까… 죽일 이유가 없잖아요…"

"네가가 살해 동기에 대해서는 전혀 말을 안 하고 있어요. 저희는 그걸 알아보는 중이고요."

"말을 안 하는 게 아니라 할 말이 없는 걸지도… 친한 친구를 죽일 리가 없으니까요… 그래도 사람을 죽이는 데 저항이 없을지도 모르고… 아… 모르겠어요."

횡설수설했지만 마지막에 모르겠다는 말만큼은 꽤 단호하게 외쳤다. 그녀의 얼굴이 살짝 빨개졌다.

지리멸렬하다. 그래도 나카타는 변함없는 말투로 계속 탐문한다.

"사건 당일 네가는 어땠나요? 뭐 이상한 건 없었나요?"

이건 지금까지 누구에게도 듣지 못한 얘기다. 에이코는 빨간 얼굴로 말을 이었다.

"그날 좀 이상했어요. 낮에 맥스버거에 갔다 왔다고 하더라고요. 그런 사치를 부릴 애가 아닌데. 아르바이트로 돈을 버니까 씀씀이가 커진 건가."

"어디 맥스버거요?"

"노보리토역 근처였던 것 같아요."

"혼자 갔다고 하던가요?"

"모르겠어요. 집에 와서는 제대로 얘기를 하려고 하지 않았어요. 들어왔다가 거의 곧바로 나가서 어딘가에 전화를 걸더라고요. 그러고 나서 자전거를 타더니 친구를 만난다고 했어요. 제가 막아서니까 갑자기 소리를 지르곤 그냥 가버렸어요. 그게 네가의 마지막이었어요. 그런 일은 처음이었고요…"

평소에는 안 가는 곳에 간 것도 그렇고, 집에 온 후의 태도도 마음에 걸린다.

맥스버거에는 혼자 간 건가? 아니면 노조미랑? 전화는 누구랑 한 거지? 만난다는 친구는 누구지? 아무것도 알 수 없지만 맥스버거에서 무슨 일이 있었던 건 틀림없다.

"네가가 왜 소리를 질렀나요? 맥스버거랑 관련이 있다고 생각하세요?"

"없진 않겠지만 직접적인 원인은… 아마 저일 거예요."

에이코는 왠지 말하길 꺼리는 것 같았지만, 결국 입을 뗐다.

"네가한테 아르바이트 좀 더 하라고 했어요. 그랬더니, 갑자기 '알아서 좀 해, 엄마는 어른이잖아!'라고 소리를… 저는 몸이 안 좋아서 일을 하고 싶어도 할 수가 없는데… 그런 말을 들어서 밤에 스낵바에 간 거예요. 그날은 제대로 일했어요."

에이코는 그게 엄청나게 잘한 일인 것처럼 늘어놨다.

정말로 아픈 사람은 스낵바에서 일할 수 없다.

정말로 딸이 나쁘다고 생각한다면 변명할 필요가 없다.

진짜 지리멸렬하다.

"그러고도 엄마라고 할 수 있습니까?"

마카베 머리에 피가 몰렸고, 결국 그 한마디가 입을 뚫고 나왔다.

에이코는 움찔한 듯 어깨가 살짝 떨렸지만, 이내 진지한 얼굴로 말했다.

"물론이죠. 전 네가를 사랑하니까요."

"진심으로 사랑하는 거라면, 좀 더 엄마답게―"

"경위님."

강하진 않지만, 모든 걸 안다는 듯한 나카타의 만류에 마카베가 뒷말을 삼켰다.

그 순간, 생각났다.

에이코가 어떤 집에서 자랐는지.

이 여자는, 제대로 된 사랑이 뭔지 모른다.

여전히 우스울 정도로 진지한 얼굴의 에이코는 딸에 대한 애정이 확고해 보였고, 마카베 머리에 몰렸던 피는 빠르게 흩어졌다.

맥스버거는 현장 근처인 무코가오카유엔역 앞에도 있다. 만약을 위해 일부 수사원들은 그쪽으로 가고, 마카베와 나카타는 원래 들었던 대로 노보리토역 맥스버거로 향했다.

"도노 에이코도 네가는 죽이지 않았다고 하는 거네요."

"끝까지 확신이 없는 것 같긴 했지만."

"처음에 '사람을 죽이는 데 거부감이 없다'고 한 건 안 좋은 소리 듣기 싫어서 한 자기방어 같아요. 그 말이 네가를 수사하는 데 미칠 영향까지는 미처 생각하지 못했겠죠."

"그렇겠네."

어쨌든 에이코에게서도 살해 동기라 할만한 것을 듣지는 못했다. 하지만 새로운 사실을 알았다. 맥스버거에 갔다 온 네가가 좀 이상했고, 난생처음으로 엄마한테 소리를 질렀다는 것.

그리고 그녀도 "딸은 죽이지 않았다"고 했다.

"얘 기억나요. 너무 기운이 없어 보였거든요."

맥스버거 뒤쪽 공터. 점장 다카하시는 네가의 사진을 보여주자마자 말했다.

"기운이 없어요?"

상대가 남자라, 여기서는 마카베가 탐문을 한다.

"네, 처음에 술집에 다니는 것 같은 화려한 여자랑 있었는데, 너무 티가 나고 눈에 띄는 사람이라 설마 중학생도 끌어들이려는 건가 싶어서 걱정이 될 정도였어요."

굉장히 이질적인 조합이라 다카하시는 점원들에게 아무렇지 않은 척하며 지켜보라고 했던 모양이다.

두 사람이 이야기를 나눈 건 고작 10분 정도였다. 여자는 고개를 숙인 네가에게 일방적으로 말을 늘어놓더니, 곧장 자리를 떴다. 하지만 네가는 10분이나 더 넘게 거기 혼자 앉아 있었다고 한다. 햄버거에도, 감자튀김에도, 멜론소다에도 입을 대지 않았다. 그러곤 곧 환자 같은 발걸음으로 가게를 나갔다.

점장에게 이야기를 다 들은 후 가게를 나왔다. 마카베와 나카타는 지나가는 사람에게 들리지 않도록 주의하면서 말을 나눴다.

"아마 네가는 그 화려한 여자에게 뭔가 큰 상처가 되는 말을 들었을 거야. 그 얘기를 하고 싶어서 집에 돌아오자마자 노조미에게 전화를 걸었고, 바로 만나러 갔겠지."

"그렇겠죠. 가능하다면 그 화려한 여자를 만나보고 싶은데…"

둘 다 손목시계로 시간을 확인했다.

오후 4시 5분. 네가의 검찰 송치까지, 6시간 24분 남았다. 다카하시가 CCTV 영상을 줬지만 얼굴을 구별할 수 있을 정도로 선명하지는 않다. 송치 전까지 찾아내는 건 어려울 것이다.

"네가가 맥스버거에서 상처를 받았을 때, 노조미는 아빠한테 아르바이트를 들키고 생활보호 신청 통보를 들었다.

근데 노조미가 울면서 싫어했다. 이유를 물어도 아빠는 아무것도 모른다는 말만 했다. 예전에는 생활보호 받는 것에 긍정적이었는데."

"상황 정리?"

"그것도 그런데 '상상'을 해보고 있어요. 이제 뭘 해야 할지 모르겠으니까 네가와 노조미의 입장에서 생각해보려고요."

"또 상상인가."

다른 건 몰라도 나카타의 상상만큼은 받아들이기가 어렵다. 별다른 단서도 없는데 노조미 마음이 변한 이유를 어떻게 알 수 있겠는가. 막상 자산을 처분해야 한다는 통보를 받으니 비로소 현실이 보였을지도 모르지만―.

잠깐.

단서가, 있는 거 아닐까?

가스가이 노부유키는 생활보호를 받기 위해 자산을 처분할 생각이었다. 그건 노조미에게 플루트를 그만두라는 의미와 같지 않았을까.

그렇다면 상처받고 절망했던 건 네가와만이 아니다. 노조미 역시 마찬가지였던 것이다.

절망한 소녀 둘이 만나 한 명만 죽었다. 남은 한 명은 자신이 죽였다고 주장하고 있다. 그러나 동기는 없고, 죽였을

리가 없다고 말하는 사람들도 있다.

그렇다면 노조미의 죽음은… 아니, 대체 네가는 왜 자신이 죽였다고 하는 거지?

우리가 조사해야 할 동기를 잘못 알고 있었던 건 아닐까?

"병원으로 가자. 가스가이 노부유키를 다시 만나서 확인하고 싶은 게 있어."

마카베가 말하는 동안 스마트폰이 울렸다. 구와시마 관리관의 전화였다.

"마카베입니다."

"부검 결과가 나왔어."

구와시마가 드물게 흥분한 목소리로 덧붙였다.

"확실해. 가스가이 노조미는—"

네가와 취조실에서 마주보는 건 세 번째다.

오후 5시 28분. 가스가이 노부유키를 만나고 다른 수사원들과 정보를 주고받는 데 의외로 시간이 꽤 걸렸다. 검찰 송치까지는 이제 5시간 1분. 어떻게 보면 여유가 있다.

그러나 계속 묵비권을 행사한다면 속수무책이다. 동기를 알아낸 뒤 보강수사까지 하려면 시간이 없다.

실패는, 용납되지 않는다.

"너네 친한 사이였더라."

마카베가 그렇게 말했지만 네가는 여전했다.

나카타는 그런 네가에게 위로하는 듯한 시선을 보내고 있었다.

"플루트 학원의 고다 선생님이 이야기해주셨어. 노조미가 분장실로 왔을 때 긴장해서 아무 말도 못 했는데, 노조미 옆에 있던 네가 말을 꺼낼 수 있게 해줬다며. 그래서 고다 선생님이 가르쳐주기로 약속한 거고. 너희 서로 껴안고 기뻐했다면서? 불과 일주일 전인데, 그렇게 친했던 친구를 죽일 수 있나?"

이번에도 네가는 잠자코 있었다.

"지난 이틀간, 네가 노조미를 죽인 동기에 대해 조사해봤어. 친한 친구인 걸 알게 된 뒤에도 그랬지. 어쨌든 우리는 이런 결론에 도달했어.

동기는 없다.

너는 노조미를 죽이지 않았다."

"뭐?"

네가가 오랜만에 뱉은 말은 기가 막힌다는 듯한 말이었다.

"아저씨 진짜 바보구나. 있는 그대로를 봐. 내가 걔를 매달았어."

"매단 거 아냐. 네가 갔을 때는 이미 죽었을 거야. 사실 같이 죽을 생각이었는데 말이지."

"말도 안 돼."

고개를 흔드는 네가를 무시하고 계속했다.

"노조미가 죽은 날 낮, 너는 노보리토역 근처의 맥스버거에 있었어. 거기서 화려한 차림을 한 여자랑 이야기를 나눴다는 걸 본 사람이 있어. 그 여자와 이야기를 나누고 굉장히 우울해했다는 것도. 그리고 너희 어머니는 집에 온 네가 좀 이상했다고도 말했어.

그 화려한 여자가 누군지 아직 알아내진 못했어. 얘기 들어봐도 네 주변에 있는 여자는 아닌 것 같고 말야. 하지만 너한테 소중한 사람이었겠지? 그 사람에게 뭔가 배신을 당했고 그게 계기가 돼서 살 의지를 잃었을 거야."

"멋대로 말하지 마."

네가의 볼이 금세 붉은 빛을 띠었다. 줄곧 풍기던 위악적인 모습이 처음으로 사라졌다.

아마 그 화려한 여자는 우리가 생각했던 것 이상으로 네가에게 소중한 존재였던 것 같다.

"노조미에게도 살 의지를 잃는 사건이 일어났어. 몰래 아르바이트하는 걸 알게 된 아버지가 생활보호 신청을 하기로 한 거지. 물론 생활보호를 받으면 좋지. 그런데 노조미 아버지가 자산을 처분해야 하니 플루트를 그만두라고 했어. 노조미에게 플루트가 얼마나 소중한지도 모르고, 별거 아니라

272

는 듯 말한 거지."

아빠는 몰라.

노조미의 말의 진짜 의미는 이거였던 것이다.

실제로 가스가이 노부유키는 딸의 마음을 전혀 몰랐다. 조금 전 병원에 가서 다시 이야기를 듣고 질문을 거듭하고 나서야, 본인이 얼마나 무심했는지를 깨달았다.

"그다음에 뭔가 다른 결정타가 있었을지도 모르겠어. 어쨌든 너희는 함께 죽기로 결심하고 빈집에서 만나기로 했을 거야. 너는 이유가 있어서 늦게 갔는데, 그사이 노조미가 목을 매버렸어. 너는 노조미가 먼저 죽어서 많이 놀랐겠지.

아무리 조사해봐도 너한테 노조미를 죽일 동기가 없다는 것과 그날 너희 행동. 이 두 가지를 같이 보면 이 시나리오가 노조미 죽음의 진상이야."

사실은 좀 다르다. 진상에 도달한 근거가 또 하나 있다. 그러나 그걸 지금 말할 필요는 없다. 비록 그것이 아무리 잔인하더라도.

"역시 아저씨는 바보야. 그것도 뭐 어떻게 할 수도 없는 바보."

다시 뻔뻔한 얼굴로 돌아온 네가가 책상에 팔꿈치를 올린 뒤 양손을 턱 밑에 대고 말했다.

"노조미가 먼저 죽어? 그럼 내가 굳이 왜 걔를 죽였다고 하는 건데?"

"하세베 씨랑 유스케는 노조미의 자살을 막을 수 없었던 네가 스스로에게 벌을 주는 건 아닐까 하더라고. 일리가 있긴 한데 너희가 동반자살을 하려고 했던 거라면, 그건 좀 부자연스럽지. 물론 힌트는 됐지만."

그러고 나서 숨을 내쉰 마카베가 말했다.

"너는 노조미가 살해당했다고 생각한 거야."

"나중에 도착한 너는 노조미가 죽어 있는 걸 발견했고, 친한 친구가 널 두고 죽을 리는 없다고 생각했어. 하지만 그대로 현장이 발견되면 자살로 치부되겠지. 형사 드라마를 즐겨 봤던 너는, 의심스러운 점이 없는 한 자살 사체는 부검하지 않는다는 걸 알고 있었어.

그래서 네가 죽인 척하고 경찰이 이 사건을 조사하게 한 거야."

마카베가 그랬듯, 이 소녀 역시 형사 드라마에 영향을 받았던 것이다.

네가는 여전히 뻔뻔한 얼굴이었다. 그러나 눈에는 기대의 빛이 일렁이고 있었다.

"그럼 너는 왜 그냥 말하지 않았을까. 이유는 두 개야.

우선 너희가 하려고 했던 일 때문이지. 왜 그 시간에 빈집에 있었냐는 질문을 받으면 자살을 할 생각이었다고 말할 수밖에 없었을 거야. 적당히 둘러댈 자신은 없었거든. 괜히 섣불리 거짓말을 했다가 나중에 들키면 무조건 자살로 종결될 사건이라고 생각했겠지.

그보다 더 큰 이유는 어른을 믿지 못해서였어. 아프리카 얘기를 하던 담임교사나 아르바이트하며 겪은 어른들을 보면, 내가 무슨 말을 하든 들어주지 않을 거라는 무력함이 있었겠지. 노조미는 살해당한 거예요, 라고 해봤자 어른들이 상대해주지 않을 거라고 생각한 거야."

네가는 움직이지 않았다. 하지만 고개를 끄덕이고 싶은 걸 열심히 참고 있는 것 같았다.

"노조미의 시체를 발견한 너는, 패닉이 됐지만 범인을 잡기로 결심했어. 그러려면 경찰이 살인사건이라 생각하고 움직여야 돼. 네가 죽인 걸 믿게 하려면, 너희 둘이 주고받은 메시지가 있던 스마트폰은 숨겨야 했고."

아마 스마트폰과 함께, 그것도 숨겼을 것이다.

"그런 다음 파출소 순경이 오기를 기다렸어. 밤마다 빈집에 있었던 너는, 그 근처에서 일어나던 방화 사건 때문에 순경이 세 시간 간격으로 순찰한다는 걸 알고 있었거든.

순찰대가 왔을 때 의자를 힘껏 쓰러뜨리고 요란한 소리를 냈겠지. 인기척을 들은 순경이 빈집에 들어왔을 때, 도망치는 척하다 잡혔어. 굳이 수상한 말들을 계속하다 자백을 함으로써 가스가이 노조미의 살해범으로 체포됐지. 경찰이 진짜 범인을 찾아주길 바라면서 말이야."

"아저씨, 알아줬구나."

네가의 얼굴이 확연하게 달라졌다. 물론 여전히 길고양이처럼 세상을 두려워하고, 어른을 경계하는 것 같긴 하다.

그러나 뭔가 천진난만한 소녀 같은 얼굴이 되었다.

아마 이게 네가의 진짜 얼굴일 것이다.

지금까지는 '친구를 죽인 살인범'의 가면을, 열심히 쓰고 있었겠지.

"그렇게까지 알아줬으니까 이제 인정할게요. 맞아요. 저는 노조미를 죽이지 않았어요. 거짓말해서 죄송해요. 이렇게라도 하지 않으면 아무도 신경 쓰지 않을 것 같았어요."

네가는 이마가 책상에 부딪히기 직전까지 고개를 숙였다. 그러나 고개를 들고 나서는 엄청난 기세로 몰아붙였다.

"하지만 제가 이렇게 한 덕분에 노조미가 살해됐다는 걸 알아내신 거죠? 저희는 연탄을 피워서 죽으려 했는데, 목을 매달 리가 없어요. 목 졸려서 살해당한 거랑 목매달았을 때의 삭흔은 다르잖아요. 부검했으니까 다 확인하셨죠?"

마카베는 대답 대신 질문을 했다.

"이대로 범인이 되면 어쩌려고 했어?"

"그렇게 안 됐을 거예요. 여차하면 스마트폰이 어디 있는지 알려주고, 저희가 주고받았던 메시지를 보여주려고 했어요. 그럼 친한 친구라는 걸 알게 됐겠죠."

친한 친구. 네가는 그 단어를 담백하게, 그러나 가볍지 않은 어조로 말했다.

"게다가 현장에 가위도 없었어요. 노조미가 마지막으로 제 머리를 잘라주기로 했거든요. 범인이 가져간 거예요. 어쩌면 노조미가 저항하다 범인을 가위로 찔러서 피가 묻었을 수도 있어요. 그걸 찾으면… 아, 벌써 버렸겠구나."

"가위가 있었다면, 그랬을 수도 있겠지."

살짝 돌려 말했지만, 자신의 목적이 달성됐다고 생각해 의기양양한 소녀는 눈치채지 못했다.

"그렇겠죠. 그래도 부검해보니까 범인에 대한 단서가 나온 거죠? 제가 죽이지 않았다는 걸 알고 있잖아요."

"유서도 스마트폰이랑 같이 숨기지 않았니?"

이번에도 대답 대신 질문을 했다.

"네, 근데 범인이 시킨 게 분명해요. 조사 좀 해주세요."

"어디에 숨겼는데?"

"저희가 있던 빈집의 옆 옆에 있는 집이요. 창문으로 들어가서 벽장에 처박아놨어요."

됐다.

"조사할 거 없어. 그 유서는 진짜니까."

의아하다는 듯 입을 반쯤 벌린 네가에게 결정적인 한마디를 날렸다.

"부검 결과가 나왔어. 노조미는 자살한 거야."

"…거짓말."

1분쯤 지났을까. 네가가 그렇게 중얼거렸다. 마카베는 얼굴을 살짝 찌푸린 나카타를 모른 척하고 말을 이었다.

"부검 결과, 노조미에게 저항한 흔적 같은 건 없었어. 가위로 범인을 찌를 수도 없었어. 가위가 없었으니까. 노조미는 네 머리를 잘라줄 생각이 없었던 거야."

"…거짓말이야."

"게다가 목맴사 삭흔이었어. 교살 흔적은 발견할 수 없었고."

목에 로프가 겹겹이 감겨 있어서 검시 단계에서는 삭흔이 뚜렷하게 보이지 않았다. 그러나 부검 결과 피하조직에서도 교살 흔적은 보이지 않았다. 게다가 삭흔에서 생활반응이 나타났다. 이는 노조미가 교살된 후 매달린 게 아니라는 것, 즉 목을 매단 시점에는 아직 살아 있었음을 의미했다.

또 체내에서는 약물도 검출되지 않았다. 의식을 잃고 매달린 것도 아니었다.

278

흔적이 남지 않는 형태로 의식을 잃었을 가능성이 아예 없는 건 아니지만, 스스로 목을 매었을 가능성이 매우 높다—이것이 부검의의 소견이었다.

"유서 필체가 노조미 것으로 판명되면 더욱 확실해지겠지."

"그건 범인이 시킨 거라고 했잖아."

"주변은 빈집뿐이지만 어쨌든 거긴 주택가야. 만약 누군가 노조미를 죽이려고 했다면, 소리를 치거나 해서 도움을 청할 수 있었어. 근데 왜 가만히 있었을까?"

"그건…"

말문이 막힌 사이, 네가는 마카베의 속임수를 알아챈 모양이었다. 눈을 가늘게 뜬 네가가 말했다.

"…지금 날 이용한 거구나. 그래서 삭흔 얘기를 안 해준 거였어. 사실은 죽이지 않았다는 걸 인정하게 하고, 스마트폰과 유서를 어디에 숨겼는지 알아내려고."

"그렇게 하지 않으면 넌 계속 노조미를 죽였다고 주장할 테니까."

냉정하게 말하는 마카베 옆에서, 나카타는 네가에게 미안한 눈길을 보냈다.

삭흔에 대해서는 말하지 않고, 네가의 입을 열게 한다. 이 계획을 말했을 때, 나카타는 난색을 표했다. "그런 속임수 쓰지 말고 그냥 제대로 얘기해주면 되잖아요"라면서 끝까지 고집을 부렸다.

그러나 네가가 계속 막무가내로 살인을 주장하면 방법이 없다. 흔적이 남지 않는 형태로 의식을 잃었을 가능성이 아예 없는 게 아니라는 소견이 나온 이상 검찰 송치는 이뤄져야 한다. 그대로 오하라 검사에게 가면, 그때 네가가 부인한다 해도 범인으로 지목될 수 있다.

그러니까, 이렇게 할 수밖에 없었다.

"아저씨들, 혹시 진짜로 믿은 거 아니지?"

일어선 네가는 팔짱을 키고 웃어 보였다.

그러나 두 눈은 붕괴하기 직전의 댐처럼 요동쳤다.

"다 거짓말이야. 노조미 죽인 거 나 맞아."

"부검했다니까. 교살 아니야."

"내가 기절시킨 다음에 매단 거야."

"네 체격으로는 무리야."

"왜 불이 나면 자신도 모르게 엄청난 힘이 나온다고 하잖아. 나도 그랬어."

"그럼 어떻게 기절시킨 거지?"

"머리 치니까 기절하던데? 내가 힘이 약해서 혹 같은 건 안 생겼나 봐."

"친한 친구를, 왜 죽였는데?"

"…묵비권 쓸 거야."

"너는 네가 살해 동기를 말하지 않으면, 우리가 너나 노조미 주변을 조사해서 범인을 찾을 거라고 생각하겠지만, 우리는 노조미가 자살했다는 결론을 내렸고 더는 수사를 하지 않을 계획이야. 그러니까 정말로 죽였다면 동기를 말하는 게 좋을 거야."

"그렇게 말해도 나는 말 안 해."

"뭐라고 말해야 할지 모르는 거겠지."

순간 네가의 얼굴이 얼어붙었다.

"아무리 생각해봐도 노조미를 죽일 이유 같은 건 없으니까. 너는 걔를 너무 좋아하니까, 앞뒤가 안 맞는 것조차 생각이 안 나는 거야. 그래서 살해 동기를 말할 수 없는 거겠지."

"…다 안다는 듯이 말하지 마."

네가가 몸을 지탱하려는 듯 책상에 두 손을 짚으며 말했다.

"역시 너는 우리에 대해서 몰라. 우리가, 어떤 생각으로, 매일매일… 돈이 있었다면 아르바이트 같은 건 하지도 않았고… 노조미는 플루트를 계속할 수 있었어… 나도, 린코 언니도 다른 사람들처럼 평범하게…"

린코 언니. 네가가 맥스버거에서 만났던 여자일까.

"노조미가 플루트를 그만두고 싶어 하지 않았다는 걸 알게 된 건, 마카베 형사님도 중학생 때 축구를 그만둬야 했기 때문이야."

가만있기로 약속했던 나카타가 느닷없이 끼어들었다.

"처음엔 노조미 아버지도 나도 노조미가 왜 그렇게까지 생활보호 받는 걸 싫어하게 된 건지 몰랐어. 그런데 마카베 형사님이 '플루트를 처분해야 하는 게 싫었던 거 아닐까'라는 말을 했어. 그게 우리가 모르던 거였지—"

"대체 무슨 소리를 하는 거야, 아줌마!"

"우리 집도 가난했어."

자연스럽게, 마카베가 말하게 됐다.

"노조미가 플루트를 좋아하는 것만큼은 아니지만 나도 축구를 좋아했어. 할 수만 있다면 계속하고 싶었지. 그런데 집안 사정이 그걸 허락하지 않더라. 우리 집은 모자가정이어서, 엄마가 버는 돈만으로는 도저히 축구를 할 수가 없었거든."

"그래서! 지금 무슨 소리를 하는 거냐고!"

"가난한 게 싫어서, 엄마 편하게 해주고 싶어서 열심히 공부했어. 학원 갈 돈도, 문제집 살 돈도 없는데 정말 열심히 했어. 그래서 경찰이 될 수 있었고, 지금은 안정적으로 돈을 버니까 엄마한테 용돈도 줄 수 있어."

"지금 뭐 하는 거야? 고생했다고 자랑해?"

"너희에 비하면 나는 축복받았다는 걸 말하는 거야. 노력할 여유도 있었고, 미래에 대한 희망도 있었어. 사실대로 말하자면, 나는 그것도 모르고 너를 노력도 안 하고 꿈만 꾸는 아이라고 나쁘게 보고 있었어. 하지만 지금은 아니야. 너희는 나보다 더 어려운 상황에서도 정말 열심히 살았잖아. 그건 진짜 대단한 일이야. 네 말대로, 나는 진짜 아무것도 몰랐어."

"아!"

소리를 지르는 네가의 얼굴이 뒤틀렸다.

"그래서 네가, 나는 너를 검찰에 송치하고 싶지 않아."

"시끄러워! 너넨 아무것도 모른다고!"

말을 다 마치기도 전에 네가의 몸이 무너져 내렸다. 네가는 두 팔에 얼굴을 묻고 온몸을 떨었다.

"노조미는… 노조미는 살해당했어… 진짜로…"

"하지만 넌 노조미를 죽이지 않았어. 안 죽였어."

마카베의 말에 네가가 얼굴을 파묻은 채 고개를 끄덕였다.

미안해. 미안해, 노조미. 미안해.

네가는 오열하며 몇 번이고 중얼거렸다.

＊ ＊ ＊

교복으로 갈아입은 뒤 슬그머니 빈집에서 나와, 옆 옆집으로 들어갔다. 사실 좀 더 먼 데 숨기고 싶었지만, 마땅한 곳이 생각나지 않았다.

처음에는 마당에 구멍을 파 묻어둘 생각이었다. 하지만 그 집 창문이 깨져 있는 걸 보고 마음을 바꿨다. 안쪽으로 손을 넣어 창을 다 열고 들어갔는데, 안에 가구가 그대로 있었다. 허둥지둥하다 찾은 다다미방의 벽장에는 이불도 들어 있었다.

이불 속에 배낭을 집어넣었다.

배낭 안에는 과자와 주스, 내가 입었던 옷과 모자, 나와 노조미의 스마트폰, 가짜 유서, 연탄과 박스테이프가 들어 있다.

플루트 케이스는 배낭 옆에 뒀다.

케이스 안에는 노조미의 소중한 플루트가 들었다.

경찰이 조사를 시작하면 금방 찾아내겠지만, 부검 결과가 나올 때까지는 시간을 벌 수 있을 것이다. 그때까지 나와 노조미가 친한 친구였다는 걸 숨겨야 한다.

그렇다. 우리는 친한 친구다.

그 집에서 나와 깨진 창을 다시 닫았다. 서둘러 우리가 있던 빈집으로 돌아가려다, 걸음을 멈추고 하늘을 올려다봤다.

구름에 가려 별은 하나도 보이지 않았다.

하지만 노조미는 보였다.

사실은 겁도 많고 근성도 없는 주제에 잘난 척만 하면서 고집이 세던, 학교에서는 고양이 같은 가면을 쓰고 부잣집 아가씨로 지내던 나의 친한 친구.

지금부터 나는 친한 친구를 죽인 범인을 알아내기 위해 형사들이 눈살을 찌푸릴 정도로 건방진 애처럼 보여야 한다. 사람을 죽인 척해야 한다니, 벌써 힘들다. 크게 울음을 터뜨리며 모든 걸 털어놓고 싶은 순간도 생길 것 같다.

그런 일이 생기지 않게, 강해져야 한다.

—아, 라인 아이디도 '네가'구나. 네가라니, 정말 멋있어. '어떤 소원도 이뤄내고 말겠어!' 같은 의지가 느껴지는 것 같아.

지금 나의 소원은 노조미를 죽인 범인을 밝혀내는 것.

그래서 형사들한테도 이름인 '네가'라고 부르게 했다.

* * *

죽이지 않았다는 자백을 받아내긴 했지만, 그걸 뒷받침할 물증은 없다. 그래서 수사팀이 네가가 스마트폰을 숨겼다는 장소로 출동했다. 현장의 옆 옆집인 빈집에서 유서와 스마트폰이 발견되면 검찰 송치를 피할 수 있다.

"결과를 기다리고 있긴 한데, 도노 네가를 검찰에 송치할 일은 없을 것 같습니다. 누명을 피할 수도 있게 됐습니다."

형사부장인 기도에게 이렇게 보고하려 몇 번이나 전화를 걸고 있는데, 받지를 않는다. 자동응답기로도 연결이 안 된다.

오늘 아침 내 전화가 기분 나빴나? 기도가 그렇게 속이 좁은 것 같지는 않다. 게다가 나는 네가에게 완벽한 자백을 받아냈다. 그러나 기도에게 미움을 사서 끈 떨어진 연이 됐다는 형사들 얘기는 지겹도록 들었다.

동경했던 형사 드라마의 주인공들이 어려운 사람들을 돕는 영웅이었다니. 이따위 감상에 젖지 않았다면, 지금 이렇게 애간장을 태울 일도 없었을 텐데….

"마카베 경위님, 가시죠."

스마트폰을 든 채 흡연실에 웅크리고 앉아 있었는데, 나카타가 말을 걸어왔다. 머릿속에서는 기도 생각이 떠나지 않았지만, 고개를 끄덕이며 나섰다. 어쨌든 네가에게 완벽한 자백을 받아낸 건 마카베와 나카타이기에 현장에서 지시를 내릴 필요가 있었다.

직원용 주차장에 세워둔 검은색 차에 올라탔다. 나카타는 운전석에, 마카베는 조수석에 앉았다.

오후 6시 32분. 도노 네가의 검찰 송치까지 남은 시간은 3시간 57분. 그러나 마카베를 포함한 수사원들에게는 이미 사건이 끝난 듯한 분위기가 감돌았다. 괜히 여러 사람 힘들게 했다며 네가를 욕하는 사람들도 있었다. 자신과 비슷한 처지가 아니었다면 마카베 역시 그렇게 생각했을지도 모른다. 어쨌든 사건은 거의 해결됐다. 9시부터는 기자회견이 열린다….

"역시 좀 이상해요."

나카타는 차에 타 시동을 걸자마자 그렇게 말했다. 줄곧 온화했던 표정이 어딘가 석연치 않아 보인다.

"뭐가?"

"왜 노조미는 혼자 자살한 걸까요?"

"친구 기다리는 동안 충동적으로 그런 거겠지."

"그럼 로프는요? 그날, 네가도 노조미도 로프를 사지 않았다는 건 다 확인했잖아요."

"노조미가 미리 샀다가 그 빈집 어딘가에 숨겨뒀겠지."

"언제, 대체 왜 산 건데요?"

"언제 산 건지는 모르겠지만, 짐을 쌀 때든 뭐든 필요할 거라고 생각했던 거 아닐까?"

"저렇게 튼튼한 로프를요?"

"튼튼해서 나쁠 건 없잖아."

"그럼 숨겨뒀던 걸 왜 꺼낸 거죠?"

"혹시 연탄으로 안 되면 그걸 쓰려고 한 거 아닐까."

막힘 없이 대답을 하긴 했지만 마카베 마음속에도 불안감

287

이 밀려왔다.

네가가 노조미를 죽이지 않은 건 확실하다. 삭흔 역시 목맴사를 나타냈다.

그러나, 나카타의 지적은 분명 일리가 있었다….

이후 대화는 이어지지 않았고, 그렇게 현장까지 왔다. 이미 순찰차 세 대가 와 있었고, 감식반은 작업 중이었다. 주변에는 구경꾼들이 서 있다. 입구를 지키고 선 경찰에게 경찰수첩을 보여주고 집 안으로 들어갔다. 손전등을 켜고 곰팡이 냄새로 뒤덮인 빈집을 둘러봤다.

생각보다 방이 많아 네가가 말했던 벽장을 찾는 데 시간이 걸릴 것 같았지만.

"찾았습니다!"

안쪽에서 큰 목소리가 들렸다. 수사관들은 일제히 다다미 여덟 장짜리 방에 몰려들었다. 벽장에서 배낭과 플루트 케이스가 발견됐고, 마카베와 나카타의 시선이 그쪽으로 향함과 동시에 배낭 지퍼가 열렸다.

배낭 안에는 스마트폰 두 대와 연탄, 그리고 길쭉한 종잇조각이 있었다. 또한 네가의 옷과 모자, 과자, 주스, 박스테이프도 들어 있었다.

모두 네가의 진술대로였다.

네가는 모자를 깊게 눌러 써서 긴 머리를 숨기고, 다이에에 가서 연탄과 박스테이프를 샀다고 했다. 얼핏 보면 다른 사람 같으니 CCTV를 봐도 확인하기 어렵고, 경찰은 연탄이 아닌 로프를 산 사람을 찾고 있었기에 발견할 수 없었던 것이다.

"바로 충전해서 라인 확인해줘. 네가 스마트폰 비밀번호는—"

지시를 내리면서 나카타와 함께 종잇조각을 펼쳤다. 시중에 파는 흔한 편지지 같았다. 거기에는 소녀답지 않은 어른스러운 글씨로 이렇게 쓰여 있었다.

〈함께 있어줘서 정말 고마워. 근데 먼저 갈게. 미안해. 노조미〉

가스가이 노부유키에게서 빌린 노조미의 노트와 대조해봤다.

정식으로 감정을 해봐야겠지만 보기에는 분명 같은 필체였다.

"노조미 글씨가 틀림없군."

마카베 말에 다른 수사관들도 고개를 끄덕였다. 자욱했던 불안감이 사라져간다.

역시 사건은 거의 다 해결됐다. 가스가이 노조미는 자살했다.

그러나 나카타는 미간을 찌푸린 채 가만히 유서를 들여다

보고 있다.

"뭐 해?"

"이 유서를 쓸 때 노조미가 어떤 기분이었는지 상상해보고 있어요."

또 시작이라는 듯, 수사관들의 실소가 새어나왔다. 결국 보다 못한 마카베가 말했다.

"계속 생각했던 건데"라고 작은 소리지만 강한 어조로 운을 뗐다.

"수사를 하다 보면 사건 당사자들의 심정을 짐작해야 할 때도 있어. 하지만 굳이 시간을 들여가면서까지 상상할 필요는 없어. 그보다 중요한 건 증언과 물증이라고."

"하지만 다른 사람의 입장이나 심정을 '상상'해보는 건 정말 중요한 일이에요. 경찰 일은 꼭 힘든 사람의 입장이나 슬픈 심정만 '상상'하게 하지만요―저는 그걸 숨기려고 최대한 다른 표정을 짓고 있는 거예요."

시원스럽게 말한 나카타는 낙담한 소녀 같은 얼굴이었다.

처음 보는 나카타의 표정에 괜히 소름이 돋았다.

이게 이 사람의 진짜 얼굴일까? 늘 이 얼굴을 숨기고 사는 걸까?

"역시, 아니에요."

유서를 보며 중얼거리는 나카타의 얼굴은 언제 그랬냐는

듯 평온한 표정으로 돌아가 있었다.

"뭐가 아니야?"

"만약 이 유서가… 그런 거라면, 혹시…"

"뭐가 아니라는 건데?"

"확인해야 할 게 있어요. 다 봤어요. 고맙습니다."

나카타는 대답하지 않고 감식반에게 유서를 건넨 뒤 스마트폰을 꺼냈다. 마카베가 대답하라고 했지만 역시 무시하고 어디론가 전화를 걸었다.

"구와시마 관리관님이신가요? 나카타입니다. 네, 그 사건 맞아요. 기자회견 좀 연기해주세요."

뭐라고?

마카베가 당황한 사이 나카타가 씩씩하게 걸어나갔다.

"살인은 전문도 아닌 주제에" "근데 쟤가 저렇게까지 말하는 건…" "관리관님도…"

수사원들의 웅성거림에 정신을 차린 마카베가 서둘러 나카타를 쫓아갔다.

"어디 가는 건데?"

나카타가 말한 두 곳은 마카베가 생각지도 못한 곳들이었다.

저녁 8시 50분. 노보리토역 개찰구에 하세베 쓰바사가 나타났다. 큰 키와 빨간 코트는 인파가 많은 곳에서도 눈에 띈다. 고개를 살짝 숙인 그녀는 빠른 걸음으로 귀가하고 있었다.

"하세베 씨."

마카베가 부르자 하세베는 튀어오른 것처럼 고개를 들었다. 마카베와 나카타를 보곤 "앗" 하고 소리를 지르며 뒤로 물러섰다.

그러나 이내 쓴웃음을 지으며 말했다.

"깜짝 놀랐네요. 여기에 무슨 볼일이 있으신가요?"

마카베는 "죄송합니다"라며 고개를 숙인 뒤 말했다.

"페이스북을 보니 좀 전에 신주쿠역에서 출발하신 것 같더라고요. 그럼 곧 도착하실 것 같아서 나와 있었어요."

"경찰은 그런 것까지 체크하나 보네요. 무슨 일이시죠?"

"네가 사건에 진전이 좀 있어서 알려드리러 왔습니다."

"굳이 저한테요?"

"걸으면서 얘기하시죠."

하세베는 뭔가 수상하다고 여기면서도 마카베 일행과 함께 역을 나섰다. 마카베와 나카타는 자연스럽게 각각 하세베의 오른쪽과 왼쪽에 섰다.

"하세베 씨랑 유스케 말대로 네가는 노조미를 죽이지 않았더라고요. 죽였다는 증거가 없었습니다."

"다행이다."

하세베는 쥐어짜듯 숨을 몰아쉬었다.

"그럼 노조미는 역시 자살을 했고, 네가는 그걸 막지 못했다는 죄책감 때문에 자신이 죽였다고 한 거군요."

"그건 사실과 좀 다릅니다. 자세한 건 경찰서에서 얘기하는 게 좋을 것 같은데요."

"네? 제가 왜 경찰서에 가죠?"

하세베가 경계하며 걸음을 멈췄다.

"앞에 차 세워놨어요. 타시죠."

"제가 왜 경찰서에 가냐고 물었는데요."

진실을 발견한 건 나카타. 마카베는 나카타에게 눈빛을 보냈다.

─네가 말하는 거야.

나카타는 마카베의 눈빛을 읽었는지 고개를 끄덕인 뒤, 하세베를 올려다보며 말했다.

"하세베 쓰바사 씨, 당신은 가스가이 노조미를 살해한 혐의를 받고 있습니다. 서까지 동행해주시기 바랍니다."

다마경찰서 취조실.

좀 전까지 네가가 앉아 있던 의자인데, 지금은 하세베가 앉아 있다. 별말 없이 여기까지 오긴 했지만 하세베의 눈은 표범을 떠오르게 했다.

주임조사관은 마카베지만 하세베 앞에 앉아 있는 건 나카타였다.

나카타에게 취조를 맡기는 데 망설임은 없었다.

"저희가 들은 네가의 이야기 먼저 말씀드릴게요."

나카타는 그 말을 시작으로 네가의 자백, 스마트폰과 유서를 발견한 경위 등을 얘기했다. 하세베는 꼿꼿하게 앉은 채 미동도 하지 않았지만, 나카타의 말이 끝나자 고개를 저으며 말했다.

"잘 모르겠네요. 네가 이야기를 종합해보면, 노조미는 자살로 결론이 날 것 같은데."

"자살 아니에요. 처음부터 뭔가 이상하다고 생각했는데 유서를 보고 확신하게 됐어요."

나카타는 스마트폰을 꺼내 유서 사진을 보여줬다.

"노조미가 쓴 유서예요. 이미 보신 적 있으니까 제가 굳이 설명할 필요는 없겠지만요."

"그럴 리가 없잖아요."

"그래요? 저는 하세베 씨가 원래 유서를 찢어서 이 부분만 남겼다고 생각했는데요."

하세베는 말도 안 된다는 듯 어깨를 으쓱했지만, 나카타는 아랑곳없이 계속했다.

"노조미는 아주 꼼꼼한 아이였어요. 책상 안에는 교과서가 가지런히 들어 있었고, 사건 현장인 빈집에 드나들면서는 자신들이 사용하던 방을 깨끗이 청소했더라고요. 그런 아이가 인생의 마지막에 남긴 유서를 종이 끄트머리를 찢어서 남겼을 리가 없어요."

이 '상상'이 나카타 추리의 시작이었다.

"함께 있어줘서 정말 고마워. 근데 먼저 갈게. 미안해. 노조미.

이 문장 앞에는 노조미가 네가를 기다리지 않고 죽었다고 생각했을 때, 뭔가 부자연스러운 게 적혀 있었어요. 그래서 당신은 이 부분만 찢어서 남겨놓고 현장을 뜬 거예요."

"다 맞다고 쳐요. 그렇다고 해도 유서를 찢은 게 저라고 할 수는 없잖아요?"

"하지만 노조미가 죽은 날 밤, 알리바이 없으시죠?"

"집에서 일하고 있었어요. 하필 유스케가 일찍 잠드는 바람에 그걸 증명할 수는 없지만요."

"아니요. 당신이 집에 없었다는 건 증명할 수 있어요. 유스케가 말해줬거든요."

하세베의 얼굴이 굳어졌다.

"그날 밤, 유스케는 8시 전에 자러 들어갔죠. 그렇게 잠들었는데 9시 넘어서 화장실 가려고 한 번 일어났다고 하더라고요. 그때 하세베 씨가 일하는 방을 들여다봤는데, 없었대요. 편의점 갔겠구나 싶어서 깊게 생각하지는 않았지만요."

"억측이에요."

"억측 아니에요. 좀 전에 하세베 씨 댁에 들러서 유스케한 테 확인했어요."

나카타가 첫 번째로 말했던 장소는 바로, 하세베의 집이 었다.

—너 어제 8시 전에 잠들어서 아침까지 푹 잤잖아. 형사 님이 잘못 수사하면 어쩌려고 그런 말을 해.

하세베가 유스케에게 그렇게 말했을 때, 유스케는 뭔가 하고 싶은 말이 있는 것 같았지만 이내 고개를 숙이고 입을 다물어버렸다. 나카타가 하고 싶은 말이 있냐고 물어도, 전 혀 입을 열지 않았다.

유스케는 아침까지 푹 잔 게 아니었고, 엄마가 집에 없었 다는 것도 알았다. 자신이 아는 사실을 형사에게 말해도 될 지 망설였던 것이다.

본능적으로 '뭔가 있다'는 걸 깨닫고 말이다.

"그때, 어디 가셨어요?"

"글이 안 써져서 드라이브를 좀 했어요. 어디를 어떻게 돌 았는지는 기억이 안 나고요."

빠르게 내뱉은 하세베는 굳은 얼굴로 일어섰다.

"임의동행이니까 집에 가도 괜찮죠? 그 유서랑 알리바이 때문에 제가 범인일 가능성이 있다는 건 알겠어요. 하지만 제가 범인이라는 증거일 수는 없어요."

"아니요. 유서와 알리바이를 토대로 당신이 범인이라는 증거를 찾았어요—코트요."

하세베의 몸이 그 자리에서 굳어버렸다. 나카타는 다시 스마트폰으로 하세베의 블로그를 열었다.

"그저께 기사예요. 요코하마에서 생활보호 관련 강연회 하셨죠. 기사에 그때 사진도 실렸더라고요. 회색 코트를 입고 건물 앞에 서 계시네요."

하세베가 입은 회색 코트와 노출 콘크리트가 생활보호를 상징하는 색 같다고 생각했던 기억이 난다.

"그저께까지는 회색 코트였는데, 어제부터는 빨간 코트를 입으시네요."

"…그냥 입고 싶어서 입는 거예요."

나카타는 고개를 저으며 그 말을 부정했다.

"어제 학교에서 만났을 때부터 좀 이상하다고 생각했어요. 아들 소꿉친구가 살인 혐의를 받고 잡혀갔는데, 빨간 코트는 너무 화려하잖아요. 일부러 기분을 좀 밝게 하려고 입은 걸지도 모르죠. 그런데 그 빨간 코트는 회색 코트에 비해 얇은 편이었어요. 노조미가 죽은 6일은 7일과 기온이 비슷했거든요? 8일인 오늘은 어제보다 기온이 더 낮고요. 어제보다 더 추운데, 왜 오늘도 두꺼운 회색 코트가 아니라 얇은 빨간 코트를 입고 계신 거죠?"

블로그 사진을 보면 하세베는 두꺼운 회색 코트를 입고 있었다.

하지만 어제부터 입고 있는 빨간 코트는 확실히 얇다.

날씨를 고려했을 때, 일부러 얇은 코트를 입는 건 뭔가 부자연스럽다.

하세베는 대답하지 않았고, 나카타는 계속 말했다.

"예전에 유도를 하셨다고 들었어요. 유도 기술로 노조미 목을 졸라 기절시켰을 거고, 그때는 회색 코트를 입고 있었겠죠. 그걸 입으면 자꾸 생각날 것 같으니까 버린 거고요. 그래서 어제부터 빨간 코트를 입은 거예요."

하세베는 심호흡을 하더니 천천히 앉았다. 눈뿐만 아니라 얼굴 전체―아니 온몸이 표범으로 변한 것 같다. 나카타의 말을 모조리 잡아먹으려는 듯했다.

나카타는 그런 하세베를 봄 햇살 같은, 포근한 눈빛으로 바라봤다.

"그날 밤, 하세베 씨는 빈집에서 노조미를 만났어요. 확실하진 않지만 유스케랑 사귀어달라고 부탁하러 가신 거 아니었나요? 유스케는 노조미와 구사나기가 함께 크리스마스를 보낸다는 걸 알고 우울해하고 있었으니까요. 유스케를 너무 사랑하는 당신 입장에서는 충분히 할 수 있는 일이겠죠.

하지만 노조미와 말다툼을 하게 됐고, 결국 목을 조르게 된 거예요."

"나이 먹은 어른이 중학생 여자애랑 왜 말다툼을 하겠어요."

"보통은 그렇죠. 하지만 노조미가 유스케의 왼쪽 귀가 안 들리게 된 진짜 이유를 알았다면 얘기가 달라지지 않을까요?"

하세베의 눈이 날카롭게 빛났다.

"어제 유스케가 그랬잖아요. 노조미가 비밀을 지켜줬다고. 그게 뭔지 궁금했어요. 유스케는 그냥 얼버무리는 것 같았고, 하세베 씨는 그 얘기가 나오니까 저희 질문을 다 막으셨 잖아요.

오늘 유스케를 만나서 다시 물어봤는데 말해주지 않더라고요. 그런데 이야기를 하다 보니 왼쪽 귀가 안 들리게 됐을 때의 일에 대해서는 거의 얘기를 안 한다는 걸 알았어요. 미안하긴 하지만, 그 부분을 집중적으로 물어봤더니 결국 털어놓더라고요.

유스케가 왼쪽 귀의 청력을 잃은 건 열이 난 걸 숨겨서가 아니었어요. 하세베 씨, 당신이 아이를 때렸기 때문이죠."

딱 한 번이다. 잠시 뭔가에 씌었다고밖에 할 수 없었다.

아직 블로그를 시작하기 전이었다.

먹고사는 일에 지쳤던 하세베는 일을 끝내고 집에 온 어느 날, 배고프다며 우는 유스케에게 손을 댔다. 왼쪽 귀를 맞은 유스케는 겁에 질려 울음도 멈췄다. 하세베는 그런 유스케를 보고 슬퍼져 오히려 자신이 울었고, 그대로 잠들었다.

유스케의 귀가 이상하다고 느낀 건 그로부터 며칠이 지나서였다.

"그 뒤로 유스케는 왼쪽 귀가 들리지 않게 됐어요. 그런데 유스케에게 '네가 열이 난 걸 숨기는 바람에 이렇게 된 걸로 하자'고 하셨다면서요. 블로그 시작하신 거, 다른 사람들에게 하세베 씨의 고통을 알리고 싶어서만은 아닐 거예요. 유스케가 청력을 잃은 이유가 진짜로 열 때문이라고 믿고 싶어서, 아닌가요?"

마카베는 블로그도 SNS도 해본 적이 없어서 자세한 건 모른다. 그러나 '돈 없는 날 걱정해서 아들은 열이 나는 것도 말을 안 했고 결국 청력을 잃었다, 전부 다 내 탓이다'라는 글을 올리면 비난도 받겠지만, 동정과 격려의 시선도 많이 받지 않을까. 그런 것들을 보다 보면 죄책감은 사라지고 내가 알던 현실은 한순간에 바뀌어버린다. 돈이 없어 정신적으로 힘들어하던 하세베가 그렇게 생각한다 해도 이상할 건 없다.

일을 하고 또 해도 생활은 조금도 나아지지 않는다. 불안하고 초조해지는 탓에 아이를 학대하거나 방임한다—어젯밤 나카타가 말했던 싱글맘의 예가, 여기에도 있었다.

하세베는 아무 말도 하지 않았지만, 나카타는 계속 말을 이었다.

"생각지도 못했지만 블로그가 출판사 눈에 띄어 책을 내게 됐죠. 심지어 책 제목이 '엄마, 나 귀가 안 들려'였고요. 이렇게까지 됐으니 당연히 진짜 이유는 말할 수 없겠죠. 유스케한테도 몇 번이나 계속 말했을 거예요. 그리고 유스케는 아무에게도—심지어 네가에게조차 말하지 않았어요. 그래도 자기 엄마가 그 이야기를 책으로 낸다고 하니 혼란스럽긴 했겠죠.

그런 유스케가 유일하게 비밀을 털어놓은 사람이, 자신이 좋아하게 된 노조미였어요. 노조미는 아무에게도 그 비밀을 말하지 않았고요."

물론 유스케는, 노조미에게 말했다는 걸 엄마한테 말하지 않았다.

9월 취주악부 공연 때문에 노조미와 하세베가 만난 적이 있었다. 그때 구사나기로부터 "왼쪽 귀가 거의 안 들린다는 걸 알고 깜짝 놀랐을 정도였어요"라고 칭찬을 받은 유스케는, 황급히 노조미를 봤다고 한다.

301

노조미는 아무렇지도 않게 받아넘겼는데 말이다.

이게 어제 유스케가 말했던 '비밀'의 진실이다.

나카타는 유스케가 아직 전부 다 말한 건 아닌 것 같다는 추측을 했었다. 유스케가 말하지 않은 건 '고다뮤직스쿨'뿐만이 아니었다.

"사는 게 힘들다고 딱 한 번 폭력을 휘둘렀는데 그게 장애로 남고 말았어요. 그걸 숨긴 채 빈곤 문제 작가로 살고 있었는데, 노조미가 이 사실을 다 알아버린 거예요. 다툴 수밖에 없었죠."

"너무 단정하시는 거 아닌가요."

"하지만 당신이 유스케 장애에 대해 숨기고 있었던 건 사실이잖아요. 노조미가 그걸 알고 있었다면 살해 동기로 충분하죠."

하세베의 눈빛은 점점 날카로워졌지만, 나카타는 얼굴 하나 바꾸지 않고 계속 말했다.

"노조미는 키가 크지만 날씬해요. 하세베 씨가 목을 졸랐다면 저항도 못 하고 불과 몇 초 만에 기절했을 겁니다.

순간 정신을 차린 당신은 패닉이 됐어요. 아들을 때려 청력을 잃게 한 것도 모자라 이런 짓을 한 것까지 알려지면, 작가로서 인생은 끝날 테니까요. 그때 노조미가 쓴 유서를 봤고, 어차피 그 아이가 죽을 생각이었다는 걸 알게 돼요. 망

302

설이긴 했겠죠. 하지만 어차피 죽을 거였으니까, 라고 스스로를 타일러 노조미를 죽이기로 해요.

당신한테는 운이 좋게도 노조미 목에는 팔로 조른 자국이 뚜렷하게 남아 있지 않았어요. 그래도 만약을 위해 목에 로프를 여러 겹 감아서 희미한 자국을 덮어버렸죠.

당신은 노조미가 눈을 뜨기 전에 대들보에 매달아 죽여버렸어요. 노조미는 의식을 잃은 상태였으니 로프를 풀려고 발버둥치지도 않았고, 그래서 목맴사와 같은 삭흔이 된 거예요. 유서는 네가와 함께 죽으려 했다는 걸 알 수 있는, 마지막 문장만 남겨뒀어요. 당신이 흔적을 남기지 않고 현장을 떠나면, 나중에 온 네가가 노조미의 시체를 발견해 경찰에 신고할 테니 자살로 사건이 종결될 거라고 생각했을 겁니다.

그런데 네가가 자신이 죽였다고 주장한 거예요. 자살이라면 부검을 하거나 본격적인 현장 검증을 하지 않지만, 살인이라면 얘기가 달라지죠. 만약 그렇게 되면 당신이 범인이라는 증거가 발견될지도 모르고요. 그래서 당신은 '네가가 죽였을 리 없다'고 열심히 주장하면서, 경찰이 노조미는 자살이라고 생각하게 하려 한 거예요.

당신이 걱정했던 건, 네가가 아니라 바로 당신 자신이었던 거죠.

살인을 한 것 때문에 불안해서 한숨도 못 주무셨죠? 그걸 들키지 않으려고 화장도 진하게 하신 거 아닌가요?"

"변호사 불러주세요."

하세베가 사납게 말했다.

"지금 하신 얘기에 증거라도 있나요? 고작 이런 걸로 범죄 자 취급을 당할 수도 있군요."

"증거는 이제 보여드릴게요."

증거 없이 떠보는 거라고 생각하는 건지, 하세베는 아무 런 동요가 없다.

그걸 본 나카타가 다시 스마트폰을 내밀었다. 화면에 뜬 그것은―.

회색 코트였다.

하세베의 두 눈과 입이 크게 벌어졌다.

"이 코트, 노조미 죽이고 집에 오자마자 쓰레기장에 버리 셨죠? 바로 다음 날이 쓰레기 수거일이었으니까요. 한시라 도 빨리 버리고 싶었겠지만, 좀 더 신중하게 처리하셨어야 죠. 그렇게 하지 못하셨지만요. 아마 쓰레기장에 버리는 게 가장 안전한 방법이라고 생각하셨을 거예요. 쓰레기 줍는 사람들의 존재를 잊고 있었으니까."

"노숙인…?"

하세베가 쉰 목소리로 중얼거렸다.

"맞아요. 강변에 사는 노숙인이 이 코트를 입고 있었어요. 저랑 마카베 형사님은 어젯밤에 우연히 그걸 봤고요."

가스가이 노부유키의 이야기를 듣고 병원에서 오는 길이었다. 곧바로 서로 가고 싶지 않아 다마강을 따라 걷는데, 빈 깡통이 가득 든 비닐봉지를 둘러멘 노숙인을 보게 됐다. 그가 입고 있던 회색 코트는 딱 보기에도 비싸 보였다.

바로 그게, 하세베가 그저께 강연회에서 입은 코트였다.

"코트가 아직 깨끗하더라고요. 그럼 주운 지 얼마 안 됐다는 거겠죠. 6일 밤에 하세베 씨가 버린 코트 아닐까 했는데 맞더라고요."

노숙인이 있는 곳. 그곳이 나카타가 말한 두 번째 장소였다.

노숙인을 찾아야 한다고 들었을 때는 당황했지만, 나카타가 그를 발견했다. 하세베 블로그에 올라온 사진과 비교해 같은 코트라는 걸 확인한 나카타는 노숙인에게서 그 코트를 샀다.

"코트 소매에 글리터처럼 보이는 분말이 묻어 있더라고요. 검사해보면 아마 노조미가 썼던 화장품이랑 일치한다고 나오겠죠. 노조미 DNA도 나올 거고요. 코트에 묻은 피부 조각과 땀에서는 당신 DNA도 나올 거예요. 결정적 증거가 될 겁니다."

"너무 억지를 부리시네요. 그냥 저랑 안 어울리는 코트라

버린 것뿐이에요.”

목소리는 떨렸지만, 하세베는 계속 저항했다.

“그럼 왜 소매에 노조미 화장품이 묻어 있는 거죠?”

“그 노숙인이 죽였겠죠. 장난 좀 치려는데 노조미가 저항하니까 홧김에 죽인 거 아니겠어요?”

“그저께 밤에 노숙인은 강변에서 다른 사람들이랑 같이 술을 마셨다고 했고, 알리바이는 확인했어요. 그 뒤에 뭐 주워갈 거 없는지 찾아보려고 쓰레기장에 갔대요. 하세베 씨 아파트 쓰레기장에는 비싼 물건이 꽤 있어서 자주 들렀다고 하더라고요.”

“그 사람들이 거짓말하는 거예요. 자기들끼리 입을 맞추고 있는 거라고요.”

“그 자리에는 십수 명이 있었어요. 모두가 입을 맞췄다기보다는 당신이 거짓말을 하고 있다는 게 더 자연스럽겠죠.”

“무슨 소리를 하는 거야!”

송곳니도, 손발톱도 모두 부러졌지만 하세베는 맹렬하게 저항했다.

“나보다 없는 사람들 말을 믿는 거야?!”

하세베는 나카타를 물어 죽일 기세로 일어섰지만, 말을 뱉은 순간 하세베의 몸이 굳어버렸다.

그런 말을, 자기 스스로 내뱉고 만 것이다.

쾅, 하는 힘없는 소리와 함께 하세베가 의자에 쓰러졌다.

* * *

아주 예전부터, 유스케 마음을 알고 있었어요.

가스가이 노조미. 밝고, 귀엽고, 플루트도 잘 부는 부잣집 아가씨.

우리 아들과는 어울리지 않는다. 처음에는 그렇게 생각했어요. 그런데 유스케가 너무 빠져 있어서 어떻게든 뭐라도 해야 한다는 생각이 들더군요. 걔 귀가 안 들리는 건 내 잘못이니까, 할 수 있는 건 뭐든 다 해주고 싶었어요.

정말로 다 우연이었어요.

어느 날 밤에, 글이 안 써지길래 드라이브를 하고 있는데 노조미랑 네가를 봤어요. 시합이라도 하는 것처럼 자전거를 타고 엄청 달려가더라고요. 저도 모르게 따라갔는데 결국 놓쳤어요. 하지만 그 뒤로도 몇 번이나 더 봤어요. 결국 그 아이들이 가는 빈집을 저도 알게 됐죠.

그 뒤로 노조미 집에 대해 알아봤고, 생활비를 벌기 위해 아르바이트를 하고 있다는 결론을 내렸어요. 심지어 네가도 같이요.

그만두라고 했어야 했는데, 제가 바보같이 다른 생각을 한 거예요.

이걸 이용하면 된다고요.

그런 안 좋은 생각을 하는 와중에 그저께 밤이 왔어요.

그날 밤, 유스케가 엄청 우울했어요. 다른 친구한테서 노조미가 구사나기랑 크리스마스를 함께 보낸다는 이야기를 들었거든요. 풀이 죽어 자는 유스케가 너무 안돼서 빈집으로 갔어요.

생활비 줄 테니까 아들이랑 좀 사귀어달라는 부탁을 하려고요.

유스케만 위하는 일이 아니야. 돈이 있으면 일을 안 해도 되니까 노조미를 위한 일이기도 해. 지금 생각하면 진짜 웃기지만, 저는 진심으로 그렇게 생각했어요. 유스케를 도와준다면 네가한테도 돈을 줄 수도 있었고요.

그 아이들을 본 게 몇 시였는지는 모르겠어요. 어쨌든 아이들을 발견하고 급히 차를 타고 갔는데, 이상하게 거실에 노조미만 있더라고요. 그것도 코트 안에는 교복을 입은 채였어요. 화장도 왠지 모르게 반짝였고요.

그때, 오늘 밤은 뭔가 이상하다는 걸 눈치챘어야 했어요.

제가 갑자기 나타나서 노조미가 놀라긴 했는데, 곧 웃으면서 어른스럽게 말하더라고요.

"유스케 어머니 되시죠?"

한 번밖에 안 봤는데, 싶어서 오히려 제가 더 놀랐어요. 아마 블로그로 절 봤던 것 같아요. 왠지 다 운명이라고 느껴졌어요. 그래서 이 빈집을 어떻게 알았는지 다 털어놓고 유스케 얘기를 꺼냈어요.

아르바이트를 안 해도 되니까 마침 너한테도 좋은 일이라고, 처음에는 좀 힘들 수도 있지만 유스케는 다정하고 뭐든 열심히 하는 사람이라고, 만나보면 유스케 매력을 알 수 있을 거라고 했어요.

그런데 노조미는 마치 다른 사람처럼 하얗게 질린 얼굴을 하곤 말했어요.

"불쌍한 분이었네요."

무슨 말인지 모르겠어서 되물었더니 노조미가 또박또박 말했어요.

"가난하던 시절 얘기를 하면서 빈곤 문제 작가를 자처하고 있는 분이, 결국 돈이면 뭐든 다 된다고 생각하는 거죠? 그게 불쌍해요."

발끈하긴 했지만 중학생이 하는 헛소리라고 생각했어요. 세상이 어떻게 돌아가는지 전혀 모르지만, 아는 척하고 싶어서 하는 말일 뿐이라고 스스로를 타일렀어요. 그리고 말했어요. 돈이면 다 된다고 생각하는 게 아니다, 병 때문에 원쪽 귀가 안 들리는데도 플루트를 열심히 하고 있는 유스케를 좀 생각해줬으면 좋겠다고요.

그랬더니 노조미가 약간 상기된 얼굴로 말하더라고요.

"유스케 귀가 안 들리는 건 아줌마가 때려서잖아요!"

노조미가 숨을 삼키더군요. 그걸 보고 유스케가 이 아이에게 모든 걸 말했다는 것을 알게 됐어요.

원래대로 하얀 얼굴로 돌아온 노조미가 말하더군요.

"걱정 마세요. 아무한테도 말 안 할 거니까."

제가 그 말을 어떻게 믿겠어요.

지금 나를 협박하는 거야. 빈곤 문제 작가인 나한테 치명적인 비밀을 쥐고 있잖아. 애는 그동안 협박을 하지 않은 게 신기할 정도로 돈에 쪼들려 살고 있어. 일이 있을 때마다 나한테서 돈을 뜯어낼 거야. 나라도 그렇게 하겠지. 그 정도로 가난이 싫으니까. 협박에 시달리든 단칼에 내치든 어쨌든 난 가난한 예전으로 돌아가는 거야―내가 어떻게 여기까지 왔는데. 또 가난해질까 봐 최대한 돈도 안 쓰고 살았는데.

날 갖고 장난 치지 말라고!

정신을 차리고 보니 노조미 목에 팔을 두르고 있었어요.

의외로 쉽게 기절을 하더군요. 아마 밤마다 아르바이트를 하느라 피곤했을 테고 밥도 잘 챙겨먹지 못해서겠죠.

축 늘어진 노조미를 보니까 정신이 들었어요. 괜한 짓을 해버렸다는 생각이 들어서 마음을 고쳐 먹었죠. 아직 죽은 건 아니야. 지금 살리면 괜찮아. 그런데 내가 기절시킨 건 어떻게 설명하지. 어떻게 하면 얘가 입을 다물 수 있지….

다시 패닉이 되려는 그때, 테이블에 있는 유서가 보였어요.

그걸 보고 노조미가 죽을 생각이었다는 걸 알게 된 거죠.

"아무한테도 말 안 할 거"라는 말의 진짜 의미는 이거였구나―후회는 됐지만 이미 돌이킬 수 없었어요.

게다가 얘가 눈을 뜨면 마음을 바꿀 수도 있잖아요. 그래서 목을 조른 거예요. 다시 눈을 뜨면 진짜로 나를 협박해서 돈을 뜯어낼지도 몰라. 그렇게까지 하지는 않더라도 나를 신고하고 고소할지도 몰라.

어차피 죽을 애였으니까 내가 죽여도 상관없어. 나는 노조미보다 키도 커서 매달 수 있으니, 목에는 내가 조른 흔적도 남지 않을 거야. 이건 하늘이 내 편을 들고 있다고 할 수밖에 없어.

조르기 기술로 사람을 기절시키면 1분도 안 돼서 의식이 돌아와요. 망설이고 있을 틈이 없었죠.

결국 노조미 목에 로프를 감은 뒤 매달아 죽였어요.

유서에 저한테 불리한 얘기가 적혀 있더라고요. 그걸 남겨두면 노조미가 먼저 죽은 게 이상해 보일까 봐 마지막 부분만 남겨둔 거예요. 또 발견되면 곤란해질 것들도 함께 가져갔고요. 이렇게 하면 시체를 발견한 네가가 경찰에 신고해서 자살로 처리될 거라고 생각했어요.

괜찮을 거야. 경찰은 자살을 제대로 조사하지 않아.

그렇게 스스로를 타일러봤지만 불안해서 견딜 수가 없고 잠도 안 왔어요. 서재에 틀어박혀서 포털 메인의 뉴스 페이지를 계속 새로고침했어요. 한시라도 빨리 '가와사키에서 14세 소녀 자살'이라는 뉴스를 보고 안심하고 싶었거든요.

그런데 네가가 살인 혐의로 체포됐다는 거예요.

다시 패닉이 됐어요. 네가는 죽이지 않았다, 노조미는 자살한 거다. 어떻게든 경찰 수사를 이 방향으로 돌리려고 안간힘을 썼어요.

어제 형사님들이 저희 집에 오셨잖아요. 그때 유스케를 보고 제가 돌이킬 수 없는 일을 했다는 생각이 새삼 들더라고요. 감정적인 모습을 보인 건 그래서예요. 그래도 저는 그 아이를 위해 진실을 숨길 수밖에 없었어요.

그런데….

자기를 남겨두고 먼저 죽을 리가 없다니. 네가의 집념에 완벽하게 당하고 말았네요.

* * *

오늘은 네가를 다마경찰서에서 재우기로 했다. 엄마는 입원 중인 데다 위증을 한 건 사실이라 돌려보내기가 마땅찮았다.

밤 10시 29분. 원래대로라면 송검해야 할 시간이지만, 마카베와 나카타는 네가와 마주보고 앉아 있었다.

"이게 하세베 쓰바사의 자백이야."

마카베는 이 한마디로 말을 끝맺었다. 마침 하세베의 진술을 토대로 기자회견을 진행하고 있었다. 구와시마 관리관이 기자회견을 연기해달라는 나카타의 말을 듣지 않았다면 가나가와현경은 엉뚱한 실수를 저지를 뻔했다.

마카베 역시, 나카타 덕분에 살았다.

진실을 밝혀낸 건 나카타지만, 자신도 함께 움직였다. 그 사실을 형사부장인 기도에게 보고하려 했지만 전화를 받지 않는다. 다른 사건 때문에 바쁜 것이다. 자신에게 화가 났을 리 없다―아니다, 지금은 기도를 생각하지 말아야 한다.

"원래 제3자인 너한테 이런 걸 말하면 안 돼. 하지만 사정이 사정이니까 특별히 허락을 받았어."

거짓말이다. 나카타가 꼭 네가에게 알려줘야 한다며 고집을 부렸다. 특별히 허락을 받은 게 아니라, 그저 독단적인 결정이다.

하지만 마카베도 이 소녀를 위해서 그렇게 해야 한다고 생각했다.

네가는 한동안 치마 위에 꼭 잡은 두 손을 올려놓고 있다가 말했다.

"유스케는요? 좀 어때요?"

"지금 다른 경찰이랑 같이 있어. 많이 혼란스러워해서 당분간은 입원을 해야 할지도 몰라."

'혼란'은 유스케의 상태를 포장한 말일 뿐이다.

감정적으로 흥분해 날뛰며 흐느끼던 유스케의 모습은 어떤 말로도 형용할 수 없었다.

"…그렇구나."

고개를 숙인 네가는 유스케에 대한 다른 말을 덧붙이지 않았다.

"아무튼 노조미가 자살한 게 아니라는 걸 알게 돼서 다행이네요. 그 로프 아줌마가 갖고 온 거 맞죠? 여름에 유스케랑 캠핑 갔던 것 같은데, 그때 썼던 게 차 트렁크에 남아 있었나 보네."

고개를 들고 그렇게 말한 네가는 희미한 미소를 짓고 있었다. 마치 불면 사라질 것 같은 연약한 미소였다.

여기에서 나가면 어떻게 될 것인지를, 보여주는 미소 같

314

왔다.

"그거 말인데."

입을 떼기는 했지만 마카베는 더 이상 말을 이어갈 수 없었다. 네가는 자신이 한 일이 뿌듯한지 마카베의 말은 듣고 있지도 않다. 마카베 옆에 있던 나카타가 숨을 몰아쉬었다. 그리고 지난 이틀 중 가장 온화한 표정을 하고 말을 꺼냈다.

"노조미는 너를 두고 자살할 생각이었어."

"…네?"

여전히 연약한 미소를 품은 네가는, 무슨 뜻인지 모르겠다는 듯 고개를 갸웃거렸다.

"현장에 가위가 없었다고 했잖아. 하베세 씨도 못 봤대. 현장 검증 다시 해봤는데도 안 나왔고. 노조미는 가위를 안 가져온 거야."

"그 아줌마 말을 믿어요? 좋은 가위라 가져갔겠죠."

"로프 얘기도 있어. 그거 하세베 씨 거 아니야."

"아니에요. 그 로프, 캠핑할 때 쓴 거라고요."

"하세베 씨, 처음에는 노조미와 얘기를 해볼 생각이었어. 굳이 로프를 가져갈 이유가 없지."

네가는 말문이 막힌 듯했지만, 이내 다시 입을 뗐다.

315

"노조미 기절시키고 나니까 트렁크에 있는 로프가 생각났겠죠. 그래서 갖고 온 거예요."

"너도 알잖아. 그 골목 너무 좁아서 사람 둘 지나가는 것도 힘든 거. 차는 다닐 수도 없어서 좀 떨어진 곳에 세워놔야 돼."

"그래서, 뭐?"

"조르기 기술로 기절시키면 보통 1분도 안 돼서 의식이 돌아와. 노조미를 두고 차에 로프를 가지러 가는 게 얼마나 위험한 건지 하베세 씨가 몰랐을 리 없어.

그러니까, 그 로프는 집에 있었던 거야."

마카베도 네가처럼 하세베가 차에 있던 로프를 가져온 거라고 생각했다. 유스케와 함께 찍힌 사진에 있던 장작을 묶은 로프. 남은 로프로 노조미를 죽였고 그래서 지난 일주일 동안 인근 가게에서 팔린 기록이 없다고 말이다.

하지만 아니었다.

"그럼 처음부터 로프를 가져간 거네. 묶어놓고 억지로 얘기해볼 생각이었던 거야."

말도 안 되는 말을 필사적으로 하는 네가를 보고 있는 건 괴로웠다.

"노조미는 네 머리를 잘라줄 생각이 없었어. 로프도 노조미가 준비한 거 맞아. 너 남겨두고 혼자 죽으려고."

"그럴 리 없어. 우리는 함께 죽기로 했으니까. 노조미가 사실은 엄청난 독설가고 자만하면서도 그걸 인정하지 않는 고집스러운 구석이 있긴 해도, 사람들 앞에서는 늘 모범생인 부잣집 아가씨 연기를 해도 나한테 거짓말은 안 해. 약속 안 지키는 애가 아니라고!"

나카타가 가방에서 종잇조각을 하나 꺼냈다. 끝이 찢어져 있다.

"이게 뭔데?"

"노조미 유서야. 하베세 씨가 없애려고 했는데 도저히 못 하겠어서 금고에 넣어놨대."

네가가 유서를 채갔다. 복사본이 아닌 원본이었다. 원래는 원본을 주면 안 되지만 감식반의 눈을 피해 몰래 빼돌렸다. 그래도 지문이나 DNA가 묻으면 안 되기에 비닐봉지에는 넣어뒀다. 하세베가 현장에 남겨놓은 건 이 유서의 마지막 문장이다. 나카타는 역시 몰래 빼돌린 마지막 문장도 함께 내밀었다. 네가는 유서에서 눈도 떼지 않고 그걸 집어들었다.

* * *

네가에게

연탄을 사올 너를 기다리면서 이 편지를 쓰고 있어. 너랑 과자 먹으면서 수다 떨 생각하니까 진짜 좋다. 그러고 보니 같이 과자 먹어본 적도 없네. 단 것도 많이 사왔어. 아마 너도 엄청 좋아할 거야.

근데 그걸 다 한 다음에, 나는 혼자 죽을 거야.

너한테는 수면제를 먹이려고. 네가 눈을 떴을 때는, 목을 맨 내 시체가 있을 거야.

너는 마구 울고 화를 내겠지? 하지만 나는 이렇게 할 수밖에 없어.

너한테 있지도 않은 희망을 품게 한 데 책임을 져야 하니까.

정말 모든 걸 다 말했지만(구사나기 선배 얘기는 좀 달라. 난 네가 이런 얘기에 관심이 없다고 생각했거든) 딱 하나, 말하지 않은 게 있어. 플루트 시작한 이유. 엄마가 플루트를 해서라고 했잖아. 그게 거짓말은 아니지만 전부는 아니거든.

아빠는 나 때문에 항상 집에 일찍 왔어. 그래서 혼자는 아니었지만, 엄마가 없다는 건 역시 외롭더라고. 그리고 집에 온 아빠는 술을 먹으면서 늘 말했어. "너희 엄마가 살아 있었으면 좋았을 텐데."

엄마를 너무 좋아했으니까 아빠도 어쩔 수 없었겠지. 하지만 아빠가 나로는 도저히 만족하지 못하는 것 같아서 슬프더라고. 세상에 홀로 남겨진 것 같아서 견딜 수가 없었어.

너무 외로워서 죽고 싶더라.

엄마와 가까이 있고 싶은 마음에 플루트를 시작했어…라고 너한테 얘기했었지. 망설였지만 그래도 마지막이니까 솔직하게 말할게.

플루트를 부니까 앙상하던 엄마 모습이 계속 보였어. 떠올리고 싶지 않은데.

엄마가 너무 힘들어 보이더라고. 너무 아플 것 같았어.

절대 저렇게 되고 싶지는 않아. 뛰어내리든, 뛰어들든, 목을 매든, 죽는 순간에는 내가 상상했던 것보다 훨씬 더 아플 거야.

이런 생각을 하니까 죽고 싶다는 마음이 슬슬 사라지더라고.

그래, 맞아. 난 죽는 게 무서워서 어쩔 수 없이 살기로 한 거야.

물론 계속 그랬던 건 아니야. 내가 플루트에 재능이 있다는 걸 알게 됐고(이건 확실해!), 동아리 활동도 재밌어서 그래도 인생에는 희망이 있다고 생각했어. 그래서 우리 집이 파산 직전이라는 걸 알았지만 아르바이트를 하면서, 도케이 고등학교 음악과를 목표로 연습한 거야. 그렇다고 해도 너한테는 쓸데없는 희망을 심어주지 않으려 했어.

하지만 너와 친해지고, 우리만의 성에 드나들면서, 내가 너와 함께 희망을 품고 있다는 생각을 했어. (인정하기는 싫지만 네 덕분에) 고다 선생님에게 공짜로 플루트를 배울 수 있게 된 뒤에 확실히 느꼈지. 아, 우리 둘이 함께라면 무슨 일이 있어도 살아갈 수 있겠구나.

정말 아주 굳게 결심하고 또 믿었는데.

오늘 하루 만에 모든 게 다 끝나버렸어.

희망은 어디에도 없었어.

희망이 있다고 생각한 게 다 환상이었던 거야.

게다가 진짜 최악은 내가 널 끌어들였다는 거야. 네 인생에 내가 없었다면 덜 행복했겠지만, 그래도 계속 살 수는 있었을 텐데. 내가 괜한 짓을… 세상에 희망 같은 게 있다고 이상한 기대를 하게 만들어서 네가 살 의지조차 빼앗아버렸어. 네가 죽고 싶다고 생각한 건, 전부 다 나 때문이야.

그래서 네 앞에서 아주 무서운 모습으로 죽으려는 거야.

죽는 건 무서운 거구나. 그걸 네가 꼭 알았으면 해서.

그러면, 희망이 죽은 밤처럼 깜깜한 이 나라에서도, 네가 일단은 죽고 싶지 않다는 마음으로 살아줄 거라고 생각하거든.

수면제랑 로프는 플루트 시작하기 전에 인터넷으로 사둔 거야. 이런 걸 아이도 쉽게 살 수 있다니, 진짜 무서운 세상이지. 계속 벽장에 넣어뒀는데 오늘 들고 왔어. 이걸로 죽으려고.

그리고 가위 말이야. 난 너처럼 긴 머리를 예쁘게 자를 자신이 없어. 아무래도 이상하게 자를 것 같고, 자르다 결국 울어버릴 것 같아서 가위는 안 가져왔어. 미안해.

원래 너를 재운 다음에 쓰려고 했는데, 그럼 내 마음이 약해질지도 몰라서 무서운 마음에 먼저 적어둬.

아직 쓰고 싶은 게 많은데, 네가 곧 올지도 모르니까 마지막으로 한마디만 할게.

같이 있어줘서 고마워. 근데 먼저 가야 할 것 같아. 미안해.

노조미

❋ ❋ ❋

"—으윽!"

고통스러운 신음을 뱉은 네가는 유서를 내동댕이쳤다. 길고양이 같은 눈에서는 굵은 눈물이 뚝뚝 떨어지고 있었다.

나카타는 떨어진 유서를 집어들고 쓰라린 마음을 감추듯 부드러운 미소를 지었다.

"노조미는 잘못된 선택을 했어. 자살은 결코 용서받을 수 없지. 그래도 노조미는 네가 살기를 바란 거야."

"지금 당장 죽을 거야."

네가는 눈물도 닦지 않고 내뱉었다.

"죽을래… 죽을 거야… 죽어서 노조미 있는 데로 갈래… 노조미가… 노조미… 노조미한테…"

나카타는 아무 말도 하지 않았다. 해야 할 말을 잊은 것 같았다.

"너는 살아야 돼."

마카베가 반쯤 충동적으로 말했다. 네가는 그런 마카베를 노려봤다. 눈물과 콧물, 침으로 범벅된 얼굴이 질척하다.

"살아도 아무 도리가 없어. 어차피 나도 곧 노조미처럼 될 거야."

"이제 너희 집도 생활보호 받을 수 있을 거야. 공부하면 고등학교에도 갈 수 있어."

"가봤자 소용없잖아. 나 그런 사람 봤어. 어차피 우리 같은 애들한테는 아무 희망도 없어."

"그렇지—"

않아, 라고 말하고 싶었지만 입술을 움직일 수 없었다.

내가 이런 말을 해도 되는 걸까. 네가보다는 풍족했기에 공부를 해서 안정된 직장을 얻었지만, 지금은 상사 눈치나 보며 일희일비할 뿐 아무 힘도 없는 사람인데.

말할 자격이, 있는 걸까?

아무 말도 못 하는 마카베를 보며 네가가 입술을 일그러뜨렸다.

계속 눈물을 쏟아내는 두 눈이 "거봐, 아저씨도 아무 말 못 하잖아"라고 말하는 것 같다.

나카타는 몸을 굽혀 네가의 손을 슬며시 움켜쥐었다. 말은 없었다. 그저 손을 잡고 있을 뿐이다.

맞아. 우리는 너무 나약해서 노조미 말대로 지금은, 아직은, 아무런 희망도 없을지도 몰라.

하지만 그래도 다른 누군가의 고통과 아픔에 대해 생각해 볼 수 있다면, 그렇다면.

마카베는 소녀의 얼굴을 똑바로 보며 입술을 움직였다.

참고문헌

- 호사카 와타루·이케타니 다카시, 《어린이 빈곤 연쇄》, 신초샤
- 아카이시 지에코, 《한부모가정》, 이와나미쇼텐
- 아라이 나오유키, 《차일드 푸어: 사회를 갉아먹는 어린이 빈곤》, TO북스
- 야마노 료이치, 《아이에게 가난을 떠넘기는 나라: 일본》, 고분샤
- 미나시타 기리우, 《싱글맘의 빈곤》, 고분샤
- 가와사키시 남녀공동참여센터, 《싱글파더 생활 실태 인터뷰 조사 보고서》, (스크럼21) 싱글파더 생활 실태 인터뷰 조사 프로젝트

가난은 집요하고 지독하다. 쥔 거 없는 이들을 마지막의 마지막까지 털어간다. 얼마 없는 돈, 해낼 수 있다는 자신감, 내일은 나아질 거라는 희망 모두 한 톨도 남김없이 앗아간다. SF 작가로 성공한 옥타비아 버틀러는 가난한 시절, 어딜 가든 괴상한 사람이 한두 명은 있었다고 했다. 물론 가난한 자신과 같이 일한 사람들 역시 자신을 이상하게 봤을 거라고도. 나아지기는커녕 갈수록 진창으로 빠져드는 일상과 낼 수는 없는데 쌓여만 가는 고지서 앞에 있다면, 계절 모르고 책을 읽을 수 있는 우리도 괴상한 사람들과 크게 다를 수는 없을 것이다.

아마 어떤 독자는 네가와 노조미를 비롯한 아이들의 모습이 비현실적이라고 생각할 수도 있다. 중학생이 아르바이트를 한다고? 먹을 밥이 없어 마요네즈에 설탕을 섞어 먹는다고? 이들을 둘러싼 상황도 마찬가지다. 자기 힘들다고 딸한 테 일을 시킨다고? 슬픔에 빠져 자식이 나가든 말든 신경도 안 쓴다고? 뜨거운 물로 목욕을 시키지도 않는다고? 이런 사람들이 진짜 부모라고?

그러나 진짜 문제는 현실에 비하면 이 정도 얘기쯤이야 별거 아니라는 점이다. 해준 것도 없는 부모에게 미움받지 않으려 사랑보다 눈치 보는 법을 먼저 배우는 아이, 가난이 삶이 된 나머지 차별과 멸시가 익숙해진 아이, 제대로 된 친구를 사귀기도 전에 사회에 나가 밥벌이를 해야만 하는 아이, 사람 사이를 전전하며 구역질 나는 일만 해야 하는 아이 등등등등등등. 세상엔 불행한 아이가 많아도 너무 많다.

주인공 형사치곤 말이 적고, 천재적 면모 없이 그저 시니컬하기만 한 마카베는 "나 같은 아이에겐 희망이 없어"라고 말하는 네가에게, 그렇지 않다는 말을 하지 못한다. 엉망진창인 세상이 가난한 아이들에게 얼마나 잔혹한지 알아서다. 아마 독자 역시 쉽사리 입을 떼지 못할 것이다. 마카베 말처럼 어른이래 봤자 "상사 눈치나 보며 일희일비할 뿐 아무 힘도 없는 사람"에 불과한데, 붙들 구석 하나 없는 네가에게 어떻게 감히 힘내자고, 괜찮아질 거라고 말할 수 있을까. 무력한 말은 무책임하고, 무책임한 어른은 죄악인데 말이다.

아마네 료는 독자가 가졌을 고뇌와 의문을 마카베와 나카타에게 맡긴 채 문을 활짝 열어놓는다. 그 문 너머 어른들의 잘못으로 일그러진 아이들이 있다. 그리고 여러분과 나는 지극히 일부일지라도, 고통에 내던져진 아이들을 똑똑히 보았다. 감히 나를 포함한 우리 모두에게 바란다. 앞으로 살아갈 우리의 삶이 노조미와 네가를 보기 전과는 달랐으면 좋겠다고 말이다. 마카베(우리)가 무엇을 말했을지는 모른다. 아무것도 없는 형사들이 대체 뭘 할 수 있을지도 모르겠다. 그러나 적어도 마음만큼은 아이들과 함께할 수 있지 않을까? 아이들에 대해 생각해볼 수 있지는 않을까? 그러다 보면 아이들의 꺼져가는 희망 역시 되살릴 수 있는 날이 오지 않을까?

※ 아동의 울음소리, 비명, 신음소리가 계속되는 경우, 아동의 상처에 대한 보호자의 설명이 모순되는 경우, 계절에 맞지 않거나 깨끗하지 않은 옷을 계속 입고 다니는 경우, 뚜렷한 이유 없이 지각이나 결석이 잦은 경우, 나이에 맞지 않는 성적 행동을 보이는 경우 등 아동학대가 의심되는 상황을 목격하셨다면 112 또는 애플리케이션 '아이지킴콜 112'로 신고해주시기 바랍니다.

희망이 죽은 밤에

초판 1쇄 발행 2024년 6월 15일

지은이   아마네 료
옮긴이   고은하
편집   조은혜
디자인   허귀남
펴낸이   조은혜
펴낸곳   모로
출판등록   제2020-000128호
등록일자   2020년 11월 13일

이메일   moro@morobooks.com
트위터   @morobooks
인스타그램   @morobooks

ISBN 979-11-982262-8-0 03830